문학비평이론

문학비평이론

차호일 譯

도서출판 **역락**

서 문

먼저 이 책의 한계와 목적을 정당화하기 위한 약간의 도움말이 필요할 것 같다.

무엇보다도 여기에 제시된 문학이론에 대한 연구는 부분적이며 도구적인 것이라는 점이다. 20세기 문학관에 대한 역사, 특히나 비평적 역사를 서술하는 것은 이 책의 목적이 아니다. 이 글을 읽는 독자들은 실제 작품에서 규모나 목적면에서 여기에 제시된 것과 매우 다른 더 완벽한 구도를 얻을 수도 있을 것이다. 이 책에서는 그러한 것 대신에, 문학언어와 그 기능 및 속성에 대한 현대적 사고 중 가장 중요하고 대표적인 것을 중심으로, 주요 방법론 중 대표적 방법론을 설명하는데 주력할 생각이다.

이 책의 서술에 있어, 처음부터 흥미진진함이란 면은 포기했다. 주요 의제는 이미 도입부에서 제시했고, 이 도입부는 많은 노력을 기울이지 않고서는 결코 이해할 수 없는 많은 언어적 개념을 쉽게 이해할 수 있는 유일한 부분이다.

이 글은 기호학자들을 위한 것이 아니다. 오히려 그 보다는 다양한 학문적 입장에서 전문가이거나 비전문가이거나 상관없이 모든 문학 감상자들이 직면할 수 있는 일련의 문제들에 접근해 가려고 했다. 따라서 먼저 박식한 독자에게는 이 책이 어법상 불안정하며,

학술적인 탐구서라기보다는 수필적인 면이 강할 것이라고 생각할 것이다. 하지만, 이 책의 목적이 새로운 유기적 문학이론을 정립하는 것이 아니라, 문학이라는 개념에 대한 비평에 근간을 제공하려는 것이라는 사실은 금방 드러날 것이다. 나는 파괴적 분석에 뒤따르는 건설적 개입의 가능성이나 필요성을 부인하지는 않는다.: 기본적으로 이 책의 6-10장에서는 적어도 가정적으로나마 1-5장에서 제시된 문제에 대한 가능한 해법이 제시될 것이다. 그러나 여기에서는 원리에 대한 새로운 근거를 제시하는데 있어 유효한 지시들이 제시되어 있지 못하며, 그 원리의 전제들 역시 반드시 재고되어야 한다.

이러한 계획을 염두에 두게 되면 하나의 관점 — 즉 Hjelmslev의 언리학[1] — 을 중요시할 수 있고, 그것은 우리의 탐구에 있어 도입부에 제시되고 논의될 것이다. Hjelmslev가 20세기 언어학의 고전으로 불리는 그의 책에서 제시하였던 언어이론들은 이미 시론에 적용되었다. 그러나, 여기에서 이용되는 방식은 이전의 적용방식과는 매우 다르다. 왜냐하면 나는 그 이론과 문학연구에 대한 관련성이 다른 이들이 생각하는 것보다 적으며 문학의 문제를 간접적

---

1) 낱말, 어간, 문법적 요소, 어순, 억양 등과 같이 언어의 최소 의미단위인 의미소(glosseme)들의 분포와 상호관계에 바탕을 둔 언어분석 체계. 스위스의 언어학자 페르디낭 드 소쉬르의 연구에 크게 영향을 받은 덴마크의 언어학자 루이 예름슬레브(1899-1965)와 그의 동료들이 내놓은 언어분석이론과 체계이다. 유럽에서는 언리학이 구조주의의 중요한 이론이지만 미국에서는 언어학자 시드니 M. 램이 시작한 성층(成層)문법에 관한 것을 빼놓고는 비교적 거의 영향을 끼치지 못했다. 언어기호학이라고도 한다. 더 자세한 것은 부록 참조.

으로 다루는 것일 뿐이라고 생각하기 때문이다. 그럼에도 불구하고, Hjelmslev의 원래 목적에 따르자면, 언리학은 언어이론의 수준에서 일반적 대화(커뮤니케이션)이론으로 전화되었어야 했다. 즉 일단 본질적 언어 묘사를 위한 그 과정이 확장되어 모든 기호체계를 다루게 되고, 그것은 다시 매우 복잡한 커뮤니케이션 절차를 거치게 된다. 이러한 계획이 대부분 불완전하기는 하지만 Hjelmslev가 제시한 이론적 모델은 다양한 문학적 사실에 대한 통합적 고려를 위한 많은 제안들이 담겨 있고, 문학계를 지배하고 있는 편협하고 교조적인 접근방식에 대한 유용한 비판 도구로 쓸 수 있다.

분명히 문학의 문제들, 그리고 더 보편적으로는 예술과 예술적 산물의 문제를 이해하는 다른 방법은 아마도 즉시 인지될 수는 없을 것이다. 이 책의 목적은 다름 아닌 논의의 시작이며, 그 시작이 연속되어야 정제된 논의가 가능하다. : 즉 이 책의 목적은 논의를 거쳐 더 나아가 모든 것에 대한 의문을 제기하는 행동인 것이다.

목 차

도입부 : 언리학과 문학이론 / 1

도입부 : 언리학과 문학이론

　1943년 덴마크어로 초판 인쇄된 Hjelmslev의 『언어이론 입문』(Prolegomena to a Theory of Language)의 종결부에서는 문학이론에의 응용을 권장하고 있다. 특히, 22장 "내포 기호학과 후단 언어학1)" 편은 분명하지는 않지만, 언어학적 모델의 문학 분석 적용에 대한 제안이 매우 많은 듯이 보인다. 그리고 Hjelmslev 자신도 반복해서 정제된 언어이론의 목적 중에는 문학적 사실에 대한 연구도 포함해야 한다고 언급했다. 그럼에도 불구하고, 언어중심의 비평가나 시 학자들이 그 글에 대해 보인 열정은 그 글의 의미와 직·간접적인 함의에 대한 적절한 이해에 부합되는 것 같지는 않다. 우리의 연구에 있어 출발점이 될 현재 논의의 목적은 언어학적 철학의 수행이 아니라 Hjelmslev의 『언어이론 입문』 중에서 상당히 문제 제기적인 일절들 중 하나를 조명해 보는 것이며, Hjelmslev의 가설들을 문학작품에 좀 더 유용하면서도 도구적이

---

1) 일반적으로 관련 연구분야라는 면에서 언어학은 거시언어학(macroling-
　uistics)과 미시언어학(microlinguistics)으로 나눈다. 다시 거시언어학은
　전단언어학(prelinguistics)과 후단언어학(metalinguistics)으로 나뉜다.
　후단언어학의 연구대상은 언어체계와 그 언어 사용자들의 철학과 문화체
　계, 그리고 사회적 언어행위와 관련된 분야를 다루고, 전단언어학은 말소
　리에 관한 생리학적 및 물리학적 연구실험과 분석과 기술과 같은 분야를
　다룬다. 따라서 생체학, 생리학이라든가 물리학과 같은 분야와 관련되어진
　다. 미시언어학은 언어구조의 분석체계화 내지 기술이라는 분야에 파고들
　기 때문에 자연과학적 방법론이라든가 기호논리학의 방법을 이용하게 된
　다.

지 않게 적용할 수 있는 기반을 제시하고자 하는 것이다.

이전의 Saussure[2]와 마찬가지로 Hjelmslev에게 있어 언어는 하나의 기호체계이며, 다른 기호에 대한 비유적 기호체계인 것이다.[3] 그 안에 표현부(E)와 내용부(C)가 존재하며, 이들 사이에

---

2) Ferdinand de Saussure(1857-1913) 스위스의 언어학자. 제네바에서 태어나 독일에서 인도·유럽어학을 배우고 파리와 제네바에서 비교언어학을 강의하였다. 기술언어학의 출발점이 된 『일반 언어학 강의』는 그의 사후제자들에 의해 출판되었으며 그 뒤의 언어이론에 커다란 영향을 주었다. 또 비교문법의 분야에서도 탁월한 업적을 남겼다. 저서에 『인도·유럽어 원시모음 체계에 관한 논문』 등이 있다.

3) 예름슬레브의 가장 중요한 공적의 하나는 언어연구에 다음과 같은 새로운 구별을 도입한 것이었다. 즉 내용(소쉬르의 시니피에)과 표현(소쉬르의 시니피앙), 실질(substance)과 형식(form)의 구별이다. 종전의 단순한 내용과 표현의 구별에서 내용의 실질과 형식, 표현의 실질과 형식이라는 4차원적 구별이 이루어지게 된다는 것이다. 내용의 실질은 현실 그 자체를 의미한다. 내용의 형식은 내용의 실질에 관한 우리들의 심적 표상을 의미하는 것이다. 표현의 실질은 언어의 물리적인 음성면을 의미하며 표현의 형식은 표현의 실질에 관한 심적 표상, 즉 커뮤니케이션 과정에서 우리들이 언어기호를 어떻게 받아들이고 또 어떻게 이해하는가 하는 것이다. 이렇게 실질에서 형식을 분리하여 따로 연구하며 언어를 형식으로 연구하려는 것이다. 그러므로 그들 스스로를 〈형식주의〉라고 부른다. 예름슬레브의 이론 중에서 또 하나의 주요한 과제는 〈관계〉에 관한 연구이다. 여러 언어관계의 구조를 연구함에 있어서 그는 주목할 만한 여러 가지 고찰을 했다. 계열론(paradigmatics)과 통합론(syntagmatics)의 구별에 관한 고찰은 언어이론상 주목할 만한 업적으로 생각되고 있다. 후자는 발화 연쇄체 내에서 어떤 언어단위와 직접 인접하고 있는 다른 언어단위와의 관계를 연구한다. 이에 반하여 계열론은 발화 연쇄체의 한 단위를 들어 그 단위와 대치할 수 있는 다른 단위와의 관계를 다루는 것이다. 다시 말하면 계열론은 언어체계 전체 속에서 언어단위의 상호관계를 연구하는 것이라고 해도 좋다. 그리고 이 두 관계의 형에는 일방의존, 상호의존, 상호무의존의 세 가지 관계가 있다. 이렇게 해서 예름슬레브의 언어의 구조는 〈관계의 그물〉이라고 정의하기에 이른다. 이러한 견해는 〈언어는 체계이며 개개의 요소는 고립되어 있는 것이 아니기 때문에 항상 체계 내에 있어서의 위치에

소위 기호기능이라는 관계가 있다. :

$$\frac{E}{C}$$

    그럼에도 불구하고 Hjelmslev가 외연적 기호라고 부른 이 모델은 하나 이상의 기호체계가 작용하는 가장 단순한 의사소통 행동의 복잡성을 나타내기에는 충분하지 못한 것 같다. "단순한 모델을 정립하기 위해 우리는 주어진 텍스트들이 구조적 동일성을 나타내며 한 텍스트에는 단지 하나의 기호체계만이 용납된다는 전제를 두게 된다. 그러나 이러한 전제는 실상황에서 유효한 것은 아니다. 반면에 어떤 텍스트가 너무 작아서 다른 문장에 일반화될 수 있는 체계를 추론해내기에 충분한 기반을 제시할 수 없는 경우가 아니라면 그 문장은 보통 다른 체계에 의존하는 파생체계를 담고있다."(115) 그리고 다음 페이지에서 내포사(connotator) ― 문형, 문체, 가치형태, 매체(연설, 쓰기, 몸짓, 깃발 기호 등), 어조, 관용구(고유어, 국어, 사투리, 인상) ― 라고 정의된 것들의 목록이 이어지지만 Hjelmslev는 그 목록에 끝이 있다고 말하지는 않는다.

    텍스트 분석에서 내포사들은 "기능사(functive) 역할을 하며, 이러한 요소들이 빠졌을 때 기능사가 상호 대체성을 지니는 식의 방법을 취한다."(118) 관련기능사에서 내포사를 제외시키게 되면

의해서 결정되어야 한다.)는 20세기 구조주의 언어학을 단적으로 반영하고 있는 한 예라고 하겠다.
김방환, 『언어학의 이해』, 민음사, 1992, 355-356쪽.

기능사는 상호 대체성을 지니며, 기능사를 이형이나 변종으로 만든
다. 예를 들어, x와 y가 그러한 면에서만 다르다고 한다면, 각각은
그 자체의 내포사(x는 K1, y는 K2)와 연계되며, 따라서 일단 K1
이 x로부터 제거되고 K2가 y로부터 제거되고 나면, x와 y는 상호
대체의 상관관계를 지닌다. 어휘를 이용해 기본적 예를 제시할 수
있다. 많은 용어들은 그 단어를 구별짓는 내포사가 제거되고 나면
서로 대체할 수 있다 — 즉, 그것들은 "동의어"인 것이다. — 소녀,
미혼녀, 여자 애인, 계집애와 같은 단어(기능사)는 일단 그것들이
연계된 내포사만 제거되면 동의어(구속 변형이나 변종)가 되는 것
이다. : 미혼녀는 "학식 있는" 표현이며, 여자애인(lassie)은 "스코
틀랜드어"이며, 계집애(gal)는 "속어"이고, 소녀(girl)는 "표준" 영
어에서 사용되는 일반적 단어로 그것이 바로 내포사인 단어이다.
비슷한 논의가 음운론과 형태론, 통사론 등에 적용될 수 있다.

　　한편 내포사 그 자체는 "기호학에서 다루어지는 대상이다. 내포
사의 취급은…… 외연적 기호학 연구를 결정하는 특별한 원리에 속
한다."(118) 어떤 기호류와 내포사 사이에 존재하는 연계성이 기
호 기능이며, 그것은 "기호류가 내용으로서의 내포사에 대한 표현
이기 때문이다."(118) 여기에서부터 내포적 기호학의 정의가 도출
된다. : "따라서 내포사를 외연적 기호가 표현하고 있는 내용으로
간주하는 것이 타당하며 이 내용과 표현을 기호체계, 즉 내포적 기
호체계라고 명명할 수 있다…… 따라서 내포적 기호는 언어가 아니
라 기호이며, 그 표현부가 내용부와 외연적 기호의 표현부로 제공
되는 것이다. 따라서 그것은 기호체계의 기호적 한 부분(즉 표현
부)인 것이다."(119) 이것을 도식화하면 다음과 같다.

$$\frac{E}{\frac{C}{C}}$$

    내포적 기호에 반대되는, 즉 메타기호4)는 언어학과 일치하며 내용부가 외연적인 기호에 의해 제시되는 기호인 것이다.

$$\frac{E}{\frac{E}{C}}$$

    마지막으로, Hjelmslev는 내포적 기호의 메타기호를 가정했는데 그것의 내용부가 내포적 기호이다.

$$\frac{E}{\frac{E}{\frac{C}{C}}}$$

    그리고 그 내용부가 메타기호, 또는 기호학인 후단언어학 역시 공리화 했다.

---

4) 기호를 다루는 기호.

$$\frac{\displaystyle \frac{\displaystyle \frac{E}{E}}{E}}{C}$$

　그럼에도 불구하고 Hjelmslev가 분명히 메타기호를 "기호를 다루는 기호이며……그러한 메타기호 언어학 그 자체도 기호임에 틀림없다"(119-20)라고 했지만, 그는 내포적 기호의 성질을 명확히 지적하지는 않았다. 그러나 내포적 기호의 정의라는 면에서 많은 독자들이 그것을 문학과 동일시하게 되는 측면이 여기에 있다. 따라서 다음 등식의 성립이 간단히 이루어진다. : 표준언어 = 외연적 기호, 문학적 언어 = 내포적 기호.

　Roland Barthes[5)]에게서 이러한 해석의 길지 않은 역사는 시작되는데, 그는 Hjelmslev가 언급한 내포적 기호의 개념을 그의 책 『기호학의 요소』(Eléments de sémiologie)에서 최초로 공표하고 (그리고 왜곡한) 사람이다.(1964:91) Hjelmslev는 내포사가 내용부를 구성한다고 본 반면에(1964:118) Barthes는 내포사를 내포적 기호의 표현부라고 잘못 지적하기는 했지만 다음과 같은 기록을 남겼다. : "그러므로 우리는 내포적 체계는 표현부가 상징체계로 구성된 하나의 체계라고 말할 수 있다. : 당연히 일반적인 내포의 경우는 언어가 최초의 체계를 형성하는 복잡한 체계들로 이루어진다."(예를 들면, 문학의 경우가 그렇다.)(1964:89) 많은 다른

5) (1915-) 프랑스의 비평가. 누보로망이나 브레히트의 전투적 해설가.

이들이 Barthes의 설명을 따랐다. : Marie-Noelle Gary-Prieur 는 "문학은 내포적 언어의 정의에 들어맞는데, 그 이유는 그것이 표현부가 언어(외연적 언어)에 의해 제시되는 체계이기 때문이다" 고 했고(1969:49) ; Cesare Segre는 "문학언어의 기호는 외연적 인 일상어의 기호성에 관해서는 내포적이다"고 언급했다. 그와 유 사하게, Bertha Siertsema는 "일상적(나는 '무색적(uncolored)' 이라고 하고 싶다.) 언어(즉 '외연적 기호')"에 대해 내포적 기호성 을 대비시켰다.(1955:213) ; 한편 Paul Zumthor는 그 자체에 집중된 메시지로서 문학의 정의는 "Hjelmslev가 내포적 기호체계 에 대해 내렸던 정의와 유사하다"고 말하기도 했다. (1975:203) 훨씬 더 심각한 것은 몇몇 언어학자들의 잘못된 이해인데, 그들은 글자와 단어 및 원래 뜻조차도 마음대로 왜곡하기까지 이르렀다. 텍스트 문법학자인 Dijk에 따르면, "Hjelmslev와 같이 중요한 언 어학자들조차 시적 언어, 즉 시적 문체를 내포적인 것과 외연적인 것 사이에서 형식적으로 분별함으로써 특징지우려 했으며, 그로 인 해 내포적 언어가 표현부로서의 외연적 언어의 내용부와 표현부가 되며, 그러한 작용이 일어나는 문장에서의 탐미적, 문학적 의미와 동일시될 수 있는 구체적, '내포적 내용'을 낳는다"고 보았다.(1972 a:155)

　　Hjelmslev는 그의 책에서, 실제로 문학에 대해 몇 번 언급하고 새로운 기반 위에 "문학 과학"(102)을 정립할 필요성을 주장한다. ; 그러나 이상하게도 이러한 책에서의 문학에 대한 암시는 다소 간접 적이다. 유일하게 명료한 내용은 그가 "다른 문체적 형태(다양한 제한으로 판별되는 것들 : 행, 구, 두 가지를 섞어 놓은 것)"를 내

포사의 형태로 간주할 때 뿐이었다.(115) 사실 의문시되는 문장을
더 면밀히 관찰하고, 편견이 없이 읽게 되면 여기에서 Hjelmslev가
문학에 대해 한 언급이나 특정한 문학에 대한 언급들의 가능성을
배제하게 된다. 반면에 우리는 "다른 체계에 의존한 파생물"(115)
로서의 내포사는 어떤 문장에서든 제거될 수 없다는 사실을 알 수
있게 된다. 예를 들면, 모든 문장은 반드시 쓰여진 숙어를 내포사
로 가지게 된다 : 『켄터버리 이야기』(Canterbury Tales)6)에
있어서의 "영어"와 『언어이론 입문』 초판에 있어서의 "덴마크어",
그리고 문체적 형태와 매체(연설이나 작문)와 그와 같은 것들의 필
연적인 내포사들이 그러하다. 이러한 의미에서 내포사가 없거나 내
포적 기호로써 간주될 수 없는 문장은 하나도 없다. 그래서 메타기
호의 내포적 기호 역시 존재한다고 할 수 있을 것이다. ; 예를 들어
어느 무엇도 우리가 Hjelmslev의 산문에 대해 문체를 분석하지
못하게 할 수는 없는 것이다.

$$\frac{\frac{\frac{E}{E}}{C}}{C}$$

---

6) 중세 영어로 씌어진 Geoffrey Chaucer (1340?-1400, 영국의 시인)작
   의 운문이야기

비록 단순화 원칙(18)과는 다르기는 하지만, 이러한 식이 내포적인 기호로 해석될 수 있으며, 그 표현부는 이원적인 내용을 지닌 외연적 기호인 것이다.

그 결과 순수한 외연적 기호는 표준언어와 동일시될 수 없을 뿐 아니라 분석시 나타날 수 있는 잠정적인 경우를 제외하고는 다른 존재를 지니지 않는다. Hjelmslev의 말에 따르면, "시초부터 언어이론은 일관성 있는 내재적 체계로 설정되었으며, 변이와 뉘앙스를 잃게 되기는 하지만, 생활과 구체적인 물리적, 현상적 현실을 그 유일한 목적으로 하는 내재적 기능을 한다. 가시적인 부분의 잠정적 제한은 언어 그 자체의 비밀을 벗기기 위해 치루어야 할 대가인 것이다. 그러나 정확히 그러한 내재적 시각을 통해서, 언어 자체는 그것이 요구하는 대가를 치른다".(127) 사실상 "가장 작은 체계는 자립적인 총체이지만, 어떠한 총체도 고립된 것은 없다"고 한다.(126)

외연적 기호와 그와 다른 내포적 기호나 메타기호 사이의 차이는 언어의 다른 "형태"(표준어, 문학어, 메타언어)에 대한 인지로써 간주되는 것이 아니라, 완전히 분석의 시각에 따른 것이다. 분석의 목적이나 방법 역시 마찬가지이다.

적어도 이론적 전제라는 면에서 사실상 언어학적인 환경에서 기인한 Hjelmslev의 이론에서의 이러한 측면에 대해 달리 재공식화하거나 해석한다는 것은 근거 없는 일이다. Stender-Petersen에 따르면 내포는 "문학작품의 표현부에서 발생하는 도구화"로 구성되어 있고, 그것은 "내용부에 감정의 개념이 아닌 감정 그 자체의 연속으로 정의될 수 있는 현상을 수반한다."고 한다.(1949:282) 비슷한 맥락에서 Johansen은 내포사를 정신적 연상체이자 상징체이며 비유적 용례라고 인식했다. ; 예를 들면 "사자의 일반적 내포"는 "강력한 활력을 나타내며, 특히 강렬하면서도 고결하고 장엄한 힘"을 연상시킨다.(1949:296-97) Segre도, '외연성'은 단어의 의미소이며, 그것은 바로 사전상의 정의라고 보았다. 대신에, '내포성'은 말하자면, 단어를 둘러싸고 있는 암시의 영역이며, 개념과 정황적 언급 및 음성효과 등의 연상작용을 이용하는 부분인 것이다. 분명히 작가의 행위는 '외연성'에 따른 것이라기 보다는 '내포성'에 따른다. : 만일 그가 외연성을 지나치게 잘못 다루게 되면, 독자의 오해를 유발할 수도 있다. 기껏해야 작가는 새롭고 특별한 '외연성'을 '내포성'을 이용해 이해할 수 있게 시도할 정도이다."고 말했다.(1970:334) 따라서 내포의 전통적 개념은 (Bloomfield의 1933년의 저서 『언어』(Language)의 151-54쪽에서 나오는 것과 같이) 다시 제안되고, 이러한 측면에서 내포적 기호가 외연적 기호에 유효했던 "바로 그 과정에 따른 분석"에 적용될 수 있는가는 불명확하다.(1943:119)

게다가 22장에서 표현과 내용이라는 활용면에 근거를 둔 외연적 기호와 내포적 기호 및 메타기호 간의 상이성은 불충분하며 "경험적 원칙과 일치하는 서술"(31)이라고 정의할 수 있는 활용개념에 기초하여 과학적 기호와 비과학적 기호간의 새로운 상이성으로 대체할 수 있다. 여기서 경험적 원칙이란 모순이 없으며, 철저하고 가능한 단순해야 한다.(11) : "과학적 기호란 활용 기호이며 ; 비과학적 기호란 비활용 기호이다. 따라서 우리는 내포적 기호를 한 두 개의 구성부가 기호로 이루어진 비과학적 기호체라고 정의할 수 있고, 메타기호는 구성부가 기호로 이루어진 비과학적 기호라고 정의할 수 있다. 실제로 발생하는 경우는 흔히 구성부가 기호인 것들이다."(120) 분석이 진행됨에 따라, 외연적 기호의 개념은 완전히 재흡수 되어버리고, "구성부 중 어느 것도 기호적이지 않은"(114) 단순모델은 아주 복잡한 대상에 대한 인식을 가능하게 한다.

따라서 내포는 문학만의 특징은 아니다. ; 문학언어는 그것을 바탕으로 볼 때, 표준언어에 반대될 수 없다. 모든 문장은 반드시 내포적이다. : 외연과 내포는 단지 분석상의 다른 요소만으로 구분될 수 있을 것이다. 이것은 내포의 개념, 더 정확히 말하자면 내포사의 개념이 문학적 문장이론이나 묘사에 적용될 수 없다거나 다른 문장적 명시의 개념에 적용될 수 없다는 것을 의미하는 것은 아니다. 따라서, 적어도 임시적이나 미확정적 면에서나, "표준"언어의 내포사와 "문학" 텍스트의 내포사의 대비라는 면에서 재정립되어야 할 외연적 언어와 내포적 언어 사이의 잘못된 대비를 극복함으로써 조그만 진전을 이룰 수 있다. 문학적 내포사를 독특한 것으로 분리시키는 것이 얼마나 유용하고 이론상 옳은가는 뒤에 제시될 것이다. 중첩되는 특정한 경우도 배제되지는 않을 것이다. 예를 들어, "익숙한" 문체를 나타내는 내포사는 어떤 경우에 일반적으로 "문학"으로 정의될 수 있는 내포사와 연관지어질 수 있다. : 문학적인 것이란 운문화, 운율이나 음성적 특징 등을 말한다. 게다가, "방언시"나 "풍자시" 및 "희화시" 등을 다룰 때, 우리는 하나의 제하에 문학적인 것과 그렇지 않은 두 가지 내포사를 조합시킬 뿐이다. 왜냐하면, 그 속에는 "시적"이거나 "방언적"혹은 "패러디적"7)이거나 "희화

---

7) 이전의 예술작품을 재편집하고 재구성하여 전도시키고 초맥락화하는 통합

적"이지 않은 문장들이 있기 때문이다. 엄격한 문학적 내포사(혹은 그렇게 가정된 것)는 표준언어이지만 어떤 경우에서는 비문학적 언어에서 제시되는 다른 형태의 내포를 배제하지는 않는다. 그리고 그 역도 마찬가지다. : 만일 내가 역설적이거나 가식적이기는 하지만 스타일러스(stylus)라고 쓰고 있는 대상을 지칭한다면, 그것은 적어도 현대 영어에서는 엄격하게 문학적인 내포를 의미한 것이다. 그리고 실제로 모든 사전에서는 표준적인 약자를 사용함으로써 색인에 일종의 내포사를 담고 있다. : arch.(archaic 고문체의), colloq.(colloquial 회화체의), dial.(dialectal 방언의), fig.(figurative 비유적인), iron.(ironical 역설적인), joc.(jocular 익살스러운), liter.(literary 문학적인), pejor.(pejorative 경멸적인), poet.(poetic 시적인), scient.(scientific 과학적인), vulg.(vulgar 속어, 비어의) 등등. 간단하고 도식적인 예만 들었지만, 분명히 내포란 단순히 어휘에만 국한되는 것은 아니다. : 분석은 문장에서 모든 부분을 포함할 수 있으며 그래야만 한다. 따라서 "문학적"인 내포사가 있는 텍스트는 그것이 시격의 형태를 지니게 되면 더나아가 "시적"인 내포를 지니게 되는 것이다. ; "시적"인 텍스트는 그 문체가 산문체에 가깝다면 "산문적"일 수도 있고, 시구 형태가 "음절적"("규칙적"이거나 "불규칙적"이거나 간에)이거나 혹은 "비음절적"이거나 "자유적"일 수도 있는 것이다. 유사하게, "고문체적"이라는 내포사는 어휘(예를 들어 brothers에 대한 고어체인 brethren 경우)에서나 통사론(What does this mean?에 대하여 What

---

된 구조적 모방의 과정. Linda Hutcheon, 『A Theory of Parody』, 김상구 외 공역, 문예출판사, 1992, 23쪽.

means this?가 지니는 특성의 경우와 같이), 혹은 철자론(draft
에 대한 draught)에서만 나타나는 것이 아니라, 예를 들자면 운율
적 문체에서도 나타난다. 20세기 맥락에서 세스티나(sestina)[8]의
사용(Pound[9], Ungaretti[10], Fortini)은 분명히 고문체적인 것
이고, 이것은 소위 선택적으로 분음을 사용하는 것과 분명한 어떤
약속을 무시하고 다른 운율적인 비유를 사용하는 것과 같은 경우이
다.

그러나, 분명히 — 그리고 이것은 위에 언급한 주장과 모순되지
않는다. — 문학적 문장은 내포를 기능화하는 특정 현상을 보이며,
덧붙여 말하자면 이러한 것들은 비문학적인 문장에서도 일어날 수
있는 것이다. 내포의 개념에 대해 중요한 명확화를 많이 제시했던
Prieto(1975 : 66-77)는 똑같은 경우가 모든 형태의 예술적 의사
소통에 적용될 수 있다고 했다. : "항상 내포적인 수준의 의사소통
현상인 예술적 현상은 오직 이 수준에서만 그럴 수 있거나 또는 기
본적인 활동수준에서도 그럴 수 있다. 이제 이 두 가지 가능성은

---

8) 6행절 6연과 끝에 3행절 1연이 있는 시
9) 미국의 시인·평론가. 현세기 초두이래 거의 국외에서 지낸 국제인.
   《Poetry》지를 원조하여 이미지즘 운동에 참가하고 보티시즘에 관계하
   는 등 영미의 새로운 문학운동에는 반드시 그가 참가하여 활동했다.
   『시편』이라는 자서전풍의 일련의 시를 비롯한 시집(1925-49), 『문
   화』(1939) 등의 평론이 많을 뿐만 아니라 한시의 번역을 하는 등 놀랄
   만한 재주를 보이더니 제2차 세계대전 중의 행동으로 반역죄로 몰렸으나
   그 후 석방되었다.
10) Giuseppe Ungaretti 이탈리아의 시인. 현대 이탈리아 시를 대표한다.
    이집트의 알렉산드리아 출생. 1936년 브라질 정부의 초청으로 상빠울로
    대학의 문학 초빙교수가 되었다가 6년 후 귀국, 로마대학 문학부 교수가
    되었다. 주요저서로는 『폐항(1017)』, 『전쟁(1919)』, 『쾌활한 난선자
    (1919)』, 『시대감각 (1933)』 등이 있다.

예술적 현상의 두 가지 기본형태에 상응하는 것처럼 보일 것이다. :
한편으로 우리는 '문학적'이라고 표현하는 예술을 지니고 있고, 그
것은 기본적인 활동이 그 속에 담겨있는 의사소통 활동인 경우이
며, 그 속에는 문학작품은 물론이고 춤과 조형미술, 영화 및 연극
과 연재만화 등이 포함된다. ; 다른 한편으로 우리가 '건축적'이라고
부를 수 있는 예술은 기본 활동이 의사소통 활동이 아니며, 그 영
역에는 건축과 디자인 등이 포함된다."(72) 결국 "음악적"예술은 음
악과 비조형 예술 및 비조형적 무용을 포함하며, 비록 객관적 세계
가 아닌 주관적 세계에 의존하고 감상자의 특별한 양식에 대한 조
망에 의존하기는 하지만, 부분적으로는 문학적 예술과 비슷할 수도
있다.(72- 73)

Hjelmslev의 이론을 문학적 문장에 적용 및 확장시켜보면 후
자의 것은 언어학자, 더 보편적으로 본다면 기호학자들의 분야가
되는 한편, 통일적 문장분석 모델 정립에 중요한 암시를 던져준다.
우선 문장을 외연적 기호로 분석할 수 있고, 이 분석 단계에서는
모든 종류의 내포사가 제거될 것이다. 두번째로 (특징적이지만 순
서상에 있어 반드시 필요한 것은 아님) 그 분석은 내포사 그 자체
와 외연적 기호로 이루어진 표현부와 접촉하는 기능을 대상으로 할
수 있다. 물론 내포사에 대한 공식적인 분석의 문제는 여전히 잔존
하며, 외연적 기호의 내용에 대한 분석에서 제시될 수 있는 문제
역시 마찬가지다. : 이러한 것은 향후 언어학이론의 발전에 의해서
해결될 수 있는 것들이다. 그러나 이러한 방향에서 활용의 문제를
지적하는 것이 아직 너무 조급한 것이라 할지라도, 텍스트의 문제
를 언어학분야로 복구시키고 Saussure의 랑그/빠롤 양분법, 그리

고 언어학은 단지 랑그만을 다룰 수 있다는 가정11)을 극복하게 된
것은 언리학 때문이다. Hjelmslev는 말한다. "텍스트 분석에 관련
된 현재 우리의 탐구에 있어서 관심의 분야는 그 과정이지 체계가
아니다."(25) 이것은 정확히 내포적 기호의 개념을 통해서, 그리고
언어(즉 랑그)를 궁극적으로 그것을 초월할 수 있는 기호학적인 과
정 속에 둠으로써 가능해진 진보였다. 모든 의사소통적 예술은 그
것이 일반적이든 문학적이든 간에 단지 내포적 기호의 영역 속에서
만 인지될 수 있고 전체적인 분석이 가능하며 다시 그것이 결정하
는 체계 속으로 돌려질 수 있다. 그러나 동시에 의사소통과 유사한
모든 면에서 관측될 수도 있는 것이다. 결론적으로 우리가 가장 염
두에 두게 될 것은 "문학적"이거나 비문학적인 텍스트들을 다룸에
있어, 문장의 복잡성이나 크기에 따라 각 경우에 암시되는 특징들
이 아닌 우선적 특징들을 정립하는 것은 잘못된 것처럼 보인다는

---

11) 근대 언어학의 비조인 F. de Saussure는 복잡한 성질을 가지는 언어를
등질적인 요소로 분석해야 한다는 견지에서 자연과학적인 구성관을 세웠
다. 개인이 현실적으로 언어를 수행하는 것과 사회구성원이 공동으로 저
장·소유하고 있는 것과는 다르다는 견지에서 빠롤(parole)과 랑그
(langue)를 구별하고 있다. 즉 머리 속에 기억되어 있는 추상적인 언어
를 랑그라 하고 그것이 개인에 의하여 현실적으로 행해지는 것을 빠롤이
라 하였으며 이 양자를 합하여 랑가아지(langage)라고 부르고 있다.
랑그는 그 언어를 쓰는 사람들에게는 공통적인 모양으로 저장되며 빠롤
은 개인에 따라서 각기 다르게 수행되는 것이므로 언어학이 문제삼고자
하는 진정한 의미의 언어는 랑그에 한정된다고 하였다. 랑그는 청각영상
인 음기(signifiant)와 개념인 의기(signifie)로 세분되는데 그 관계는
다음과 같이 요약될 수 있다.

```
             ┌개인적 부면────>언(빠롤)
언어활동 ┤                                    ┌청각영상────>음기 ┐
             └사회적 부면────>언어(랑그)  ┤                         ├ 언어기호
                                                     └개념────>의기 ┘
```

사실이다.

　이제 일단 내포적 기호를 문학적 언어로 보는 지나치게 단순한 시각을 일축하고 어떤 텍스트나 언어적 활동에도 다양한 형태의 내포가 있을 수 있다고 본다면, 내포사의 존재가 텍스트의 "문학적"인가 여부를 분류할 수 있는 소재가 아님이 명확해진다. 문학 언어와 표준 언어는 여전히 정의가 부족한 단어들이다. 내포적 기호의 분석에 있어 "특별히" 문학적인 내포사의 형태에 대한 의문은 우리가 내포적 기호에 대한 메타기호의 영역을 다루고서야 고려할 수 있는 것이다. 여기의 메타기호에는 Hjelmslev의 말에 따르면 "우선 많은 특별한 과학, 즉 사회학이나 민족학과 심리학과 같은 과학들"(125)의 개입이 필요하다. 이렇게 모호하고 매우 일반적인 명시는 문학과 전혀 무관한 것으로 보이지만 우리의 문제에 새로운 의미를 지닌다. 왜냐하면 이 점에서 "내용 및 취지"(125)를 분석할 필요성이 있기 때문이다. 즉 언어외적인 현상들(즉 역사나 사회, 심리학 및 인류학적 현상)을 분석할 필요성이 있는 것이다. 실제로 "문학적"이나 "시적" 등등의 개념은 대상의 미묘한 성질에서 발생하는 것이 아니라 필연적인 외부 현실과 맞부딪힐 경우나 텍스트의 사회적 기능에 따라 정의되는 것으로 볼 수 있을 것 같다.

1. 표준언어와 문학언어

Hjelmslev의 이론에 대한 오해와 오용은 단지 소수의 문학 기호학자들에게 발생하는 해석상의 문제로만 생각할 수 없다. 그것은 문학성, 즉 주어진 문장에 문학적인 요소를 부여하는 언어적인 특성을 탐구해온 오랜 연구 중의 하나의 일화이기도 하다.

그러나, 서술을 계속해 나가기 전에, 이후에 생길 수 있는 혼돈을 피하기 위해 용어에 대한 내용을 언급해야겠다. 20세기 비평언어에서 "시적"이라는 말과 "문학적"이라는 말은 때때로 유사어로 쓰인다. ; 그리고 어떤 경우에는 상이한 문학장르 (즉 "시적"은 구로 구성된 문학작품의 형태를 나타내는 특징적 단어로, "문학적"은 구와 절을 포함하는 단어로 쓰인다.)를 언급하기도 한다. ; 그리고 또 다른 경우에는 미학적 부분에 대한 고려를 의미하기도 한다. (즉 시와 비시적인 것) 게다가, 일반적 견지에서는 "시"란 "시적이거나 예술적인 문장이라 칭할 수 있는 분명한 문장이며, 그 특징은 음기

(signifier)와 표현되는 내용 모두에서 음성적 면과 의미적 면에
절대적 균등이 주어져 있다는 것이다. — 여기서의 균등성은 산문의
유형에 따른 것은 아니다."(Corti 1976:69) 그럼에도 불구하고,
이러한 용어상의 중첩은 실질적 이점은 전혀 없고 단지 문장간의
구분을 모호하게 할 뿐이다. 이후에는 인용문을 제외하고 "시적"이
라는 단어는 오직 시구로 이루어진 작품만을 지칭할 때 곧 "운율"
이 있는 문장을 말할 때 쓰는 것으로 한다.(Di Giroramo 1976 :
102-10) ; "산문"은 "시"에 반하는 개념으로 쓰이며 ; "문학"은 불특
정 단어로 쓸 것이며, 아직 정의되지 않은 대상이다.

　문학언어의 체계적 정의 문제를 처음 제기한 것은 형식적 방법
이론이다. 러시아 형식주의12)자들이나 이후의 자칭 프라하학파13)

---

12) 1920년대에 당시 러시아의 문학비평에서 문학작품의 내용과 사회적 의
　미를 중요시하던 지배적 풍조에 대한 반발로서 전위파와의 실험적 문학과
　연관되어 모스크바와 페트로그라드에서 일어난 문학 분석의 한 유형. 처
　음에 그 반대자들은 문학의 주제 대신에 음성이나 단어의 형식상의 패턴
　을 중요시한다고 해서 비방하는 뜻에서 형식주의라는 이름을 붙였다. 이
　운동의 대표적 인물은 보리스 아이헨바움, 빅토르 쉬클리프스키, 로만 야
　콥슨 등이었다. 1930년대 초에 이 비평양식이 소련당국으로부터 탄압을
　받게 되자 형식주의적 문학 연구의 중심은 체코슬로바키아로 옮겨졌는데
　여기에서 이 운동은 프라하 언어학회의 멤버들에 의하여 계속되었다. 이
　학회에 소속된 사람들로는 로만 야콥슨(그는 러시아로부터 이주했다),
　얀 무카로프스키, 르네 웰렉 등이 있었다. 1940년 이후로 야콥슨과 웰
　렉은 미국의 대학에서 교수로 있으면서 그들의 작업을 계속했다.
13) Prague School 20세기초 프라하에서 형성되어 언어학의 이론과 그 분
　석에 업적을 남긴 학파. 이 학파에 속한 대표적인 학자로는 러시아의 언
　어학자 니콜라이 트루베츠코이, 체코슬로바키아 태생 미국의 언어학자
　로만 야콥슨이 있으며 이 학파는 1920, 1930년대에 가장 활발한 활동
　을 전개했다. 프라하 학파의 언어학자들은 언어 내부의 요소들의 기능,
　언어들간 요소의 대비, 이 대비되는 요소에 의해 형성된 전체적인 언어
　유형 또는 언어체계 등을 강조했고 음운체계 연구로 명성을 쌓았다. 그

들은 문학작품의 미학적 사실보다는 기능면에 관심을 가졌다. 이러한 목적을 위해 형식주의자들은 아름다움이나 문학의 개념과 같은 문제를 회피했고, 그 대신에 비문학적인 글인 표준언어와 문학언어를 대조하면서 문학적 대상의 구체적 특징을 묘사하려 했다.

　Ëjxenbaum[14]은 1927년에 1915-25년까지의 형식주의자들에 대한 간략한 논평을 하면서, "형식주의 방법의 구조는 문학연구가 구체적이고 세부적으로 행해져야 한다는 원리에 의한 것이며, 이러한 구체성의 원칙을 사색적 미학주의에 의존하지 않고 설정하기 위해서는 사실의 문학적 배열을 또 다른 질서체계로 병치해야 한다. 이러한 목적으로 여러가지 실존하는 배열 중 하나가 선택되는데, 사실 문학적 배열은 상호 연계되어 있지만, 여기서는 기능면에 대조되는 것을 취한다. '시적' 언어와 '실용적' 언어간의 대비를 유발하는 것이 바로 그러한 방법론적 절차이다. 이러한 대비는 『Opojaz』[15]초판에 제시되어 있으며, 형식주의자들이 시의 근본

　　들은 변별적 자질을 이용한 음운분석 체계를 발전시켰으며 이 분석을 통해 각 언어의 개별 음운은 서로 대비되는 다양한 조음적·음향적 자질들로 구성되어 있음을 밝혔고, 서로 대비되는 자질을 최소한 하나는 가지고 있다는 사실을 밝혔다. 언어의 음운체계 분석에서 변별적 자질 분석이라는 개념을 적용하는 방식은 변형문법의 표준 모델에 반영되었다. 프라하 학파는 또한 구문과 문장구조에 기능주의적 방법(언어요소가 인지·표현·의지를 완수하는 방식에 대한 연구)을 적용하는 것에 관심을 가진 것으로도 유명하다.

14) (1886-1959) 소련의 문예학자. 「젊은 톨스토이」(1922), 「젊은 톨스토이」(1931) 등으로 톨스토이 학자로 알려졌을 뿐만 아니라 미래파에서 「예술 좌익전선 운동」에 참가. 구성주의 언어론을 탐구. 「문학을 통해서」(1924) 「러시아 서정시의 선율」(1922)로 평론과 연구에 독창적 견해를 제시했다.

15) '시어연구회'라는 뜻. 1916년 결성. 모스크바 언어학회(1915년 결성)와

적 문제를 다루는데 있어 활발한 원리로 이용되었다."고 주장한
다.(1927a:7-8)

　프라하 언어학파의 설립자들은 많은 수정을 가하면서 그 같은
지침을 수용했지만, 몇 가지 점에서는 더 엄격한 태도를 보였다.
Jan Mukařovský는 프라하 학파의 견지에서 표준언어와 시적 언
어간의 관계에 대해 가장 분명한 정의 중 하나를 제시했다.

　Mukařovský는 그 문제를 다음과 같이 서술했다. : "시적 언어
와 표준언어의 외연 사이의 관계와 전체 언어 체계상에서 각각의
위치 사이의 '관계'는 무엇인가? 시적 언어는 특별한 표준언어인가,
아니면 독립적 형태인가? 시적 언어는 다름 아닌 자체의 용례를
지니고 있기 때문이라면 어휘나 통사면에서 표준언어라 칭할 수 없
으며, 제시된 모든 언어나 다른 발전단계의 언어라고 부를 수 없
다. 따라서 시적 언어는 표준언어류가 아니다. 이것은 그 둘 사이
의 밀접한 관련을 부인하는 것이 아니다. 그 관계에서 볼 때, 시에
있어 표준언어는 작품의 언어적 요소들에 대한 의도적인 심미적 왜
곡을 반영하는 배경이 된다. ; 즉, 표준언어를 기준으로 의도적인
위반을 가하는 배경이 되는 것이다. 표준언어 기준의 위반, 즉 체
계적 위반은 언어의 시적 이용을 가능하게 만든다. ; 이러한 가능성
이 없다면, 시도 없을 것이다. 표준언어의 기준이 주어진 언어상에
더 안정화될수록 그 위반이 더 다양해지며, 그 언어에서의 시적 가
능성이 더 커진다. 한편 이러한 기준에 대한 인지가 약할수록 위반
의 가능성은 더 적어지고, 시적 가능성도 더 낮아지는 것이
다."(1932:17-18)

　　더불어 러시아 형식주의를 이룸.

　따라서, 슬라브 형식주의자들16)은 문학언어를 표준언어의 일탈
적 측면에서 정의했고, 그로 인해 20세기 비평이론에서 가장 성공
적이고 자주 등장하는 개념을 낳았다. 활용면에서, 이 개념은 "하나
의 기술"(그 자체를 위해 존재하는 "순수한" 언어 ; 혹은 Šklovskij
(1929)에 따르면 멀어지게 하기(estrangment)가 그 목적인)로
써 문학작품을 강조하는 장점이 있기 때문에 나름의 중요성은 있지
만 텍스트에 문학성을 부여하지는 못하는 도덕적, 심리적, 사회학
적 의미보다는 비평가들의 관심을 메시지 그 자체에 집중시키는 결
과를 낳았다. 이 원리는 Jakobson이 분명히 공식화했는데, 그는
"문학연구의 목적은 문학이 아니라 문학적 성격이며, 이는 특정작
품을 문학작품으로 만드는 요인을 말한다고 했다."17)(1921:11)
　그럼에도 불구하고, 이론적으로 볼 때 "일탈"이라는 개념(혹자들
은 Valéry18)의 표현을 빌어 "ecart"라고 부르기도 한다)은 몇 가
지 취약점이 있다.
　첫째, 자주 볼 수 있는 것처럼, 모든 일탈이 저절로 "문학적" 내
포사를 구성하지는 못한다. 따라서, 비록 많은 이들이 문법적 일탈
로 유명한 colorless green ideas sleep furiously(무색의 푸른
생각이 미친 듯이 잠든다)라는 문장에서 구체적 시적 성격은 작가
의 숨겨진 창의적 재능에 기인할 수도 있지만 비문법적 문장이 바
로 시적인 것은 아니라는 것을 알고 있다. 그러나 예를 들어 학생

---

16) 러시아＋프라하 학파
17) 이를 문학성(literariness)이라 한다. 야콥슨에 의할 것 같으면 문예과학
　　의 연구대상은 문학이 아니라 문학성이다. 즉 주어진 작품을 문학작품이
　　게 하는 특성이다고 말한다.
18) Paul Valéry(1871-1945) 프랑스의 시인·철학자.

들이 흔히 저지르는 모든 문법적 "실수"가 시적 목적과 효과를 가
지지는 않지만, 어떤 문학적 문장들은 일탈의 정도가 매우 낮거나
전무한 경우도 있다. 게다가, Trubeckoj가 1924년 Jakobson의
작시법에 대한 책에 대해 논한 바대로 언어의 인내에는 분명한 한
계가 있다. 이 반론에 대한 답이 바로 Fish와 함께 "일탈주의자"
학파로 불리는 이들의 최근 전개에서 나온다.(1973-74) 예를 들
어 Bierwisch는 "일탈의 규칙"에 대해 다음과 같이 논하고 있다. :
문법적 불규칙성은 단순한 언어적 위반을 멈추고 그 자체의 특별한
규칙성을 획득한 경우에만 시적 효과를 누린다.(1965) ; 한편
Lotman은 문학언어를 자연언어에 근간을 둔 제2의 체계라 부른
다.(1970) 이러한 조정에도 불구하고 여전히 문학언어의 정의를
위한 대조과정의 유용성에 대한 의혹은 남는다.

　분명히 시는 시가 아닌 것과 연관지어 정의될 수 있다. — 즉 산
문이나 다소 예술적인 산문과 비교해서 말이다. 이러한 방식으로
동등한 요소들이 대비되면 시구로 이뤄진 텍스트와 산문체간의 특
별한 긴장의 형태(예를 들면 운문체)를 강조하기 쉽다. 비슷하게 이
탈리아 궁정시를 프로방스시와 비교 묘사할 수 있으며 ; Marino[19]
적인 시를 Petrarch[20]적 전통시와 비교할 수도 있다. 이 방법은
거의 대수학적[21]이다. : 비교의 견지에서 취한 특정 대상에 대해
새로운 요소를 더하고, 상실된 요소를 뺀다. 같은 방법이 개인에도
적용될 수 있다. (Petrarch의 언어를 Dante[22]의 것과 비교하는

---

19) G. Marino(1569-1625) 이탈리아 시인.
20) F.Petrach(1304-74) : 이탈리아 시인
21) 수나 문자를 써서 수의 성질이나 관계를 연구함.
22) Dante Alighieri(1265-1321) 이탈리아 시인.

것같이) 그리고 문학 외에도 적용될 수 있다. (언어교육에 있어서
대조법의 사용)

그럼에도 불구하고 이러한 대조적 절차가 의미를 지니거나, 방
법 논리상으로 정당하려면 몇 가지 기본조건이 필요하다. 무엇보다
도 비교는 경제성의 원리를 따라야 한다.— 즉 상호 유사하거나 연
계적인 구조나 체계를 대조시켜야 한다. 어떤 이가 한 시인의 스타
일과 자신의 현재 혹은 가까운 미래의 스타일을 비교할 수는 있으
나, 이론상 그것이 가능할 수 있다 해도 오늘날의 "평범한 사람"의
영어와 William Shakespeare를 비교한다는 것은 별 득이 없는
것이다. 또 하나의 조건은 비교는 두 체계나 두 텍스트와 같은 동
질의 요소 사이나 두 체계나 문장의 일부 사이에서 행해져야 한다
는 것이다. 이 모든 것들은 분명하고 사소한 듯이 보이나, 표준언
어에 대비되는 문학언어의 정의가 이러한 분석형태에 필요한 최소
한의 조건을 만족하는가에 대해 스스로 자문해보는 이는 드물다.

실제로 문학언어를 표준언어에 대비시킨다는 것은 두 체계가 연
관된다고 생각해도 비동질적 요소를 대비시키는 것이다. 어떤 이가
언어학적 "일탈"을 비교할 때, 표준적 랑그에 문학적 빠롤을 비교할
수는 있지만, 랑그들 간(이탈리아어와 영어)이나 빠롤들 간(Petr-
arch작품과 Dante작품)의 비교만이 유일하게 타당할 뿐이다. 일
탈주의자들은 문학적 "체계"를 논하라고 주장하지만, 정의하기 힘들
거나 불가능한 표준체계와 문학체계의 대비는 일반적이지 못하며,
오히려 (문학적) 텍스트와 표준언어 사이의 대비가 일반적이다. 게
다가 Saporta(1960:92)가 말한 바와 같이 "일탈"에 "일반문법의
제약을 넘어선 추가적 규제"의 의미가 주어지지 않는다면, "일탈체

계"를 논할 수 없다. (이것의 예는 압운, 운율, 율동 등이 있다.)23)
그러나 이러한 제약은 개별장르와 하부장르를 포함하므로, 문학 외
부류에 비교할 필요 없이 자체 부류 내에서 설명될 수 있다. 문학
적 빠롤을 표준적 랑그와 대비하는 것은 표준적 빠롤을 문학적 랑
그에 대한 일탈로 정의하는 것과 같다. ; 두 경우에는 분명한 차이
가 있다. 모든 문장과 빠롤의 실행 (말이든 글이든)은 언어의 이상
적 형태에서 어느 정도의 (발음면이나, 어휘, 통사 등등에서) 일탈
을 지니고 있다. 그렇지 않다면 일반인의 언어를 셰익스피어의 언
어처럼 문법 속에서 찾아야 될 것이다. ; 그리고 랑그와 빠롤, 체계
와 과정, 음소와 음 사이의 구조주의 언어학의 기본적 구분은 의미
가 없을 것이다.

　　회화체 언어에서의 모든 일탈과 문학적 텍스트의 "구체적" 일탈을
구분하기란 거의 불가능하다. 사실상 통시적 관점에서 Tynjanov
가 최초로 제시한 형식주의의 우연한 변화에 의한 문학전개 이론은
언어사에서 증명되어 있다. 평속 라틴어로 blancu가 처음 albu 대
신에 사용되었을 때, blancu는 명백히 albu를 대체하는 체계의 일
부가 되기까지는 "일탈"로 간주되었을 것이며, albu는 완전히 소멸
되기 전 얼마동안은 고어로 쓰였을 것이다. 그리고 문학 진화이론

---

23) ①rhyme : 운, 압운, 시가에서 일정한 자리에 같은 음, 또는 비슷한 음
　　　　　　을 규칙적으로 배치하는 일. 두운, 각운 따위.
　　②meter : 율격, 운율, 보격, 시문의 음성적 형식. 외형률과 내재율이
　　　　　　있음. 모든 지속되는 말에서 소리의 흐름에서 강세들의 율
　　　　　　동(리듬) 속에 일정하지는 않지만 식별할 수 있는 정형을
　　　　　　감지할 수 있다. 이 강세들의 리듬이 규칙적인 단위들의
　　　　　　반복으로 구성되어 있으면 그것을 율격이라 부른다.
　　③rhythm : 리듬, 율동, 주기적으로 오르내리는 소리의 규칙적 파동.

과 20C 말에 전개된 통시적 언어이론 간의 밀접한 관계는 잘 기록
되어 있다. (예를 찾는다면, Tynjanov와 Jakobson의 1928년
"문학과 언어에 대한 연구"에 대한 글을 보라)

　이러한 것을 들어, 역설적 주장을 하려는 것은 아니다. 이 글에
쓰인 언어가 여러 가지 면에서 시의 언어와 다르다는 사실은 매우
보편적인 사실이다. 그것은 현대시의 경우도 마찬가지이다. ; 또한
친구에게 보내는 편지는 소설의 규칙과는 다른 "규칙"을 따르며, 심
지어 매우 엄격한 언어학적 면에서도 그러하다. 현대 언어학, 특히
언어사회학24)에서는 언어에서 수준의 다양성을 인정하며, 언제나
(그리고 적절히) 어떤 것이 "옳다"거나 "바르다"라고 지적하지 않는
다. 이 문제는 다소 별개의 것이다. : 매우 밀집되어 있고 각 수준
간의 지속적 교환이 가능한 하나의 계층 내에서 표준 언어와 문학
언어를 인지한다면 이를 구분 가능한 언어적 실체로 인식할 수 있
는가? 임의대로 모든 중간적 뉘앙스를 무시하며 아주 다른 두 극
단으로 분리하게 되면 문학언어의 복잡성 뿐 아니라 언어의 복잡성
도 무시하게 된다.

　더 중요한 사실은 반대되는 개념(문학언어)이 있기 위한 필수적
단어인 "표준언어"조차도 아직 정의되어 있지 못하다는 것이다. 비
교는 Hjelmslev의 용어학에 따르자면 순수 외연적 기호의 존재

---

24) social linguistics 언어와 사회의 관계를 연구하는 학문. 이 학문은 언
　　어가 공동체 안에서 사회적 역할을 유지하기 위해 어떠한 역할을 하고
　　있는가에 관심을 둔다. 사회언어학자들은 특정한 상황에서 쓰이는 언어
　　요소들, 그 상황의 중요한 요소들과 참여자 간의 다양한 사회적 관계를
　　나타내는 언어학적 특징을 가려내려고 한다. 발음·문법요소, 어휘선택에
　　미치는 영향은 다양하나 그 중에서도 나이·성별·교육정도·직업·인
　　종·또래집단의 귀속의식을 들 수 있다.

즉 문법이 곧 문체와 동일시 되며, 모든 형태에 중립적이며, 동음
적이고 무색조적인 제로 상태의 언어의 존재를 인정할 수 있을 때
에만 가능하다. 그러나, 그러한 (자연적) 언어는 존재하지도, 존재
한 적도, 존재할 수도 없다.; 그리고 "표준언어"는 "문학언어"와 대
비되기 위한 일종의 도구적 환영(phantom)을 나타낸다는 느낌이
든다. 즉 표준이란 비문학적 언어라고 정의되지만, 아직 표준언어
나 문학언어는 정의조차 내려져 있지 않다. Mary Louise Pratt
는 "'시적 언어' 개념의 오류"를 비판하면서 말하기를, "랑그 수준에
서 문학과 비문학을 구분하려는 시도는 시학에 대한 관심을 일반적
언어학에 대한 관심 밖으로 두는 효과가 있지만, 두 원칙간의 유사
성을 보유하게 되면 그 원칙의 목적에 있어서의 불균등이 용어와
방법론의 일관성 하에 숨겨진다. 언어학적 구조로서의 '일반적 언
어'가 고안된 것은 바로 이러한 힘의 분리를 지지하기 위함이다."고
했다.(1977:15-16)

사실상 표준언어에 반하는 개념으로서 문학언어를 정의하는 데
에는 작업의 명료한 분화와 문학 비평가와 언어학자의 방법론의 상
호배제가 있어야 한다. 이것은 현대비평이 소쉬르 학파와 후기 소
쉬르 학파25) 언어학에서 기인되었다는 사실이나 금세기 최고의 언

---

25) 코펜하겐 학파(Copenhagen school). 코펜하겐 학파라는 명칭은 금세기
의 30년대 말에 덴마크의 언어학자 예름슬레브(1899-1965)와 브뢰날
(1887-1942)의 이론에 입각해서 수립된 구조주의 언어학을 가르킨다.
그리고 이 학파는 1934년 예름슬레브와 브뢰날의 지도 아래 설립된 코
펜하겐 언어학자 서클이 그 기반이 되었다. 이 학파는 '구조주의 언어학
국제논문집'이라는 부제가 붙은 연구지 《언어학 논문집》을 1939년에
창간함으로써 현대 언어학의 발전에 있어서 국제적인 중요성을 얻게 된
다. 그들은 또한 자기들의 이론적 기반이 소쉬르의 학설에 있음을 강조
하기 때문에 신소쉬르주의라고도 불린다. 그러나 그 후 예름슬레브는 자

어학자들 중 몇몇이 문학 분석을 행했었다는 사실을 고려해 볼 때, 다소 역설적으로 보일 수도 있다. 한편 비평가들이 언어학자의 영역을 다룬 경우는 없는 것 같다. 그러나 필연적으로 모든 일탈적 이론은 결과적으로 엄격하게 언어학적인 접근을 포기하는 한편 기껏해야 더 공허한 용어론적 방법을 보유하게 된다.

Stanley Fish는 이 문제에서 나타난 문제를 분명히 했다. "언어학자들은 문학은 결국 언어이며, 따라서 문장에 대한 언어학적 서술은 반드시 비평적 행위와 연관된다고 단언한다. ; 비평가들 또한 언어학적 분석은 중요한 것들을 배제하고 있으며, 배제된 것이 바로 문학을 구성하고 있는 것들이라고 단언한다. 이러한 사실은 때론 이편에서, 때론 저편에서 문학적 텍스트 고유의 형식적 특성을 파악하려는 시도로 이어진다. 이러한 시도들은 파악된 특성들이 문학적이지 않은 문장에서 발견되든지 혹은 분명한 문학적 문장에서 그러한 구체적 특성들이 발견되지 않은 경우 필연적으로 실패하게 되는 것이다. 결국 어떤 측도 진정한 승리를 얻지 못하지만, 각 측이 상대편의 실책을 지적할 수는 있다. ; 문학비평가들은 그들이 주장하는 독특한 문제에 대한 객관적 기준을 제시하지 못했다. ; 언어학자들은 그들의 규칙과 도구적 방법에 대한 주장을 뒷받침할 실질적 예를 제시하지 못했다."(1973-74:41) Fish가 제안한 해법은 문학언어와 표준언어간의 대비를 극복하고 그 대신에 "더 자

신의 언어학 이론의 독자성을 강조하기 위해서 언어학이라는 명칭을 글로스매틱스(glossematics)라는 명칭으로 불렀기 때문에 이 학파는 오늘날 이 명칭으로 알려져 있다. 글로스매틱스는 커뮤니케이션 기호의 일반 이론, 즉 기호학(semiotics, 혹은 semiology)의 창설에 가장 큰 관심을 보였다.

유롭기 때문에 더 흥미로운 결론을 숙고하자는 것으로, 일상언어와
같은 것은 없다는 결론인데",(49) 이는 적어도 모든 규칙과 표준의
도피처라는 의미는 아니다.

따라서 언어학과 비평론 간의 현실과 동떨어진 이론적인 탐구는
그 성질이 변하게 되는데 역사적으로 거의 모든 구조주의 언어학의
경향이 랑그 위주의 탐구였으며, 빠롤에 대한 탐구를 부차적으로 간
주했기 때문이다. 이것은 Saussure의 글에서도 분명했다.(1916:
17-20)

1965년에 Chomsky는 "언어이론은 주로 완전히 동질적인 언
어공동체에 존재하는 이상적인 화자-청자를 전제로 하며, 여기서
그들은 그 언어를 완벽히 알고 있으며, 기억의 한계나 착각 및 관
심과 기호의 변화와 그의 언어적 지식을 실제 행동에 적용하는데
생기는 (우연적이거나 특징적) 실수와 같은 문법적으로 부적절한
조건에 영향받지 않는 이들이다."고 말했다.(1965:3) 우리가 살펴
본 바와 같이 오직 Hjelmslev가 제시한 이론적 모델만이 최종 분
석에서 그 자체적으로 모방할 수 없는 텍스트에 직면하는 언어학으
로의 길을 열어주며, Chomsky와 현대 언어학의 창시자들이 사전
에 배제해 문학 비평가들이 자기들만이 할 수 있는 영역이라고 주
장하는 "다양한 요소"들을 고려할 수 있게 해 주는 것이다.

2. 언어의 용도와 기능

문제에 접근하는 방법 중 다소 비체계적인 것이 언어의 여러 기능26)을 파악하는 것이다.

초기에 이 이론을 형성한 일부 형식주의자들은 언어의 실용적 기능과 탐미적 기능을 대조시켰다. 이러한 구분은 표준언어와 문학 언어 간의 대조를 직접적으로 반영한 것으로 보인다. ; 하지만 그것은 이탈리아의 신이상주의자들이 퍼뜨렸던 용어들을 상기시키기도 한다. 중요한 것은 그것이 Stender-Peterson(1949:279)의 언리학 서적에서도 등장한다는 것이다. Stender-Peterson은 순수한 미를 추구하면서 건축을 "2차적인 응용 예술"로 세 가지 순수예술 ─

---

26) 언어학에서 기능이란 주로 발화가 지니는 역할을 가리키는데 야콥슨은 언어의 기능을 여섯가지로 제시하고 있다. 언어활동을 구성하는 요소는 대체로 ①말하는 이 ②말 듣는이 ③쓰여진 말 자체 ④말이 관계를 맺고 있는 관련 ⑤말이 쓰여진 분위기 내지 경로 ⑥사용되는 언어의 종류를 들 수 있다.

즉, 음악, 조형미술(회화, 조각) 및 문학 — 에서 제외시키면서 이 것이 20세기 (비마르크스 계열) 미학의 뿌리 깊은 개념임을 확증 했다. 이러한 대비는 예술이 인식적이거나 교훈적 목적을 지닐 필 요가 없는 이념적 맥락의 경우에 발생하며, 예술 작품의 작가와 감 상자가 완벽한 미학의 자치(독립성)를 언급할 경우에 나타나기도 한다. Oscar Wilde[27]가 시는 "무용하다"라고 말한 데에서 이미 "예술을 위한 예술"[28]은 탄생한 것이다.

이 분야의 고전인 "사고에 대한 언어의 영향과 상징주의 연구" 라는 글에서, Ogden[29]과 Richards[30](1923)는 기호의 "상징적 사용"과 "정서적 사용"으로 요약될 수 있는 5가지 언어의 기능을 추 출해 냈다. 이러한 두 축의 대비는 (비록 몇 가지 용어상의 불안정 이 있지만) 초기 형식주의자들이 시작한 논의에 새로운 생명력을 부과했다. 1932년에 Mukarǒvský는 언어의 시적 기능을 어조의 "전경화"[31] (foregrounding 원래 체코어로는 aktualisace)라 정

---

27) Oscar Wilde(1854-1900) 영국의 소설가 · 극작가
28) 순수 예술주의
29) Charles Kay Ogden(1889-1957) 영국의 언어학자, 심리학자. 리처즈 와의 공저 『의미의 의미』 (1923)로 언어이론에 신기원을 이루었다. 언 어의 본질 · 기능을 심리학적으로 연구하여 『Basic English』를 발굴, 영어교육의 개선에 힘썼다.
30) Ivor Amstrong Richards(1893-1979) 영국의 문예비평가. 베이직 잉 글리시의 창도자. 대학에서 영어를 가르치면서 '의미론'을 과학적으로 연 구하였다. 또 심리학이 문학비평에서 기본적임을 입증하여 근대문예비평 의 기초를 닦았다. 저서에 『문학비평의 원칙』, 『비평의 실제적 방법』 등이 있다.
31) 어떤 것을 가장 눈에 띄게 하고 그것을 우리의 지각에서 지배적이게 한 다는 뜻이다. 시의 경우 언어의 지시적인 면과 논리적인 관계를 뒤로 물 러나게 함으로써 시는 말 자체를 음성기호로서 감촉할 수 있게 한다.

의했다. "전경화는 자동화의 반대말이며, 행위의 비자동화이다. ; 행위가 자동화될수록 의식적 활동은 적어진다. ; 행위가 전경화될수록, 행위는 완전히 의식적이 되어간다.…… 시적 언어에서 전경화는 의사소통을 표현과 그 자체를 위한 대상으로서의 배경으로 확장시키는 최대의 집약도를 지닌다. 그것은 의사 소통에 도움을 주는 용도가 아니라 표현행위와 말하는 행위 자체를 전경화 시키기 위해 쓰인다."(1932:19) 따라서, 시는 일반적 의사소통과는 반대인 것이다.

그러한 대비가 이론상으로는 분명해 보이지만, 실제 적용시에 있어서 형식주의자들은 여러 기능간의 한계를 인식하는데 있어서는 절대적이지 못하다. 예를 들어 최근 활동으로 형식주의자들은 "다큐멘터리 문학"—즉 일기, 자서전, 르포 — 을 연구하기 시작했다.

Jakobson의 체코시인 Mácha[32]에 대한 논의는 교훈적인 동시에 괄목할만하다. Mácha는 Lori라는 한 여성에 대한 자신의 애정을 숭고하고 세심한 어조로 표현한 몇 편의 시와 산문을 남겼다. ; 그러나, 그는 사후 발간된 일기에서는, 같은 내용을 매우 외설스럽고 통속적으로 서술하고 있다. "일기에서는 서정적인 시인Mácha가 그의 육체적, 관능적 및 배설적 기능을 매우 서사시적으로 쓰고 있다. 회계사처럼 냉혹할 정도로 정확하고도 지루하게 Lori와의 만남에서 어떻게, 얼마나 자주 욕망을 충족시켰는가를 쓰고 있다.(1933-34:132)

Jakobson의 의도는 예술과 실제 삶 (Dichtung and Wahrheit)[33]간에 확정적 관계가 없다는 것을 보이려는 것이다. 실제로

---

32) Karel Hynek Mácha(1810-36) 체코의 낭만주의 시인.

다른 형식과 문체이기는 해도, 두 가지는 모두 사실이라고 주장한
다. : 그것은 단지 똑같은 대상과 경험을 두 가지 의미론적 측면으로
나타낸 문제이다. 흥미로운 것은 Jakobson이 일기를 시와 같은 문
학 작품으로 간주했다는 것인데, 그것은 일기가 "실용적" 목적이 없
기 때문이었다. : 그는 "우리는 예술을 위한 예술적 존재"라고 쓰면
서, Mácha가 만일 다른 시대에 태어나 Joyce[34]나 Lawrence[35]
와 같은 존재였다면, 일기를 출판하고 시는 벽장 속에 묻어 두었을
것이라고 덧붙이기도 했다.(133) 그러므로, Jakobson에 따르면,
문학작품은 청중에 의해 수락될 가능성("대중성")에 의해 정의되는
것이 아니라 비문학 작품과 구별되는 미묘한 특질에 의해 정의되는
것이라고 할 수 있다. 개인의 일기라 할지라도 이러한 미묘한 특질
이 존재한다면 문학작품으로 간주될 수 있는 것이다.

　이러한 면에서, (글쓰기의 규칙과 관습체계를 의미하는) 문학언
어와 (비문학 언어를 통칭하는) 표준언어 간에 대립이 존재하는 것
이 아니라, 소위 언어의 탐미적 기능과 실용적 혹은 지시적 기능
간에 존재하게 되는 것이라 할 수 있다. "시는 탐미적 기능을 지닌
언어"라고 Jakobson은 일찌기 1921년에 가정하였다.(11) 이것은
탐미적 기능이 일상언어로 제시될 수도 있음을 의미하는데, 이는
일기를 문학적 "체계"를 다룬 작품으로 보기 어렵기 때문이다.
Mácha의 일기는 그 시대의 어떤 쟝르나 경향에도 들어맞지 않는
데, 그것은 외설스런 내용 때문이기도 하며 외설스러운 표현방식
때문이기도 하다. : 당시 독자 중 어느 누구도 그것을 문학으로 간

---

33) 독일어
34) James Joice(1882-1941) 아일랜드의 소설가 · 시인
35) David Herbert Lawrence(1885-1930) 영국의 소설가.

2. 언어의 용도와 기능 33

주하지 않았을 것이며, 시간이 지난 후 그와 같은 작품을 문학으로 간주하게 된 문학체제의 변화는 단순히 우연적인 현상이었다.

더 복잡한 것은 1958년 블루밍턴 문체 연구회의(Bloomington Conference on Style in 1958)에서 나타난 Jakobson의 언어적 기능에 대한 내용이다.(1960) : 문학언어와 비문학언어, 혹은 탐미적 기능과 지시적 기능간의 정면 대조보다 훨씬 더 분명한 분류가 이루어졌다.

Ogden과 Richard가 제시했던 정서적 및 상징적(즉 지시적)기능은 차치하고서라도, Jakobson은 언어에 있어서 Buhler(1933)가 만든 욕구적 기능, Malinowsky(1923)가 창안한 친교적 기능, 폴란드 논리학파와 Carnap[36](1934)에서 기인한 후단 언어적 기능 등을 인정한다. ; 끝으로 그는 시적 기능을 하나의 독립적 기능으로 부가한다. 모든 기능은 다음에 도식화되어 있는 언어 의사소통의 6가지 필수 요소 중 하나가 두드러진 것으로 구분할 수 있다.

맥락

화자   메시지   청자

접촉

기호

---

36) Rudolf Carnaf 논리실증주의 운동(비엔나학파)의 일원. 『언어의 논리 구문』, 『철학적 논리적 구문』 등의 저술이 있다.

정서적 기능은 화자가 말하고 있는 것에 대한 태도를 나타내며, 화자에 중점이 두어진다. : 거의 모든 감탄문에 나타난다. 욕구적 기능은 명령형이나 호격으로 주로 표현되며 청자를 향한 것이다. 친교적 기능은 접촉을 위한 준비나 의사소통의 통로를 시험해 보는 것으로 (전화상의 여보세요나 듣고 있어요? 등) 나타난다. : 지시적 기능은 맥락 (생물 혹은 무생물 "3인칭") 이 중심이다. ; 그리고 후단언어적 기능은 초점을 기호 혹은 언어 자체에 둘 때 나타난다. 끝으로 Jakobson의 말을 빌어서 설명해 보자면, 시적 기능은 "메시지를 지향하는 것으로 메시지 그 자체가 중심이다."(1960:356) 따라서 모든 언어적 의사소통 행위에서 나타나는 요소들의 도식을 언어의 6가지 기능의 도식에 비유하여 나타낼 수 있다.

지시적

정서적   시 적   욕구적

친교적

후단언어적37)

최근 언어기능이론은 다소 다른 견지에서 시작되고 확장되어 개별작가의 특별한 방법론적, 학문적 관심에 따라 행해지고 있다. 예를 들자면, 민족학자인 Hymes(1962;196;1973-74)와 언어학자인 Rosillo(1965:45-114), Halliday(1970;1971) 등이 있다.

비록 같은 이론적 배경을 가졌다고 할 수 있지만, Zumther의 중세의 사례에 기초한 접근법은 더욱 독창적이다. Zumther는 담

---

37) 후단언어적(metalingual)은 메타언어적으로도 번역된다.

화에서 "메시지의 특성"을 이용해 "언어적 기념비(Strasburg 선언 ;
판사가 관례적으로 쓰는 형식화된 표현과 같은 것)와 다큐멘츠(일
상대화에서의 문장들 ; 요나에 대한 설교에서의 표현)로 구분했
다……. 일반적으로 어떤 언어적 사회에서든 한 가지는 분명하다. :
1) 1차적인 언어의 '다큐멘터리적' 언급은 기본적으로 의사소통의
기능을 지니며 ; 2) 2차적인 '기념비'적 언급은 전자와 연관되어
존재하지만 그것으로 환원될 수는 없다. 기능적 구분 : '1차적 기능'
과 '2차적 기능'이라 칭할 수 있으며, 이는 이론상으로는 문제가 될
수 있지만, 실질적으로 매우 유용하다. 1차적 기능은 현재 상호 의
사소통의 필요성에 의해서만 결정된다. ; 2차적 기능은 단어의 2가
지 의미에서 실질적 '선도'기능이다. : 즉 도덕적 고양과 조직체계의
구성에서…… 한편으로 화자는 주관적으로 자신의 경험 내에서 표
현을 하고 (1차적 기능) ; 다른 한편으로는 이따금 언어를 이용해
이러한 경험을 보편화시킬 필요도 느낀다.(2차적 기능)(1963:32-
33) 그럼에도 불구하고 이러한 구별은 언어학적 방법 때문에 단순
화되어버린 바탕에다 어떤 구도를 더하고자 하는 욕구로 부분적으
로 정당화될 수는 있지만, 매우 도식적이고도 딱딱하다. 경험을 보
편화하려는 의도가 Strasburg선언(즉 기념비적이거나 2차적 기
능)에 나타나 있다고 하기는 어렵지만, 이것은 등록되지 않았거나
불가능한 언어적 행위에서 쉽게 나타날 수 있으며, 그것은 화자의
"주관"내에서 표현되는 것들이다. "기념비" (법률상이나 심지어 입
법적인 칙령에 이르기까지)는 구체적인 실용적 목적 (즉 사회 내에
서의 개인행위)을 지니며, 따라서 상호의사소통의 역할을 한다. ;
그러나, 개인경험의 "직접성"을 나타내는 모든 회화체 언어들이 "일

상적 상호의사 교환"을 목적으로 하지는 않는다. 예를 들자면 Jakobson의 감탄사와 같은 정서적 기능의 산물을 기념비화 할 수는 없는 것이다.

1975년에 Zumther는 다시 그 주제를 다루면서, 더 확고한 이론적 도구를 이용하여 (그의 1963년 책에서는 잠시 언급되었을 뿐인) Jakobson에 대해 논했다. 새로운 어구로의 문학의 "탄생"은 시적 기능, 즉 Halliday의 말을 빌면 "텍스트적" 기능에 대한 인정이며 이것은 한 사회의 자체 언어에 대한 자각을 반영하는 것이라 할 수 있다. "이러한 의식이 어느 정도의 명료함을 지니자마자 언어는 스스로 사고하고 객관적으로 존재하여 보편화 및 다양한 형태의 문학 '사실'을 구성하는 역사화를 위한 필요성을 가정하고 이를 실행한다."(1975:206) 이것은 저절로 생겨나는 가설이지만, 어떤 이들은 Zumther가 문학에 대한 매우 제한적인 정의를 내리고 있기 때문에 지지하기를 꺼리고 있다. : 그의 정의는 다음과 같다. "'문학'은 표현의 집합으로 나타나며, 그 속에서 다른 모든 기능들이 작용한다 해도 표현의 통일성과 구체적 특질은 그 자체에 대한 형태로서 메시지의 집중화의 결과로 원문적 기능에 부여된 특정한 힘 속에 존재한다……. 따라서, '문학적' 문장은 지시 대상물의 내부화와 (2차적으로) 외연에 대한 내포의 우위 및 의도에 대한 감정의 우위를 포함하게 되는 것이다."(203) 그리고 여기서 Hjelm-slev의 용어론을 남용하지 않고서도 1963년 내려진 그 구분이 새로운 장식을 하고서 다시 제안되고 있음이 분명해진다.

비록 여전히 지시적/비지시적 대비와 결부되어 있기는 해도 Maria Corti의 제안(1976:89)은 더욱 명확하게 Jakobson이론

에 대한 수정을 지향하고 있다. 여기서 Maria Corti는 문학적 텍
스트는 "초기호(hypersign)"(Echo에 근거(1976:261-76)), 즉 기
호의 초기능성이 담겨 청자와 직면하여 수행되는 메시지라고 정의
했다. ; "그래서 시적 언어는 그 자체로 의사소통이 이루어진다는
주장은 속속들이 의문에 대한 규명을 하지는 못하는 것 같다. 그것
은 시적 언어가 지칭대상과 독립적인 경우 즉, 기본적 의미론이나
일상언어 의미론의 수준에서만 유용하다는 것을 말한다. 더 정확히
말하자면, 시적 텍스트는 현실에 직면하여 독자의 시각에 따른 문
법을 변화시키는 메시지를 발산한다."(80) 한편 Corti 자신은 실
질적 측면에서 그 문제를 다시 제기했는데, Jakobson에 대한 비
평에서 "언어에서 시적 기능의 적용과 텍스트에서 시적 언어의 질
적 차이"를 어디에 둘 것인가에 대한 의문을 제기하고, 광고와 같
이 언어의 시적 기능을 많이 이용하기는 하지만 결코 시가 아닌
"형식적으로 시적인 텍스트"와 ("형식적이 아니라 실질적으로 시적
임"을 의미하는)(78) "진정으로 시적인 텍스트"를 구분하였다. 그러
나 논의가 미학적 부분으로 바뀌지 않는다면 — 즉, "좋은"시와 "나
쁜"시 — 이러한 구분은 비록 하나의 목적으로 제시될 수 있기는 하
지만, 증명될 수 있는 근간이나 가능성이 희박하다. van Dijk의
문학체계의 문법에 대한 가설(1972b)이 일반 텍스트 문법(압운,
두운, 구체적 어휘 등등)에 비교할만한 다른 규칙을 내재하고 있다
는 언급은 도움이 되지 못한다.(50-52) 그 이유는 광고에서라도
이러한 규칙이 등장하는 것을 막을 수 없기 때문이다.

　이러한 (그리고 그외의) 불안정성에도 불구하고, Jakobson의
모델은 언어기능 이론에 있어 가장 명확하고 고전적인 공식을 제시

하며, 반세기 동안 지속되어온 논의의 총체로 볼 수 있다. 따라서
우리가 탐구의 실마리로 선택할 대상은 바로 Jakobson의 이론인
것이다.

3. 지배소

Jakobson은 "시적 기능의 언어학적 연구는 시의 한계를 넘어서야 하지만, 시에 대한 언어학적 탐구는 시적 기능에 국한되지 않는다"(1960:357)고 주장한다. 따라서 시적 기능은 정치표어, 광고 및 일상회화에서 제시될 수도 있다. : 한편 언어의 다른 기능이 엄격한 의미의 시에서 나타날 수도 있다. : 사실상 "시적 기능을 시에 국한시키거나 시를 시적 기능에 국한시키려 한다면, 망상적으로 지나친 단순화가 될 것이다"(356)

그러나, 시적 기능에 대한 Jakobson의 정의는 산문에는 쉽게 적용되지 않는다. 시의 본질이 "지속적인 대구(對句)"와 Hopkins[38]

---

38) Gerard Manley Hopkins(1844-1889) 영국의 시인. 옥스퍼드대학에서 공부하였다. 1866년에 가톨릭에 개종하고 예수회에 들어가서 사제가 되었다. 더블린 대학의 그리이스어 교수가 되었다가 그곳에서 사망하였다. 참신한 운율과 어법을 사용하여 독창적인 시를 썼으나 생전에는 출판되지 않았고 사후에 브리지즈가 『홉킨즈 시집』을 발간하여 신시대의

의 말대로 같은 "음상(音像)39)"의 반복에 있다면 시적 기능은 주로 운문에 존재한다는 것이 분명해진다. ; 그리고 "운문이 항상 시적 기능을 의미한다면"(359), 시적 기능은 항상 운문을 의미한다는 주장을 뒤엎을 수 있을 것이다. (여기서 "운문"은 광의의 의미이며, 반복적 음상을 의미하지만 반드시 정형화된 운율체계를 의미하지는 않는다.) 반대로 산문에서의 "대구는 '지속적 대구'만큼 엄밀한 특징이나 규칙이 아니며⋯⋯ 압도적인 음상도 없다."; 따라서 산문은 "변천 언어학 영역에서처럼 시학보다 더 복잡한 문제이다. 이 경우 변천은 엄밀한 의미의 시적 언어와 지시적 언어 사이에 일어난다."(374) 따라서 비록 위의 전제에 일치하기는 하지만, 이상하게도 예술적 산문은 시학의 대상인 동시에 시적 기능이라는 면에서 주변부적 위치를 점하고 있으며 지시적 기능의 면에서 변천 언어학 영역에 속할 수 있다. 그러나, 왜 산문에서 이러한 변천이 "엄밀한 시적 기능"과 다른 언어기능 간에 존재할 수 없는가는 명백하지 않다. 사실상 일기는 화자 (정서적 기능) 중심이며, 통신문이나 서간체 소설은 청자 (욕구적 기능) 중심이고, 접촉을 목적으로 하는 사교적 기능도 문학상 종종 나타나며 (Jakobson이 직접 예를 들기도 했다.)(188-89) 그리고 문체를 중심으로 하는 후단 언어적 기능도 종종 나타난다. (『부바르와 뻬뀌쉐』(Bouvard et Pecuchet)40)로 끝을 맺는 『수용관념 사전』(Dictionaire des idees recues)41)의 개요를 들 수 있고 혹은 Gadda42)의 작품 속에서 발견할 수

시인에게 큰 영향을 미쳤다.
39) figure of sound. 음상이란 운율을 의미한다.
40) 플로베르의 작품
41) 프랑스어.

있는 많은 예들을 들 수도 있다.)

사실상 Jakobson은 Propp가 행한 러시아 민담에 대한 개척자적 업적(1928)과 Levi-Strauss[43])의 최근의 공헌들을 설화구조에 대한 "통사론적" 접근의 예로서 언급하고 있다.(1958-59 ; 1960) 그러나 이러한 절차를 보편적으로 적용 가능성을 인정한다 해도 Jakobson이 내린 시적 기능의 정의는 너무 엄격해, 산문이 기능의 도식에서 어디에 속하는지 모호해진다.

그러나, 이는 더 큰 의미를 가진다. 산문과 설화를 혼동해서는 안되는데, 그 이유는 서사시나 중세소설 및 설화시와 같은 운문적인 설화 형태가 있기 때문이다. 이러한 경우에 총합적인 상 —음상과 서술적 상— 이 나타나며 운율이 설화적 상에 비해 우월하다고 할 수는 없다.

일반적으로 산문은 보통 시보다 후대에 나타났으며 어떤 문학들은 산문적 기원은 전혀 없이 분명한 시적 기원을 지니고 있다고 알려져 있다. 어떤 견해에 따르면(Frye 1963;EPP, "시와 산문"을 보라) 시는 실제로 산문보다는 자연스럽고, 규제를 받지 않는 아이

---

42) Carlo Emillio Gadda(1893-1973) 이탈리아의 작가. 밀라노 출신으로 제1차 대전 후에 실러대학 공학부를 졸업한 후 교사생활을 하다가 작품 『예지의 성모』(1931)를 발표하면서 교사직을 떠났다. 소설가로서의 그의 문체는 그다지 특이한 것이 못되었지만 언어학적인 면에서 뛰어난 박식과 독설적이고 풍자적인 표현이 특색으로서 고전문학가, 특히 만조니(Manzoni)에게 많은 영향을 받았다. 1차 대전을 회상하면서 아름다운 필치로 그린 기행문 『우리네의 성』으로 바굿다 문학상을 받았고 또한 『이탈리아의 불가사의』, 『불타는 저택』 등이 있다.

43) (1908-91) 벨기에 태생의 프랑스 인류학자. 브라질의 원주민의 민족학적 실태조사를 계기로 하여 인류학에 전념 마르크스, 프로이트, 야콥슨 등의 영향을 받아 구조주의적 인류학을 발전시켰다.

나 교육받지 않은 어른들의 언어에 가깝다. ; 그리고 시가 자체의
규칙과 규제(운율, 압운, 두운 등)를 지니고 있다면 산문 또한 그
러하며, 똑같이 엄격하고 어떤 면에서는 더 복잡한, Jakobson의
이론에서 보면 시의 영역에 속하지 않는 규칙을 따르고 있다. 한편
(여기서 특히 효과적인) 대조법을 사용해 이론적으로 시와 산문 사
이의 차이점을 다룰 수는 있지만 어떤 것을 선택하느냐는 문학장르
의 발달이나, 독자의 취향 및 적용 매체(구연이나 활자), 그리고
다른 많은 요소에 따른다는 사실을 간과해서는 안된다. 어떠한 내
용도 원래부터 시나 산문에 국한될 수 있는 것은 없다. 산문성이
매우 강하다고 생각되는 장르들 즉 소설과 중편소설 등은 궁중소설
이나 세속시(lai)[44], 우화시와 같은 중세시 장르에서 기원되었다.
근대에 와서 서정시 자체가 산문체시(poēme en prose)에서 산문
으로 번역되어, 종종 많은 이론가들에게 (때로 만족스로운) 당혹감

---

44) 이 용어는 12세기 후반과 13세기에 중세 프랑스 작가들이 지은 다양한
시를 지칭하는 말로 쓰인다. 래중에는 서정시도 있으나, 그 대부분이 8
음절 2행 연구(couplet)들로 쓰여진 짧은 낭만적 설화들이었다. 헨리 2
세의 영국 궁정에 있었지만 프랑스어로 작품을 썼던 마리드 프랑스
(Marie de France)는 이런 종류의 매력있는 시를 많이 지었다. 이런
시들을 "브르통 래(Breton lais)"라 불렀는데 그 이야기들이 대개 아서
(Arther)왕과 기타 켈트(Celt)전설에서 끌어온 것이기 때문이다. ("브르
통"은 프랑스의 켈트 부분이었던 브리타니를 가리킨다.)영어화된 용어인
"브레튼 레이(Breton lay)"는 14세기에 마리 드 프랑스가 쓴 설화의 모
델을 따라 지은 영국 시들에 쓰였다. 그 시들 속에는 오르페오 경(Sir
Orfeo) 라운팔의 레이(Lay of Launfal), 그리고 초서(Chaucer)의 자
작 농장주의 이야기(Franklin's tale)가 포함되어 있었다. 더 후에 영
어화된 용어인 레이(lay)는 영국 시인들에 의해 단순히 노래 또는 꽤 짧
은 설화시(예컨대 스콧(Walter Scott)의 최후 음유시인의 레이(Lay of
the Last Minstrel))와 동의어로 쓰였다.

을 불러 일으키기도 한다. 따라서 Jakobson의 이론을 따라 산문에 대한 시론과 시에 대한 시론을 분리하여 두 개의 다른 기준을 사용하게 된다는 것은 본질적으로 같은 현상을 인위적으로 분리함을 의미한다.

이 점에서, 문학의 개념은 문학성의 개념과 함께 완전히 사라질 수도 있다. : '나는 아이크45)가 좋아'와 같은 선거표어나 운문 같은 세제광고 등은 시학의 견지에서 볼 때, 『모비딕』(Moby Dick)46)이나 『보봐리 부인』(Madame Bovary)47)보다는 이탈리아 가면 희곡인 『신곡』(Commedia)48)에 가깝다. 당연히 이것은 흠을 잡기 위한 것이 아니다. ; 그리고 실제로 한 때 형식주의 방법의 주창자였으며, 지금은 시어와 일상어간의 기본적 차이를 제거해버리기에 이른 한 시 학자의 추이를 지켜보는 것은 흥미로운 일이기도 하다. 그러나 Jakobson은 여전히 시는 자체가 목적인 메시지이며 시의 본질은 비지시적 특성에 있다고 보는 면에서 처음과 동일한 입장을 고수한다.

이러한 점에서 어느 이론에도 적용되지 않는 문학장르를 제외한다 해도 몇 가지 문제가 남는다. 이미 살펴본 바대로 Jakobson은 시적 기능의 우월함과 함께 순수시에서 다른 기능들이 종속적인 상태로 존재한다는 것을 부인하지는 않는다. ; 그리고 그 반대 상황인 비시적인 표현에서 나타날 수 있는 시적 기능도 부인하지 않는다. 이것은 이미 Tomaševskij의 1928년 글(특히 장르이론에서)과

---

45) 아이젠하워.
46) 미국소설가 Herman Melville(1819-1891)의 소설, 백경.
47) 프랑스의 소설가 Gustave Flaubert(1821-1880)의 소설.
48) 이탈리아의 시성 단테가 저술한 세계적인 대서사시.

1929년 Tynjanov의 글 (1929a)및 이후 1935년 Jakobson의 중요한 강연에서 검증되었던 "우월성"의 개념을 재도입하고 있다. 여기에서 그는 다음과 같이 주장한다. "우월성은 예술작품의 핵심 요소이다. : 잔존하는 요소들을 규정하고, 결정하며 변형시킨다." (1935a:82)

따라서 "시적 작품은 완전히 미학적 기능이나 다른 기능과 함께 미학적 기능을 수행하지 않는 작품으로 정의할 수는 없다. ; 시는 미학적 기능이 압도적 요소인 언어적 메시지이다."(84) 같은 개념이 1958년 다시 등장한다. : "시적 기능은 언어예술의 유일한 기능이 아니라 우월하고 결정적인 기능인 반면 모든 다른 언어활동에서는 보조적이며 악세사리 같은 요소로 작용한다."(1960:356)

그렇다면, 이 지배소는 누구를 위한 것인가? 어떤 기준에 근거해서 나는 아이크가 좋아라는 표어에서의 시적 기능은 "2차적"이라고 부르고 별 불평없이 시라고 부르는 작품에서의 시적 기능은 "1차적"이거나 "우월하다"라고 간주할 것인가? 몇 가지 예를 생각할 필요가 있으며 거기에는 어떤 이라도 자신의 예를 들 수 있다. 예를 들면 어떤 이는 오래된 카스틸랴49) 서사시에서 어떤 기능이 우월한가를 궁금해 할 수 있다. 그런데 카스틸랴 서사시에서는 지시적 기능이 중요시 여겨져서 사료편찬위원 Alfonse el Sabio의 『연대기』(Primera Cronica General)50)에서는 시들을 산문으로 옮겼으며 몇몇 경우에는 거의 글자 그대로 옮겨 썼다. 그래서 Menendez Pidal은 『연대기』의 서사시 「라라의 일곱명의 아이

---

49) Castile : 스페인 중부의 옛왕국.
50) 스페인어.

들」(Siete Infantes de Lara)[51]편 수백 줄을 "재구성"할 수 있다고 생각하기에 이른다. 또 다른 중요한 예로는 Gonzalo de Berceo[52]의 『산 밀란의 일생』(Vida de San Millan)[53]이 있다. 이 시에서 Rioja에 있는 San Millan de la Cogolla 수도원의 증인이었던 작가는 San Millan이 죽은 후에 Santiago와 함께 하늘에 나타나 무어인[54]들과의 전쟁 중에 적들을 곤궁에 몰아넣는 기적을 특히 강조하고 있다. 감사의 표시로 Santiago수도원과 San Millan수도원에는 정기적으로 공물이 바쳐졌다. 당시 전쟁 영웅 중의 한 사람인 카스틸랴의 백작 Fernan Gonzalez가 선포했다고 전해지는 라틴어 포고문은 San Milllan의 서고에서 발견되었는데 13세기 동안 이러한 공물을 바치라는 내용을 담고 있었다. 이것은 기적이 아니라, 거의 확실히 Berceo가 위조했음직한 출처가 의심스러운 문서라 할 수 있다. ; 그리고 실제로 그가 거의

---

51) 스페인어.
52) (1198?-1274?) 스페인 최고의 시인. 산 미란 데 고고랴의 성당에서 교육을 받고 성직자로서 생애를 마쳤다. 「크와데르나비아」라는 시형의 창시자로서 생애에 약 1만 3천행의 시를 썼지만 주로 성모나 성인의 덕을 찬양하였다. 『성모의 기적』, 『성녀 모리아의 생애』
53) 스페인어
54) Moor인. 아프리카의 서북부 모로코의 마우레타니아, 알제리, 튀니지 등지에 사는 베르베르인. 원래 로마에서 아프리카 북안의 주민을 지칭한 말이었으나 이들이 회교의 침입 이래 회교에 동화되었고 아랍인과 잡혼하여 낳은 혼혈도 무어인이라 했다. 711년 스페인에 들어간 후 카리프 제국을 건립, 사라센 문화의 영향으로 번영을 누렸다. 1492년 스페인 왕국에 침공당해 그라나다 제국이 붕괴하자 일부는 고국에 돌아가고 일부는 스페인 왕국의 발전의 길을 연 공로자가 되었다. 16세기에 스페인 왕 필립 2세의 박해를 받고 대부분 아프리카로 도망하여 현재는 그라나다 산지 및 바렌샤 지방에 조금 남아 있다.

같은 시기에 쓴 『산 밀란의 일생』은 의심스럽게도 같은 사건을
절정으로 삼고 있다. 따라서 출처가 의심스런 포고문과 서사시에는
상당한 밀접성이 있으며 두 글 모두 돈을 추구한다는 같은 "기능"
만을 지니고 있어서, 이 시적 문장의 메시지가 그 자체를 위해 존
재한다고 주장하기란 힘들다. 계속해서 스페인에서의 사례를 살펴
보자면 Trastamaran전쟁 중의 Pedro에 대해 지지 혹은 반대를
했던 정치 선전적 민요들이 얼마나 가치가 있는 것들일까? 혹은
탁발 수도사들의 파리대학 입학허가에 반대하는 Rutebeuf[55])의 시
에 대해서 뭐라 할 수 있을까? Edmond Faral은 시인 Rutebeuf
가 세속적 성직자들의 논쟁적 글을 시로 바꾸어 주고 돈을 받았다
고 믿고 있다. 취향과 영향력 있는 문학제도에 따라서 선전은 생생
한 민요와 긴 서사시 혹은 복잡하고 아주 난해한 Eisenhower 선
거배지에 적힌 표어 속에조차도 집약되어 나타날 수 있다.

　나는 이러한 드물지만 확실히 고립되어 있지는 않은 예들을 중
세 시에서 끄집어 내고자 했는데, 이는 그것의 "형식주의"가 몇몇
비평가들에게는 아주 진부한 것이 되었기 때문이다. ; 그리고 주로
"내용"면을 중심으로 시적 성격을 부여하는 시학의 관점에서 든 근
대의 예를 덧붙이는 것이 더 쉬울 것이다. 이러한 견지에서 우리는
아이크가 좋아와 같은 정치광고에서의 시적 기능이 2차적이라고
정의할 수 있다고 확신할 수 있는가? 반대로 서정시, 서사시 및 성
인적 시를 광고 표어 수준으로 격하할 수 있는가? 「인터내셔널의
노래」[56])(International)나 Brecht[57])의 시를 어떻게 구분할 것

---

55) (1250-1285) 프랑스의 시인. 십자군의 참가를 권하는 시, 유랑성직자
　　단을 탄핵한 시 등을 썼다.
56) 공산주의자들이 부르는 혁명가.

인가? 독립을 담고 있는 19세기 노래들은 어떠한가? Lucretius[58)]
의 『사물의 본성에 관하여』(De rerum natura)나 Dante의
『신곡』에서는 어떤 언어적 기능이 우월한가?

따라서, Jakobson과 같은 이론가들은 지배소는 완전히 주관적
인 근거나 문장의 내용을 기준으로 추출할 수 있는 것으로 인정하
려들지 않을 것이며, 이는 과거 규범적 시학을 재현해 놓은 것 같
아 보인다. 게다가 조심스럽게 피해야 할 평가적이고 무색적인
(achromic)태도를 배제하기가 또한 힘들게 된다.

운문적 광고는 시나 상품 소비자들의 탐미적 감성을 상하게 할
수도 있지만, 일단 Jakobson의 추론을 받아들인다면, 양적으로
"우월하고" 다른 기능에 종속되지 않은 것으로 간주할 수 있는 "시
적 기능"을 무시할 이유는 없다. 선진 소비사회에서는 광고상품 그
자체보다는 정황을 더 강조하고 있기도 하며, 심지어 광고상품이
언급되지 않은 경우도 있다. : 예를 들자면, 이탈리아에서의 IBM
광고가 이 경우이다. 한편 미국의 다국적 정유업체들은 가스(gas)

---

57) Bertol Brecht(1898-1956) 독일의 극작가·시인. 1928년 「서푼짜리
오페라」로 작가로서의 지위를 확립한 뒤 공산당에 입당하였다. 교훈주
의 실험과 망명기인 1933-48년의 경험을 통해서 서사적인 연극 및 이
상화(異常化)의 효과 등의 이론을 제창하여 드라마를 좌익운동을 위한
사회적 토론장으로 발전시켰다. 《갈릴레이의 생애》, 《억척어멈과 그
자식들》, 《세추안의 착한 사람》 등의 걸작을 탄생시켰으며 극단 '베를
리너의 앙상블'의 실천을 통해서 20세기 연극에 새로운 전기를 마련하였
다. 비용, 키플링 등의 영향을 받은 시집 《가정용 설교집》이 있다.
58) Titus Carus Lucretius(B.C.94?-55) B.C.1세기에 활약한 로마의 시
인·철학자. 장편시 「사물의 본성에 관하여」로 에피쿠로스의 원자론에 의
거한 자연과 문화의 모든 현상의 통일적 표명을 서사시로 표현하였다. 자
연 현상의 일체의 변전(變轉) 앞에 마음의 평정을 유지하는 것을 진정한
경건이라고 주장, 유물론적 세계관을 전개하였다.

라는 단어를 피하고 대신에 다소 우회적인 방식으로 환경이나 천연
에너지 활용과 같은 주제에 집중하고 있다. 따라서 그런 몇 가지
예뿐 아니라 지시적 기능과 욕구적 기능이 거의 없는 광고형태에
대해서도 전제가 존재한다. 그리고 이것은 과거에 광고된 상품이
예술적인 물건으로 재현될 수 있다는 것을 말하지는 않는다. 이러
한 현상은 비유에서 가장 잘 나타난다. : 아르데코59) 포스터, 옛날
코카콜라 광고, 수 백년전의 백화점 카탈로그는 지금 사용 목적을
가지지 못하며 순수하게 "미학적"인 소비60)를 위해서만 제시될 수
있다. 미학적 가치에 바탕을 둔 차별을 도입하는 것은 문제를 더
복잡하게만 하는데, 그것은 "미"와 "추"의 판단이 어느 누구도 시의
(기술적) 속성을 부인할 수 없는 기사시나 소네트에 명확히 적용될
수 있다. 미학 이론에서조차 "미학적인 것과 비미학적인 것 간의
구분은 미학적 가치에 대한 고려와는 상관없다⋯⋯ 런던 심포니의
혐오스러운 연주는 뛰어난 연주만큼이나 미학적이다. : 그리고
Piero의 『솟아 오르는 크리스도』(Risen Christ)는 삼류작가의
작품보다 좀 더 낫다고 할 수는 있어도 더 미학적이라 할 수는 없
다. 미학적이라는 것이 장점의 상징은 아니다. : 미학성은 미학적
우수성에 대한 정의가 필요하지도 않으며 제공하지도 못한다."고
말한다. (Goodman 1968:255)

    게다가 오늘날 우리는 어느 정도 거리를 두고 중세 운문으로 이
루어진 백과사전을 읽고 감상하지만, 《Scientific American》 최
근호가 우리에게 주는 의미처럼 그것들이 한 때는 그 문화와 과학

---

59) 1910-20년대의 장식적인 디자인으로 1960년대에 부활.
60) 감상.

의 매체였다는 것을 무시할 수 없다. 그럼에도 불구하고 과거 작품들 속에서의 지시적 기능은 분명하게 나타나기 때문에 손쉽게 시적 기능에 집중할 수 있는데, 시적 기능이 원래는 지배소가 아니었으나 그렇게 여겨질 수 있게 된 것이다. 그러나 한 작품의 지시성을 회복시키면서 대조하는 작업은 가능하지도 쉽지도 않다. 왜냐하면 모든 정보(역사적, 전기적 등)들을 잃을 수 있기 때문이다. 이 점에서 어떤 문장에 대한 비평이나 그 속에 문학사가 담겨 있는가에 대한 판단은 이전의 지배적 기능에 대한 인지를 어떻게 하느냐에 달려있는 것이다.

결론적으로 이 경우 Jakobson의 분석이 해결책을 제시한다고는 말할 수 없다. "시적" 성격은 모든 종류의 담화에 적용될 수 있으며, 한편으로 예술적 산문은 한 발을 안쪽에, 다른 한 발을 바깥쪽에 두고 있는 미확정 상태에 있다. "순수한" 시는 시적 기능이 우월하기 때문에 다른 응용시류와 구별되지만, 지배소의 인정은 불가피하게 주관적이며 때로는 문제 유발적 행위가 됨을 알 수 있다. 시의 다른 특징인 실용적 목적의 결여에 관해서는, Jakobson이 "문학"의 경계에 있다고 생각한 Mácha의 일기의 경우에는 타당하지만, 문학성이 의문시되지 않는 많은 작품에는 적용되지 않는다. Jakobson이론의 가치는 문학작품을 계층적으로 구분하여 재단한다는 것이다. 인위적이고 받아들일 수 없는 시적 성격의 기준을 궁극적인 결과에 맞추어 설정한다는 것이다.

4. 청중의 역할

  흥미롭게도 문학의 역사적, 사회적 측면에서 형식주의자[61]들이 내린 정의에 대해서 그들을 다시 고찰할 필요가 있다. 이러한 형용사들은 너무 단정적일 뿐만 아니라 형식주의의 잘 알려진 전제와도 모순된 듯이 보인다. : 그러나 그러한 비평가들에 의해 야기된 논쟁적 왜곡을 넘어서, 러시아 형식주의자와 특히 프라하 구조학파들은 문학작품을 독특하고도 분명한 사회적 사실로 간주했다. Sklovskij 의 멀어지게 하기[62](estangment)나 Mukařovský의 규범과 가

---

61) 20세기초에 러시아와 체코에서 일어났던 문학이론을 지칭한다. 이른바 러시아 형식주의라는 것이다. 1915년 혁명 전야에 모스크바 대학의 20대 청년학도들이 언어학의 새로운 경향에 자극받아 문학의 언어적 특성에 관심을 기울인 것이 그 출발이며 1916년에는 비슷한 써클이 페테르부르그에서도 결성되었다. 그들은 막연한 정신주의 및 신비주의에 빠져 있는 상징주의자들에 대항하여 문학의 언어를 언어과학에 의하여 분석·비교하는 방법을 개발하였다.
62) 언어라는 매개체를 비일상적으로 사용하는 것을 말한다. 언어학에 있어서

치(norm and value)의 개념들은 청자에 대한 언급 없이는 적용할 수 없을 것이다. 게다가, 우리는 이미 형식주의가 어떻게 실질적이 아닌 기능적 방법으로 문학의 정의를 내리려 했는가를 보았다. 물론 문학 언어와 표준 언어간의 대비를 통해 그 정의가 실제로 유용할 것인가 의문을 제기하기는 했다. 그러나, 다른 각도에서 문제를 인식, 잠정적인 도식화를 이용한다면, Tynjanov의 경우처럼, 각 시대의 동질적 문화 속에서 문학과 비문학의 차이는 극명하다. Tynjanov는 "문학이라는 사실의 존재는 그것의 차별적 성질, 즉 문학적 질서와 문학외적 질서와의 사실의 상호 연관에 따라 결정된다. 따라서 존재는 그 기능에 따른다. 한 시대 내에서의 문학적 사실은 다른 시대에서 보편적인 사회적 의사소통의 문제가 될 수 있고, 그 반대도 마찬가지이며 이는 주어진 사실이 나타나게 되는 전체 문학체계에 따른 것이다."(Tynjanov 1929a:69)고 했다. 따라서 문학적 질서체계는 "무엇보다도 다른 질서와 지속적 상호 연관을 지닌 문학질서의 기능체계인 것이다."(72)

    비록 이러한 시각은 솔직히 다른 문학정의와의 유사성을 인정하고 있지만, 결국 Jakobson이 형식주의의 주요 임무라 생각했던 문학성의 이해를 포기하고 있는 것 같다. 문학을 인식하기 위해서는 이론적으로 (항상 완벽히 재구성되지는 않지만) 특정시대에 우월했던 미학적 개념을 언급해야 하며, 앞서 말한 전제를 고려하면

탈선 즉 규칙과 인습에 대한 위반이라는 개념으로 가장 쉽게 확인될 수 있다. 이러한 탈선에 의해 시인은 언어가 지니는 일상적인 의사전달 기능을 초월하고 독자를 각성시켜 독자를 상투적인 표현의 관례에서 이탈시킴으로써 새로운 지각 작용에 이르게 한다. 일종의 의미론상 탈선인 시적 은유는 이러한 유형으로서 가장 중요한 예가 된다.

좀 당혹스럽지만 문화사적 도움도 받아야 한다. 게다가 후대에 와서야 문학적 대상이 된 (Mácha의 일기 같은)작품은 어떻게 다룰 것인가는 알기 힘들다. 역설적으로 형식주의적 분석은 그 문장 자체로서가 아니라 다른 지식을 통해 그것이 문학작품임을 알고 난 이후에야 진행될 수 있다.

비슷한 견해를 Medvedev도 취하고 있는데 그는 Baxitin[63])과 Volosinov와 함께 "사회학적 방법"을 주창했고 형식주의를 비판했으나, 문장의 이념적 요소를 굉장히 강조하기도 했다. Medvedev에 따르면, "이념적 환경요소를 흡수하여 내재화 하는 한편, 다른 요소는 외부적인 것으로 거부한다. 따라서 '내재적임'과 '외부적임'은 역사의 과정에서 변증법적으로 자리를 바꾸어가지만 항상 절대적으로 동일시되는 경우는 없다. 오늘날 문학외적인 것으로 간주되는 사실 —즉 문학외적 현실— 이 미래에 내재적 구조요소 중 하나로 문학에 개입될 수도 있다. 그리고 반대로 문학적이었던 것이 문학외적 현실이 될 수도 있는 것이다."고 말한다.(Medvedev 1928: 206, in Titunik 1973:185)

이론적으로, 한 시대의 가치체계를 인지하게 되면 한 작품을 역사적 맥락에 두고 그 특징과 특성을 평가하는데 도움이 된다. 그러나 사실상 이를 적용해보면, 이 과정은 문학사회학이 되어버리며, 그 속에서 학자들은 단지 과거의 취향이나 다양한 미학적 반응을

---

63) Mihail Mihalovich Bahtin(1895-1975) 러시아 문예학자. 러시아 포멀리즘 이론을 비판적으로 발전시켜 현대의 문예이론에 커다란 영향을 끼쳤다. 토스토예프스키에 대해서 제창한 「폴리포니 소설론」,라블레에 있어서의 「카니발론」이 유명하다. 저서에 『토스토예프스키 창작의 여러 문제』,『F.라블레의 작품과 중세 르네상스의 민중문화』 등이 있다.

확인하게 될 뿐인데, 그것들은 항상 현 시대와 일치하지는 않는 것들이다. 만일 오직 청중의 문학의식에만 집중한다면, 글의 문학성은 각 시대별로 재정의 되어야 할 것이다. ; 그리고 확실히 유일하게 생존할 "체계"는 오직 청중의 취향일 뿐이다. 결과적으로 청중의 입장에서 "문학"의 정의를 찾으려는 시도는 반드시 실패하게 된다.

　　John Ellis에 따르면 텍스트는 그것이 독자들의 세계에서 문학으로 "사용"될 때에만 문학성을 지니게 된다고 한다. 즉 그 텍스트가 직접적인 그 기원과의 특별한 연관이 있는 것으로 간주되지 않아야만 하는 것이다. "텍스트를 그 기원적 맥락으로 복구시키는 것"(1974:44)은 전기적, 심리학적 혹은 이념적 접근법에서 나타나는데, 사실상 그 텍스트를 단순한 기록물로 보는 수준을 의미하는 것이다. Ellis의 견해에 따르면 문학성의 증명은 지리학적이나 역사적 영역 및 그 작품이 탄생한 구체적 환경을 넘어서 청중에의 "적합성"에 달려있다고 한다. 작가의 의도나 심지어 엄격한 비평양식(장르, 문체, 운율 등)에 부합된다 해도 작품에 문학성을 부여하는데는 충분하지 못하다. 마찬가지로 새로운 사회적 순환을 통해 문학적 텍스트로 부활되지 않은 텍스트를, 완전히 잊혀진 과거에 대한 문학작품으로 탐구하는 것은 잘못이다. 그럼에도 불구하고 Ellis의 이론에서 약점은 사회의 개념에서 나타난 모호성이다. 결국 사회의 개념은 추상화되거나 더 나쁜 경우에는 상당히 다른 요소들을 무차별적으로 모아놓은 개념일 뿐이다. Ellis는 "한 작품이 문학으로 간주되려면, 그 텍스트 속에서 제기되는 문제들이 사회 전반에서 적절하다고 간주되어야만 한다고 말한다. : 그것이 바로 그 문제들이 그 사회의 문학적 글 속에 나타나는 이유인 것이다" ;

그러나 사회학자라면 누구나 청중이라는 개념이 시대에 따라, 혹은 공시적 견지에서는 다양한 사회적 문학적 계층에 따라 다르며, 문제를 야기시킬 수 있음을 잘 알고 있다. 대부분의 사람들이 비문학적이라고 이야기하지 않을 『롤랑의 노래』[64](Chanson de Roland)와 같은 작품을 예로 들어보자. 그러면 사람들은 그 작품이 표현하고 있는 가치관이 11세기 말엽 프랑스 전체사회에 얼마나 연관이 있는가나 혹은 전체는 아닐지라도 아주 작은 일부 사회에 얼마나 연관이 있는가에 의아해 할 것이다. 다른 경우에서 본다면 모든 사회집단은 (기원적 맥락을 넘어서 전해진) 그 자체만의 문학작품을 지니고 있는데, 이들은 다른 가치관을 표현하고 있다. : 이 문학작품은 자발적으로 발산되든 아니면 우월 집단에 의해 강압되었든지에 상관없이 가치관을 표현하고 있다. 게다가 Ellis는 "[제기된 문제]가 현대의 독자는 단지 구경꾼에 불과한 경험으로 생각될 정도의 주로 다른 시대의 경험으로 여겨진다면, 정의상 그 글은 당대 문화의 문학으로 취급되는 것이 아니라 단지 역사적 기록물로서 그리고 당대 독자에게는 낯선 문화의 영역으로 간주되어야 한다"(151-52)고 주장한다. 현대의 『롤랑의 노래』를 읽는 독자들이 그가 단지 "다른 시대의 경험을 보는 구경꾼"임을 느끼고 그 문화가 본질적으로 자신에게 낯선 것임을 인정하게 될 것이기 때문에 『롤랑의 노래』는 (사실상 여전히 문학작품이지만) 더 이상 문학작품이 아니라고 결론짓게 된다. 만약 이런 추론 후 작품이 거의

---

64) 프랑스 문학 최고의 서사시. 11세기 말에서 12세기 초에 성립된 것으로 보이며 작자는 불확실하다. 8세기의 사실에서 나온 전설을 근거로 제1차 십자군 시대의 사상과 감정을 짙게 반영한 무훈시의 걸작이다. 독일의 「니벨룽겐의 노래」와 함께 중세 유럽 서사시의 2대 걸작이다.

남지 않게 된다할지라도 여기에 대한 반대는 없을 것이다. 게다가 일단의 학생이나 교수들이 한 텍스트의 문학성을 보장하기에 충분하겠는가? Ellis는 아마도 그렇지 않다고 생각할 것이다. ; 그러나 과거의 위대한 문학작품들 중 몇몇은 그것을 읽을 때 객관적 어려움에 직면해야 하기 때문에 잘 읽히지 않고 있다. 한편 한 사회에서 작품의 누출은 의심할 바 없이 몇몇 문화 운용가들에 의해 이루어진다. : 비평가, 문학사학자, 출판업계, 검열관 등. Ellis가 언급한 텍스트의 생명력은 타당한 범주가 되기에는 운과 역사의 순환에 아주 의존적인 요소인 "성공"(그것이 짧든 길든 간에)에 따라 구별되어질 것이다.

우리는 뛰어난 역사적 접근법 즉 많은 면에서 여전히 비평적 전통에서 지배적인 문학사의 범주에 의존하여 문제의 해법에 더 접근할 수도 없다. 우리는 이 원리가 문학성을 인지하는데 적어도 더 분명한 기준을 제시하기를 기대할 뿐이다. 사실상 문학 사학자들은 단지 역사적 견지에서만 문학작품을 다루고 있지, 문학개념에 등장하는 동요는 무시하고 있다. 그러나 문학사의 목적을 더 면밀히 관찰하면, 그것이 방대한 영역을 다루어, 글로 옮겨져 있거나 옮길 수 있는 구비전통을 포함한 거의 모든 서적 형태를 다루고 있다는 사실을 알게 된다. 매우 궁극적인 논리적 결과에서 볼 때, 문학사는 시와 소설을 다룰 뿐 아니라, 주어진 언어로 작성된 모든 역사학, 정치학, 교수법, 종교에 관한 글들은 이론적은 아니더라도 객관적으로 제한된 영역 속에서 다루고 있는 것이다. 다른 원칙에 대한 (정당한 면에서의) 거부나 탈피가 없다면, 기껏해야 기록적인 가치만을 지니는 것이 과연 문학이 될 수 있을까 하는 의혹이 완전

히 근거를 잃지도 않을 것이다. 결과적으로 지금 문학사에서 등장
하는 많은 "작가들"—예를 들면 Galileo나 Gramsci—은 언젠가
Petrarch나 Metastasio[65])와 어깨를 나란히 하기를 바라지 않거
나 결코 그렇게 생각할 수조차도 없을 것이라는 생각을 감내해 내
야 할 것이다. 그리고 오늘날 Jakobson이 오래 전에 강력히 주장
했던 것을 다시금 반복해야 할지도 모른다. : "지금까지의 문학 사
학자들은 다소 일종의 경찰처럼 보인다. 즉 누군가를 잡기 위해 집
에서 발견할 수 있는 것은 무엇이건 장악하려 하고, 길거리에 있는
아무나 대고 급소를 찌르고 다니는 그런 경찰관 같아 보인다. 따라
서 문학사학자들은 모든 것을 이용했다. : 전기, 심리학, 정치학,
철학 등. 문학의 탐구대신에, 그들이 이러한 각각의 범주들이 관련
되는 분야에 속하고 있다는 사실을 잊은 듯이 초보적인 원리들의
집합체를 만든다. : 관련 분야는 철학사, 문화사, 심리학사 등인데,
이것들은 당연히 문학작품들을 결함있는 2류 기록물로 이용하는
분야들일 수도 있다."(1921:11)

위의 언급은 신성스러운 가치를 더럽히고자 하는 것이 아니며,
그렇게 할 필요도 없다. 이 문제를 다른 방식으로 살펴보면, 모든
문학사는 비평가가 선호하는 때와 장소에 나타난 "내포"와 "외연"을
어떻게 보고 있는가의 예가 된다. 아마도 새로운 학문의 성립이나

---

65) Pietro Metastasio(1698-1782) 이탈리아의 시인·문학가. 그라비나로
   부터 교육을 받은 후 1712년 철학자 그레고리오 칼로프로세의 지도를
   받았다. 그는 이미 14세에 비극 『주스티노』를 썼다. 기교주의적인 마
   리니스모에 대한 반동으로 일어나 자연적인 전원시를 추구한 아르카디아
   운동의 중심인물이다. 30년부터 빈의 궁정시인이 되었다. 작품으로 인간
   감정을 묘사한 가극대본 『버림받은 디도네』 영웅을 그린 『아틸리오 레
   고로』 등이 있다.

문명의 진보에 공헌한 작품이 읽히고 좋은 문체의 예나 인간성에
의해 회복된 사고의 역사 기록물이 분석된다면 어떠한 문제도 없을
것이다. 이것은 분명하고 완벽하게 "문학적인" 텍스트와 다른 문화
적 기록물들을 기념비적인 것으로, 즉 역사적 측면으로, 그리고 유
물론적 견지에서는 계급투쟁 역사의 기록으로 간주하는 활동의 유
용성을 논하고자 하는 것은 아니다. 이러한 견지에서 모든 특징은
사라지고, 문학사학은 역사학자들에게는 단지 2차, 3차적일 뿐이
며, 별 중요하지 않은 기록들을 논의하고 상기하는 임무를 맡게 될
지 모른다. 그러나 이러한 견지에서 문학이론이나 비평론은 비록
아직까지 이것을 인정하는 사람은 적다해도 그것의 당연한 존재를
주장할 수는 없다. 어떤 경우나 관점이든 간에, 연구를 시작하기
위해서 문학사학자들은 보통 모든 원리에서 우선시 되는 문제를 완
전히 무시할 수 있어야 한다. : 즉 그의 학문분야의 한계를 무시할
수 있어야 한다. 사실상, 글로 기록되어 있거나 기록할 수 있는 것
들은 무엇이나 넓은 범주의 문학에 포함될 수 있다. ; 그리고 불가
피한 선택의 순간이 발생한다 해도, 배제된 글들이 반드시 "비문학
적"이라고 간주될 필요는 없다. 그것은 "문학적인 것"과 "비문학적
인 것"이 아직 명확히 정의되어 있지 않기 때문이다. 제외된 것들
(예를 들어, George Washington의 연애편지, 10대들의 일기,
Allen Ginsburg[66]나 우리들의 쇼핑목록 등)은 단지 공간의 부족

---

66) Allen Ginsberg(1926-) 미국의 시인. 뉴우저어지주 패터슨 출신. 컬
　　럼비아 대학과 버클리 대학에서 수학했다. 유럽과 라틴 아메리카, 인도
　　등을 여행한 바 있고 부친은 유다계의 미국인으로 고등학교 교사로 있으
　　면서 시를 썼고 모친은 소녀 때에 러시아에서 이민왔다. 긴스버어그는
　　소위 '비트닉스 세대'의 대표적 시인으로서 인생의 안정과 영달의 길을
　　스스로 저버리고 샌프란시스코에서 술과 마약과 재즈 속에서 반지성, 반

때문에 제외된 것일 뿐이다.

지금까지 우리는 문학사의 대상 내용만을 언급했을 뿐이지, 그것들의 편집에 이용되는 방법은 다루지 않았다. : 그 방법들 역시 내용만큼이나 다양하다. 따라서, 최근 진보적인 한 비평가는 사실상 어떠한 방법학이나 지적분야도 다행스럽게도 기록이 남아있는 문학사의 구성요소에서 빠져서는 안된다고 주장했다. 여기에는 문장 분석과 비평사 및 사상사, 수사학이나 언어학, 심리학, 심리분석학, 사회학 등이 포함된다—이것은 박식한 학자의 존재를 가정한다는 사실에서는 우스꽝스러워 보일 수 있지만, 이미 부분적으로 적용되고 있으며, 몇몇 서적들에 어느 정도 등장하고 있는 안이다. 이상적인 형태의 문학사는 알파벳 순서가 아닌 통시적 순서로 제시된 일종의 백과사전식이 되어, 모든 지식과 방법론의 요약인 동시에 진정한 의미에서의 역사가 되는 것이다.

위의 내용에서부터, 문학사에서의 약점은 이용 방법 (사실상 몇몇 작품들은 같은 견지에서 전적으로 일관되고 균형있는 방식으로 적용되고 있다.)에 있는 것이 아니라, 분야간의 정확한 한계 규정이 없다는 데에 있다. 때로는 부적절한 다른 방법이나 입장의 이용은 완전히 설명될 수 없는 문학 영역의 포함이나 검증된 비평 수단에 의해서 정당화될 수 있다. 이러한 글들이 존재하기 때문에, 그것이 은밀하거나 합법적이건 간에, 문학사학자들은 때로는 철학자

문화적 생활을 하면서 시를 썼다. 예술이야말로 말살당하는 인간성의 유일한 방위수단이라고 생각하고서 인간성의 원점에 서서 영혼에 밀착한 소박한 육성으로 외친 것이 그의 시이다. 그의 시에서는 비트 시대의 경전이라고 불리우는 「포효(55)」를 비롯하여 정신병자로 불행했던 시인의 모친 나오미에 대한 사랑과 기도를 읊은 「카디쉬(61)」, 「T.V. 어린이 시(67)」, 「혹성 뉴우스(69)」 등이 있다.

가 되고, 때론 사회학자가 되며, 때로는 심리학자이자 인류학자가 될 필요성에 직면하게 된다. 필연적으로 이는 피상적이고 불만족스 러운 방법론을 유발하고, 결국 의문의 대상인 글을 기본적인 원칙 이나 협소한 의미의 문학 원칙의 면에서 모두 적절한 설명을 할 수 가 없게 된다.

　이러한 종류의 기본적 실책은 아마도 가장 주목할 만한 문학사 재구성 시도에서도 이어지는 것 같아 보이는데 —"이 주요한 원칙은 점점 더 불신에 빠지고 있으며, 이유가 없는 것도 아니다."— 그것 은 Jauss[67]의 미학적 대응의 견지에서 볼 때 그러하다고 할 수 있다.(1967:144) 그가 제시한 모델은 형식주의적, 사회주의적 방 법의 최초 통합이었으며, 문학작품은 "사회적으로 구성적인 기 능"(200)을 지니고 있다는 낙관적인 확신에 바탕을 두고 있다. Jauss의 책에서 나타난 결론적인 이론에 따르면, 문학사의 임무는 "문학창작이 체계의 연속에 있어 동시적이며 통시적으로 묘사될 뿐 아니라 일반 역사와 특별한 연관을 지니고 있는 특별한 역사로 간 주될 때에만 완벽해진다. 이러한 관계는 풍자되거나 공상적으로 그 려지고 있는 사회적 존재를 확인함으로써 완전히 설명되지는 않으 며 모든 시대의 문학에서 전형화되고 이상화된다. 문학의 사회적 기능은 독자의 문학적 경험이 자신의 실제생활에서의 기대 영역에 포함되어 세계에 대한 이해를 형성하고 자신의 사회적 행동에 영향 을 주는 경우에만 완전히 표출된다."(199)라고 정의하고 있다. 결 과적으로, "문학과 역사, 미학적 지식과 역사적 지식 사이의 격차 는 문학사가 그 자체를 작품이 반영하고 있는 일반적 역사의 과정

---

67) Hans Jauss 독일의 수용미학자.

으로 묘사하는데 국한되지는 않는다. 인간의 자연적, 종교적, 사회적 연관으로부터의 해방에 있어 다른 예술이나 사회적 영향을 미치는 것들과의 경쟁관계에 있는 문학에 속한 진정한 '사회적 형성' 기능을 '문학의 전개' 과정에서 발견하는 경우에 연결될 수도 있는 것이다."(207) 그러나, 문학이 다른 "사회적 영향"과 같은 수준으로 간주되어야 한다는 사실을 인정하기가 망설여질 수도 있으며, Jauss 역시 그가 말한 "문학적인 텍스트"에 대한 일차적 설명없이 『문학이론에 대한 도전으로서의 문학사』(Literaturgeschichte als Provokation der Literaturwissenschaft)68)의 문제에 직면했다는 것이 이상하기도 하다. 사실상 그의 제안을 말 그대로 적용하여 "문화적"이나 "이념적" 견지에서 중요한 작품들을 더 우호적으로 다루게 되는 결과를 낳을 가능성을 배제할 수는 없다. 그렇게 되면, 문학은 "과학적" 원리에 의해 수세기에 걸쳐 더 엄격하게 수행되었던 일을 다루게 될 것이다. : 즉 윤리학과 정치학의 부분으로서의 철학을 다루게 된다. 그 역으로, 전체 철학적 소산이 당연히 문학의 범주에 속하게 되고, 그 문학성의 정도가 훨씬 큼으로 해서 시나 서사문학에 비해 더 우월적 지위를 누리게 될 수도 있다.

분명히 가장 많이 검증된 "사회학적" 방법은 마르크스주의적 방법론69)이다. 마르크스주의적 비평에는 어떠한 단일한 형태나 방향

---

68) 독일어.
69) 최근의 사회학적 문학 접근법들 가운데서 널리 알려진 것은 마르크스주의 비평이다. 마르크스 비평가들은 그들의 이론의 토대를 칼 마르크스와 프리드리히 엥겔스의 교설들에 두고 있으며 특히 결국 인간과 그의 제도들의 역사적 발전은 경제적 생산의 기본 양식의 변화에 의해 결정되며 이런 변화는 모든 시대에 경제적, 사회적, 정치적 이익을 얻기 위해 투쟁하는 사회계급들의 구조에 변화를 일으키며 모든 시대의 종교, 사상,

이 없다. : 대신에 우리는 상당히 다른 결론에 도달할 수도 있는 매우 다른 조류를 목격할 수 있다. 가장 강조되고 우리가 관심을 두어야 할 것은 지금까지 문학의 개념 그 자체에 대한 비평 즉, 마르크스주의 이론가들이 자신들에게 어울릴 것이라고 생각하는 그 일에 대해 별로 행한 것이 없다는 것이다. 거의 항상 내부적으로 이루어지지만, 사회학적 방법의 적용에 대한 논쟁은 그것이 결코 2차적이 아닌 상황에서 2차적으로 격하되는 일련의 문제를 야기한다. 이것은 때로 마르크스주의 중심주제에 수용되기 힘든 관점과 분석도구가 절충적으로나 무차별적으로 받아들여지는 것을 의미한다. 부르조아적 문화와 과학의 방법론과 결과를 마르크스주의적으로 적용하는 문제는 매우 중요하게 등장한다. 분명히 문학탐구의 영역이기는 하지만 일단 도구와 그 배후 사상을 구분하는데 필요한 전제를 보유하게 되기만 하면 다시 사용되어야 할 실험적 결과와 자료의 유산들을 한 마디로 폐지해 버리는 것은 순진하고도 너무 이상적인 짓일 것이다. 가까운 예로, 비록 급진적이기는 하지만, 거장들의 이론에서 출발하여, 고만고만한 이들의 이론들로 귀결되는 부르조아 문학, 예술이론에 대한 비판은 쓰레기 더미를 남길 뿐 아무것도 합리적으로 지향할 수가 없다는 것을 강조하는 것은 당연할

문화 - 그 시대의 (적어도 일부의) 예술과 문학을 포함한 - 는 그 세대에 특유한 구조와 계급 투쟁에서 복합적인 변증법적 방법으로 생겨나는 이데올로기들과 상부구조들이라는 그들의 주장에 토대를 두고 있다.
마르크스주의 비평은 작가가 생각하고 글을 쓰는 방식을 결정하는 경제적, 계급적, 이데올로기적 요소들을 다루지만 그 결과로 생기는 문학작품과 마르크시스트가 그의 시대의 사회적 현실로 보는 것과의 관계에 특히 관심이 많다. 따라서 마르크스주의 비평은 흔히 규범적인 모방 문학론의 형태를 지니게 된다.

것이다. ; 그러나 예술창작과 이용에 대한 부르조아적 관점을 뒤엎어야만 마르크스주의 가설을 수용하는 이들이 반대하는 이념의 영역에서 만들어진 기법과 방법을 회복하여 소유할 수 있다는 것을 강조할 필요는 있다.

잘 알려진 바대로, Marx와 Engels는 거의 문학에 대한 관심을 보이지 않아서 그들의 저작에서 정확한 방법론적 지시내용을 찾는 것은 소용없는 일이다. 그러나, 그들은 몇 가지 점에서는 분명한 입장을 보였다. 1957년 『정치경제학 비판』(Zur Kritik der politischen Okonomie)70)의 미출간 서문에서, Marx는 다음과 같이 썼다. "생산이 없다면, 소비도 없다. ; 그러나 또한 소비가 없으면, 생산도 없다. ; 그렇게 되면 생산이 맹목적인 것이 될 것이므로…… 따라서, 상품은 단순한 천연물과는 달리 소비를 통해서만 상품이 되는 것이다……소비가 초기의 자연적인 거칠고, 직접적인 상태에서 벗어나자마자 —그리고, 초기 상태에 머무르고 있다면, 그것은 생산 자체가 거기에 정체되어 있기 때문이다.— 물건에 의한 욕구로 전이되는 것이다. 소비가 물건에 대해 느끼는 필요성은 그것에 대한 인지에 의해 창출되는 것이다. 예술이라는 대상은 —다른 상품들처럼— 예술을 감상하고, 미를 즐기는 대중을 창출한다. 따라서, 생산(창작)은 그러한 주제의 대상을 창출할 뿐 아니라 대상에 대한 주제를 창출하기도 한다."(1857:91-92) 이것들은 매우 분명한 언급이며, 의도적으로 (아직 Marx의 시대에서는 만들어지지 않았던) 문학의 특이성에 대한 모든 이론을 반박하고자 한 것으로 보인다. 한편, 예술의 생산자와 소비자간의 대비는 분업이라는 관점

---

70) 독일어.

에서 조명된다. 바로 예술가라는 존재는 바뀌어야 하며, 더 정확히 말하자면, 공산주의 사회에서는 사라져야 할 운명인 것이다. Marx 와 Engels는 『독일 이데올로기』(Die deutsche Ideologie)[71] 에서 다음과 같이 쓰고 있다. "특정 개인들에게 예술적 재능을 독점적으로 집중시키고, 예술과 연계되어 있는 광범한 대중에게 억압하는 것은 노동분업의 결과이다…… 여하튼, 공산주의 사회에서는 예술가의 특정 예술에 대한 종속이 사라지게 되는데, 예술가는 그 종속에 의해 화가, 조각가 등의 전문적(직업적) 발전의 협소함과 분업에 대한 의존성을 적절히 나타내는 그의 활동에 대한 이름으로만 불리게 되는 것이다. 공산주의 사회에서는 화가는 존재하지 않으며, 기껏해야 다른 활동 중에 그림 그리기에 종사하는 사람이 있을 뿐이다."(Marx and Engels 1845-46:190)

따라서 마르크스적이거나 마르크스주의의 개념에서는 보편적 의미에서의 문학의 정의는 없다. 이것은 모든 시대나 문화에 통용될 수 있는 유용한 정의는 불가능하다는 것을 의미하며, 일반적 미학도 존재하지 않는다. 반대로, 생산이 소비가 있을 때에만 존재하는 것과 마찬가지로, 예술은 청중을 의미하며 그러한 소비행위에 의해 실현되는 것이다. 우리는 마지막 장에서 다시 이 개념을 다루게 될 것이다.

---

71) 독일어.

5. 수사학과 시학

새로운 용어들의 연막을 넘어서, 또 다른 현상에 대한 제시로 끝맺게 되는 언어적 혁명과 소요의 목격자가 되는 것은 권장할 만한 것은 아니다.

수사학72)에 대한 재발견은 시학73)에 대한 실질적인 전환점이

---

72) 언어를 매개로 사상이나 감정을 전달하려 할 때 표현과 설득에 필요한 기법. 원래 수사학을 웅변을 체계화한 분야로 효과적인 언어표현 방법에 관한 학문이다. 본래 고대 그리스의 민주적 폴리스에서 재판이나 의회 논쟁 등에서 상대방을 설득하고 청중을 끌어들이기 위해 연마된 소피스트들의 웅변술이었는데 그것이 효과적 산문을 쓰기 위한 작법으로 발달하였다. 이것은 웅혼하고 직절적인 이오니아 산문에 대해 길고 복잡한 아티카 산문의 성립을 촉진하였다. 웅변술을 문장표현의 원리라고 할만한 수사학으로까지 발전시킨 것은 아리스토텔레스였다. 로마의 웅변가 키케로는 이 소크라테스류의 변사학의 대가였으며 리시아스의 흐름을 딴 간명한 문체의 카이저와 병칭된다. 민주정치의 후퇴로 인해 수사학은 그 범위가 좁아져 대학의 학문으로 명맥을 유지하고 있는데 고전수사학의 이해로 유럽문학을 이해하는데 필수적인 조건이 되고 있다.
73) 시의 본질과 그 미적 가치, 작품의 구조, 시작법, 표현 등을 논하는 학

될 수 있을 것이며, 아울러 잘 검증된 분석과 구분 방법을 제시해
줄 수도 있을 것이다. 그러나 신수사학자들이 여지껏 수행해온 프
로그램은 오히려 매우 제한적이다. : 그들은 분석대상들을 시대에
맞게 최신화하고, 훌륭한 많은 분석을 해내었고, 옛 서적들을 Sa-
ussure와 Chomsky의 책들과 나란히 두었다. 그러나 철학분야에
서 Perelman이 영향을 주었던 것과 같이 잠재적으로 혁명적이거
나 적어도 계몽적인 수사학의 이용을 보여주는 그러한 활동에 견줄
만한 것은 없었다.

매우 대조적으로 첫째 성향은 여지껏 중 가장 제한적인 수사학
분야에 대한 정의로 나타나며, 이는 모든 관심을 은유와 환유74)
간의 대조로 양극화하였고, 이후에는 은유만을 다루었던 것이다.
결과적으로 수사학은 담화의 형태에만 국한되어버렸고, 그러한 형
태들은 모두 다시금 한 두 가지의 주도적 형태로 이어지게 될 만한
것들이다.

Ějxenbaum은 Anna Axmatova에 대한 글(1923)에서 그리

문. 서구 시학의 최초의 것은 아리스토텔레스의 『시학』인데 그는 선인
의 작품을 근거로 하여 시는 운율과 언어와 해음(諧音)을 소재로 하는
'모방양식' 이라고 규정하면서 극시론을 전개하였다. 이는 라틴 시인
F.Q.호라티우스의 『시론』에서 더욱 치밀하게 논해졌으며 N.부알로,
포프 등의 고전시학의 계보를 형성한다. 한편 르네상스 이후 각국은 근
대어에 의한 시학의 확립이 요청되면서 시드니의 『시의 변호』, 듀 벨레
의 『프랑스어의 옹호와 현양(顯揚)』, 오피츠의 『독일 시 학의 서』가
씌어졌다. 19세기에는 독일의 시론가 A.W.슐레겔과 G.W. F. 헤겔의
시론서가 유명하고 19세기 후반 미국의 E.A.포는 『시의 원리』에서 순
수시론을 주창, 프랑스의 C.P. 보들레르, 말라르메 등 상징파 시인에게
영향을 주었다.
74) 표현하려는 대상과 관련되는 다른 사물이나 속성을 대신 들어 그 대상을
나타내는 표현 방법. '별'이 '장군'을, '밤손님'이 '도둑'을 나타내는 따위.

고 Jakobson[75]은 Pasternak[76]에 대한 글에서(1935b), 이미 환유를 산문적이고 은유를 시적이라고 말했다. 1956년 Jakobson 은 이러한 대조를 더 명확히 재공식화 했다.: "유사성의 원리가 시의 근간을 이룬다…… 반대로 산문은 본질적으로 근접성에 의해 전경화 된다. 따라서 시에 있어서 은유와 산문에 있어서 환유는 가장 거부감이 없는 계열이며, 결과적으로 시적인 수사에 대한 탐구는 주로 은유를 다룬다. 이러한 양극화는 인위적으로 정돈되고 단일화 된 계획으로 대체된다." (1956:95-96) Jakobson은 이같은 견해를 Bloominton 심포지엄에서 반복했다.(1960:375)

이러한 종류의 양극화는 Jakobson이론에서는 여전히 시와 산문을 각기 특징짓는 일반적이고 매우 "은유적인" 방법인데도, 신수사학파의 연구가들은 오히려 말 그대로 받아들이고 있는 듯 하다. 그리고 Jakobson이 "실질적 양극화"를 "정돈되고 단일화된 체계"로 대체하는데 대해 반대하였음에도 불구하고, 모든 관심이 최근에는 은유에 모아지고 있다. Liege[77]출신의 Groupe μ 는 다소 오만스럽게 이름 붙여진 『일반수사학』(Rhétorique Générale)(1970)

75) Roman Jakobson(1896-1982) 미국의 언어학자. 모스크바에서 태어났지만 프라하로 간 뒤 다시 미국으로 건너가 귀화하였다. 하버드 대학, 매사추세츠 공과대학 명예교수가 되었다. 구조주의 음운론을 중시하는 프라하학파의 창설에 중요한 역할을 하였다. 음운론을 위시한 일반언어학의 여러 분야에서 활약하였을 뿐만 아니라 문학이론, 특히 시적 언어의 연구에 크게 공헌하였다. 주요저서로 『언어분석서설』, 『선집』(6권) 등이 있다.
76) Boris Leonidovich Pasternak(1890-1960) 유대계 러시아의 시인, 소설가.
77) 벨기에 동부 리에주의 주도. 동부 프랑스어권 문화의 중심지. 예부터 종교·문화의 요지로서 번영하였다.

이라는 새로운 비유를 다룬 책을 제시했었는데, Groupe μ 라는 이름은 그리스어로 "가장 최상의 신진대사"(7)라는 말의 첫 글자를 따서 지은 이름이었다. 그리고 (두 가지 제유78)의 결과로 간주되는) 은유를 "모든 수사 중 가장 중심적인 비유"(91)라고 생각하였으며, 이는 모든 비유들이 계층적으로 종속적임을 의미한다.

수사학이 주제설정법(inventio), 배열법(dispositio), 기억법(memoria), 반복법(acrio)을 버리고, 단지 미사여구법(elocutio)이 되 어 버리는 그 과정은 사실상 훨씬 전부터 있어 왔다. 지난 몇 세기에 걸쳐 수사에 대한 연구는 진보적으로 문학원리의 영역으로 향하게 되었고, 그로 인해 원래의 주된 목적이 상실되었다 — 원 목적은 말을 이용해 현실에 개입하고, 화자나 작자가 자신을 발견하게 되는 상황을 수정, 수식하는 것이다. Genette79)에 따르면 (1972 : 21- 40) 이러한 경향은 적어도 프랑스 고전주의 수사학자에까지 거슬러 올라간다. ; 한편 Florescu(1960)는 훨씬 이전인 중세시대에 이런 경향이 시작되었다고 말하면서, 그 근원이 고대 그리스, 로마에 두고 있다고 생각했다. 그러나 그후 훨씬 뒤인 60년대의 수사학의 재탄생이 이러한 과정을 이미 진전된 단계에까지 끌고 올라가 악화시점에까지 이르게 되었다는 사실은 분명하다.

따라서 (Florescu가 말한) 수사의 "문학화"는 그것의 점증하는 무용성과 병행되는 것이며, 이것은 20세기 문학이론에서의 지배적인 추세와 완전히 일치하는 것이기도 하다. 그러므로 신수사학파는

---

78) 사물의 한 부분으로 전체를 또는 한 말로 그와 관계되는 모든 것을 나타내는 표현방법. '빵'이 식량을, '감투'가 벼슬을 나타내는 따위.
79) (1930-) 프랑스 비평가, 소르본 대학 교수. 『문채(文彩)』1.2.3, 『원텍스트 서론』, 『겹치기 텍스트』등의 저술이 있음.

신형식주의로의 아주 가치있는 통합을 나타내며, 확실히 신형식주의는 그것을 특정 의도에 맞게 이용한다. 사실상 예술지상주의 미학의 척도로 창안된 수사학, 즉 좋은 문체의 원리가 바로 문학작품을 비의사 소통적인 메시지로 묘사하게 만든다.

우리가 Groupe μ의 글에서 "시어는 의사소통적 행위를 지니지 않는다. : 사실상 그것은 의사를 전달하는 것이 아니라, 오히려 그 자체로 의사소통을 이룬다"(19)라는 글을 읽을 때, 비록 Jakobson의 시적 기능을 수사적 기능이라고 부르는 것이 용어상 어긋나기는 하지만, Jakobson에 대한 언급이 분명해진다.(24,33) 문학언어의 비지시적 특성이라는 개념 또한 재등장하게 되는데, 수사적 구조는 글에 "부가적인" 것이 아니라 그들의 존재가 메시지를 급격히 수정하여 언어적 기호 양측사이의 중재적인 고리가 그 토대를 상실하게 되는 정도에 이르게 된다는 것이다. : "정확히 그것이 시적이라는 이유 때문에, 시적 언어는 비지시적이며, 시적이 아닐 때에만 지시적이 될 수 있다." 결론은 "우리가 오랫동안 알아 왔고, 이따금씩 망각하곤 하는 예술은 진실과 거짓 사이의 구분을 넘어서 그 자체 내에 존재하는 것이다."(19)

이러한 전제에서 놀라운 꺼리는 없다. 몇 가지 의문을 표명하기는 했지만, Liege그룹은 결국 "활용상의 무익성"으로 인해 "표준에 대한 일탈"(20)이라는 널리 퍼진 개념을 받아들이고, 문학을 "언어의 특별한 사용"(14)이라고 정의하게 된다. 그러나, 표준적 용례 — 즉 "표준" — 를 정의하면서 그들은 "편의상 '일상적'이거나 '익숙한' 언어, 혹은 '평범한 사람들'의 언어라고 이름 붙여진 것들을 지시성의 핵심으로 간주하는 것은 바람직하지 않으며, 시적 언어는 오히

려 의사소통의 이론적인 모델과 비교되어야 한다"(17)고 주장하였
다. 형식주의자들이 채택했던 (즉 1장에서 논의되었던) 똑같은 절
차가 여기서 등장한다. 언어의 시적 사용에서의 불변인자들을 추출
하려는 시도에서, 귀납적으로 (문학적) 글들을 뽑아내어 그것들을
다른 (비문학적)글들이 아닌, 한때 더 분명히 표준적인 언어라고
불리었던 (비문학적) 언어체계인 "의사소통의 이론적 모델"과 비교
할 수 있을 것이다. : 모든 차이점이 "일탈"로 취급되며, 수사적인
대상도 그러하다. 비록 그것이 지난 반세기의 언어학적 연구를 방
대하게 이용하고 있기는 하지만, 그 절차가 얼마나 이론적, 방법론
적으로 옳은가를 강조하는 것은 요점을 어긋나게 하는 것이 될 것
이다. : 그러나 한편 그것은 모든 것을 다 버리고라도 시적(혹은 수
사적) 기능의 독립성을 지키고자 한다면 유일하게 가능한 절차이
다. 작가들은 아마도 그들이 일상인들의 빠롤을 언어체계에 비교하
여 (자주 인용되는) Du Marsais의 "학술 활동에서보다 일상생활
에서 더 많은 비유가 탄생한다."는 말의 본보기를 제시하려 한다면
같은 결과 및 같은 일련의 비유를 가지게 될 것이다. 다시 한번
Saussure가 랑그라고 칭했고, Hjelmslev가 외연적 기호라 말하
였던 실질적 존재가 당연시 된다. : 이러한 추상적 모델은 지금 도
구적으로 실제화 되어 새로운 모델이 아니라 사라지는 유령을 만들
어 내었다.

　　『일반수사학』에 대한 논의를 많이 하는 까닭은 이것이 확실히
신 수사학파적 환경에서 만들어진 가장 야심에 찬 저작이기 때문이
다. 그러나 우리가 Genette(1966, 1969, 1972), Kibedi Varga
(1970) 및 몇몇 이들의 주의 깊은 접근방법과 함께, 수사에 대한

최근의 저작을 살펴보게 되면, 같은 결론에 도달하게 된다. Cohen (1966)은 모든 비유들이 은유적인 과정을 야기하려는 목적을 지닌다고 생각했지만, Albert Henry는 비록 다른 견지에서 출발하긴 했어도 (새로운 계층상에서) 환유와 은유에다 비유법상의 우월한 지위를 부여했으며, 그 둘은 "하나의 본질적인 정신활동"(1971:10)에 의해 창출된 것이라고 생각했다. Le Guern(1973)은 Jakobson의 두 비유에 대한 이론을 착실히 적용했으며 Delas와 Filliolet는 시적 기능에 대한 이론을 적용하였다. Todorov는 가공적인 "자연" 언어(1967:97-105)의 개념을 비판했지만 "시적 언어는 좋은 용례와 다르며 그것은 정반대이며, 그것의 본질은 언어표준을 어기는데 있다. : 그리고 그것은 영향력이 너무 커서 일상언어가 그러한 위반을 새로운 표준으로 간주한다면 시는 아직 손상되지 않은 다른 규칙과 법칙들을 공략하기에 이른다."(1965:305)고 주장하였다. (그러나 어떤 이는 그가 최근에 훨씬 더 회의적인 결론을 피력하면서 (1973-74) 그것을 철회했다고 말했다.)

이러한 저작들에 대해 내가 제기한 의문들이 모든 것에 대한 부정적 판단을 의미하는 것은 아니다. 보통 사람들은 시장에서 얻을 수 있는 도구를 이용하는데 이는 그가 스스로 그림을 벽에 걸어야 할 때마다 못과 망치를 만들 수 없다는 단순한 이유 때문이다. 그리고 어느 누구도 이를 탓할 사람은 없다. 그럼에도 불구하고 낡고 퇴색한 같은 도구를 거의 반세기 동안 이 손에서 저 손으로 옮겨주고 받게 되면 싫증이 나게 되고, 새로운 도구를 개발하라고 요구하는 사람이 나타난다. 그러나 지난 수십년 간에 나타난 발전과 상당한 데이터의 축적을 무시하는 것은 근시안적인 행동이다. 특히 수사학이 점점 중요성을 잃어가고 있는 것이 사실이지만, 비유에 대한 연구는 한층 더 정제되고 그 영역을 넓혀 통사적이며 서술적인 구조까지 포함하게 되었는데, 이는 산문을 새로운 면에서 재조명하기 위한 필연적 전제이다. 한편 시인들이 만들어내는 시적 비유와 나란히 할 수준의 일상인들이 만들어 내는 비유를 고려하고자 했던 비문학적 수사에 대한 연구에서는 별다른 성과가 없었다. 그러나 용례적 비유와 창작적 비유 사이의 오래된 구분은 반드시 재검토되어야 한다. 그 이유는 첫째, 용례적 비유가 원래는 창작적 비유였기 때문이며 둘째, 이것이 정말로 단일하고 보이지 않는 현상이기 때문에, 혹은 창작적 비유가 문학가들에게만 점유된 것이라 말할 수 없기 때문이기도 하다.

우리의 입장에서 볼 때, 그리고 의사소통적 과정이라는 덜 갑갑한 개념에서 볼 때, 수사에 대한 연구는 시학의 한 부분이기 이전에 내포적 기호를 분석하는 언어학적 원리에서 그 자리를 찾아야 하는데, 이는 어떤 종류나 어떤 차원의 비유이든지 간에 내포를 표현하고 있으며, 그 내포 중 일부는 기호적 용례의 체계와 일치하고, 또 다른 것들은 기호학적 도식의 체계에 일치하기 때문이다. 사실상 수사학적으로 도구화된 모든 언어사용은 그것들이 정형화되어 있거나 정형화될 수 있는가에 상관없이 미사여구법적 비유와 서술적 비유 및 수사의 다른 기법들에 의해 제기된 내포사들을 표현한다. 이러한 의미에서, 일상적 회화에 개입될 수 있는 가장 사소한 은유들은 가장 복잡하고 가장 기교를 부린 대화구조와 부분부분의 조합 등과 함께 과학적, 철학적, 정치적 혹은 서술적인 글들에서 내포사를 구성한다. 따라서, 수사적인 색조가 없는 "투명한" 언어의 존재 가능성은 배제해야만 한다. 그러므로 "평이한" 담화는 전적으로 Hjelmslev가 말한 외연적 기호와 일치하지 않지만, 그 자체가 화자나 작가의 전략적 선택의 결과이다. 물론 그 선택은 그의 레퍼토리와 언어사용 능력의 정도에 따른 것이다.

이러한 견해를 수용한다면, 수사학은 외연적 기호의 기능과 일치하는 내포사의 분석으로써 언어학의 영역에 들어간다. 우리가 아는 바대로, 기호 기능은 외연적 기호와 내포사(즉, 내포적 기호의 표현부와 내용부)사이에서 정립된다. : 그래서 여기에 다시 그 원리가 "표현의 연구와 내용의 연구는 표현과 내용사이의 관계에 대한 연구이며 ; 이 둘은 손상하지 않고서 따로 떼어 낼 수 없다"는 Hjelmslev(1943:75)의 말에 따라 유효하게 된다. 이것은 수사학이 언어학과 별개의 것이 될 수 없음을 의미한다. : 언어학과 결합하게 되면, 규범적이지 않고 서술적이며, 더 이상 문학적 글에만 제한되지 않는 공동적 원리가 되는 것이다.

분석의 절차를 (귀납적인 것에서 연역적인 것으로) 수정하고, 그 활동영역을 넓힘으로써, 이 수사학은 반드시 그 자체를 전통적인 수사학과 구분짓게 되는데, 이는 그것이 단지 다소 제한적인 수의 글 뿐 아니라, 어떤 형태의 (단지 가상적으로 가능한 형태라도) 글이라도 쉽게 잘 정의된 문화적 전통에 알맞게 서술할 수 있기 때문이다. 수사학적 범주를 고치는 일은 이러한 면에서 이용하여, 그 범주의 수를 늘리는 동시에 내용-형태 분석을 목적에서 자유롭게 만들어야 한다. 왜냐하면 이러한 경우에 역시, "내용-형태는 목적과 독립적이고 임의적인 관계를 나타내며, 목적을 내용-실질로 만들기 때문이다."(Hjelmslev1943:52) 예를 들면 서술적인 원리로서의 수사학이 자체를 세 가지 전통적 장르로 국한할 이유는 없다. : 세 장르는 토의(deliberativum), 판단(iudiciale), 논증(demon-strativum)80) 등을 말한다. Lanham이 말한 대로 "화법의 형태가 많은 글쓰기와 말하기를 특별히 수사적이지 않은 방법으로 통제한다. 화법의 구조는 우리가 주장하는 모든 예에서 우리가 생각하고 주장하는 방식에 영향을 미친다. 그리고 형태의 구성요소들은 매우 다양하지만, 형태 그 자체는 무의식 중에 많은 사람들에 의해 사용된다."(1969:112-13) 그럼에도 불구하고 고전적 수사의 세 가지 장르는 사실상 화자(예외적인 화자, 즉 연설자)가 소속된 3가지 상황에 상응하는 한편 다른 것들 또한 가능하다. 이제 우리는 인류학자 Erving Goffman에 의존하여, 수사학 연구에 상당히 중요한 몇 가지 그의 견해와, 한 텍스트가 가진 내포적인 면의 분석에 관한 견해도 살펴보아야 할 것이다. Goffman은 "상황"이란 특히 언어의 사회연관성과는 일치하지 않는 것이라 했다. : "화자가 동성 또는 이성에게 말하고 있는가, 부하 또는 상사에게, 한 사람 또는 다수의 청자에게, 바로 그 장소에 있는 사람 또는 전화상의 청자에게 말하고 있는가? ; 그는 대본을 읽고 있는가, 아니면 자연스럽게 말하고 있는가? ; 그 계기가 격식적인가, 아니면 비격식적인가? : 의례적인가, 돌발적인가? 그렇다면 여기서 고려하고 있는 것은 나이나 성격같은 사회구조 특질이 아니라, 현재 상황에서 다루어지는 것으로 인식되는 특질들에 부과된 가치라는 점에 주목해야 한다."(1964:62) 확실히 이 모든 상황들은 내포사가 자의적인 관계를 설정하는 내용-목적을 구성하며, 이러한 자의적 관계는 언어

---

80) 라틴어.

마다, 문화마다 달라질 수가 있다. 내가 말하고자 하는 바는, 좀
더 높은 수준의 연구 즉 내포적 기호학 중 한 분야인 메타기호학으
로, 내용-목적 연구를 다양하게 한다면, 이런 상황과 관련된 내포
사가 수사적 관점에서도 연구할 가치가 있다는 점이다.

　마지막으로 최소한 한 관점에서 주제설정법(inventio)과 배열
법(dispositio)에 좀더 적절한 관심을 보여준다면, 이 수사학이 새
로운 수사학보다는 고대 수사학에 더 가까워 보일 것이다. 고대에
는 수사학을 주제설정법, 배열법, 미사여구법 세 개로 분류했는데,
다양한 수준에서 기능사를 간섭하는 내포사 연구에서는, 여러 개가
모여 하나를 이룬 조직으로 간주해야 한다. 나머지 두 분야 중에서—
반복(actio) 또는 선언(pronunciatio)과 기억(memoria)[81](후자
는 헬레니즘[82] 시대에 추가됨)이며 대개는 현대 논문들에서 무시
되고 있다. — 반복(actio)은 다시 고려해 보아야 할 것이다.(그리
고 재명명 되어야 한다.) 왜냐하면 반복(actio)은 확실히 웅변가에
게 기교와 장치들의 비축품으로서 그 가치가 축소될 수만은 없기
때문이다. 사실 구어에서 어조와 외관(physiognomy)이 한 내포
사이듯, 매체는 한 개의 내포사를 나타냄을 기억해야 한다. 이러한
내포사와 함께, 그래픽 체계의 특정 내포사들도 분석해야만 한다.
— 그래픽 체계라는 것은 시에서 각 행의 끝에 공간을 두는 것과,
인쇄상의 장치사용, 페이지 위에 어떤 텍스트를 배치할 것인가 같
은 것들이다. 하지만 다른 측면에서, 비유의 분석은 Hjelmslev(19

---

81) 라틴어.
82) 그리스 고유의 문화와 오리엔트 문화가 융합하여 이루어진 세계성을 띤
　　그리스 문화·사상·정신 따위를 문화사적 관점에서 이르는 말 (헤브라
　　이즘과 함께 유럽문화의 2대 근간을 이룸)

43:120-25)의 메타기호학에서 나왔던 의미론을 포함하게 된다. 이 분야의 구체적 연구들은 다른 관점에서 볼 때 이미 진행되고 있으며, 주로 은유 의미론을 다루고 있다. (예를 들어 Bickerman (1969), Eco(1971:93-125), Mathews(1971), Abraham(1975), van Dijk(1975), Guenthner(1975), Wissman Bruss (1975), Mooji(1976) 등의 연구를 보라. 이 중 Alinei는 자기의 의미분석모형이 "정밀한 은유 연구"(1974:217)에 사용될 것이라고 예측했다.)

만약 어떤 이가 여기 제시된 관점에 동의한다면, 아니 최소한 이 방향으로 나아갈 수 있는 가능성을 인정한다면, 이때까지 보았던 수사학의 범위가 신수사학의 범위보다 더욱 더 넓어질 것이다. 반면에 현재 연구상황, 다시 살펴보건데 비유의 신 수사학적 개념과 다른 분야에서의 그 개념의 발달, 특히 라카니적 심리분석 (Lacanian psychoanalysis)에서의 발달로 인해 문학적 사실을 다시 새롭게, 더 자유롭게 정의하려는 시도를 하게 했다. 따라서 1967년 Todorov[83]가 여전히 시적 언어로 비유적 언어를 규명하려 하지 않았던데 비해 Orlando의 태도는 더욱 더 개방적이었다.(1971;1973)

Orlando의 연구 또한 Jakobson의 인용으로 시작한다. "시적 기능이 지배적이라고 당연히 여기는 그런 예들에서 우리는 문학적 작품을 얘기하고 있다."(1973:125) 하지만 그의 추론이 진행될수록 이렇게 극단적으로 제약되었던 관점이 극복되고 더욱 더 포괄적

---

83) (1939-)프랑스 비평가, C.N.R.S.연구원. 『문학과 의미』, 『환상문학론』, 『산문의 시학』, 『상징이론들』, 『상징주의와 해석』, 『미하일 바흐친』 등의 저술이 있음.

인 문학개념이 요구된다. 그 문학적 텍스트는 생략 불가능한 비유율에 근거하여 정의된다.(164) 시는 이 정의에 의해 쉽게 맞아 떨어진다. 농담도 역시 마찬가지다. 사실 비유 개념은 Jakobson의 음성적 비유에만 있는 것도 아니고, 전통적 수사학의 수사어구에 있는 것도 아니며, 인지 가능한 모든 유형의 비유를 다 포함하는 개념이다. ; "시니피에의 비유, 시니피앙의 비유, 운율과 운의 비유, 문법의 비유, 문장의 비유, 논리의 비유, 실제 관계에 대한 비유, 해설의 비유, 텍스트 속의 다양한 부분의 연속에서 나타나는 비유, 텍스트의 내부기능으로서의 화자와 청자의 비유, 언어의 물리적 지지로서의 비유, 이미 정립된 관습적 비유로부터 벗어난 비유 등등. 어떤 경우, 비유는 텍스트 몇 줄의 공간에 담길 것이고, 또 다른 경우에는 그 공간이 아주 방대한 작품을 구성할 정도의 수천 페이지가 될 것이다."(166) "바로크시대[84] 소네트나 과학적 논문은 비유성의 다른 형태와 정도의 예들이지만, 어떠한 형태나 정도에서도 이 텍스트에 문학적 자질을 부여하는 것은 그 비유의 실재(presence)이다."

그 결과 이렇게 넓은 정의는 Góngora[85]의 시부터 Galileo의 과학적 연구, 농담에 이르기까지 거의 모든 것을 포함하게 된다. 그렇다면 "문학"은 단순히 "언어적 행위"(Hjelmslev의 용어로는

---

84) 17-8세기에 유럽 특히 프랑스 이탈리아 등지에서 유행한 그림·건축·조각·문학·음악 장식·미술 등의 한 양식.

85) (1561-1627.) 에스파냐의 시인. 살라망카 대학에서 신학을 공부하고 성직자가 되어 1626년까지 펠리페 3세의 고해신부로 있었다. 그의 시는 간결 명확한 풍자적 서민적인 서정시와 난해하고 문식적, 기상적인 시 등의 2가지로 나뉜다. 후자의 대표작인 『고독』은 3세기에 걸쳐 일대 논쟁을 불러일으켰다.

"텍스트")의 쓸모없는 동의어로 나타나거나, 아니면 좀더 적당한 이름(시적, 서술적, 과학적, 비평적 쓰기 등등)을 뒤로 한 채 단순하고 일반적인 사물의 지시로서 나타날 수 있다. Orlando는 계속해서 "텍스트는 순수하게 문학적이거나 완전히 이질적인 것"(168)에 관심이 없다고 했다. 하지만 문학의 개념은 완전히 잉여적인 것이 될 수가 없다. 왜냐하면 만약 한 텍스트가 양적 기준에서 문학으로서의 자질을 가진다면 —다시 말해 비유율에 근거해서— 문학성의 정도는 비유적 성질이 달라짐에 따라 변화할 것이다. Orlando가 제안했던 Freud 이론에서는, "개방적 정의에 따르면 소위 문학은 의식적인 자아(구어든 문어든)의 구어적 언어이며, 이 자아는 비유에 의해 표현되는 무의식에 아주 많이 기인한다."(169-70)고 했다. 모든 텍스트는 계층적 순서로 문학성 정도를 나타내는 척도에 배열될 수 있으며, 이 순서는 미학적 평가나 전통적으로 규명된 문학의 개념과는 아무 관계가 없이 지어져 있다. 이 계층 속에서는 (만약 절대적 가치에서 볼 때 다를 수 있는 비유성의 형태를 측정할 수 있다면) 한 무미건조한 농담이 『보봐리 부인』보다 상징성에서 더 많은 점수를 얻을 수가 있다. 여기에는 아무런 스캔들이 없는데 왜냐하면, 우리는 미학적 견지에서 만들어진 특징을 암시해주는 관점들을 포기함으로써 이 연구를 시작했었고, 또 Orlando의 입장이 Jakobson의 입장보다(Orlando는 Jakobson에게서 떠났지만) 더 방임적이었기 때문이다. 그럼에도 불구하고 Orlando 자신은 전적으로 상징률에만 근거하여 기존 계층을 흔들어 놓을 새로운 요소를 도입했는데, 이로 인해 새로운 문학성의 척도를 정립하게 된 그의 마지막 가설은 위대한 문학작품에는 비유의 실제(억압성의 형식적 발현)와 이데올로기적인 의도를 띤 담화(억압성의 내용-목적으로서의 발현)사이에 항상 하나의 "연역적 동질성과 공감과 결속"이 존재한다. ; 그 중 후자만이 비유적 농도를 자극하고 정당화 할 수 있으며 그렇지 않았다면 아마도 쓸데없고 수동적인 존재가 되었을 것이다. "이것은 목적과 형태가 억압된 것의 발현을 통일시키는 문학의 예를 옹호하는 가설이며 이러한 예들을 이데올로기적 목적 즉 억압된 것의 발현을 일으키지 않으려는 목적이나, 순전히 피상적으로만 억압성의 형식적인 발현이라고 간주하는 예들과 대조된다."(174)

결국 이 가설은(이에 동의하든 안하든) 현대문학이론사에 새로운 것을 나타내주며, 형식적 방법들과 사회학적, 이데올로기적 분석에 근거한 방법들 사이의 대립을 극복하는 첫 걸음을 내딛게 해주었다. 더 중요한 것은 문학 언어의 비지시적 성격의 조건은 암시적이긴 하지만 확실하게 거부되었다는 점이다. 문학작품은 그 자체를 현실을 묘사하고 반영하는데 국한하는 것이 아니라, 작가의 관점에서 어떤 경우 기존질서를 뒤집을 수 있는 그런 태도를 표현하기도 한다. Freud, Racine[86], Marx 문헌학자들이 이를 상세히 연구했었지만 기대할 만한 반응을 얻지 못했다는 것은 우연이 아니다. 꼬집어 말하면 그들에게는 순응주의(conformism)가 결여되었기 때문에 그런 것이라 할 수 있다. 이런 의미에서 Orlando의 모델은 독특한 전례로 남아 미래에는 더 적절한 맥락을 찾을 수 있을 것이다.

---

86) Jean B. Racine(1639-99) 프랑스의 극작가.

6. 문학의 효용

    문학성(literariness)의 개념에 관한 고찰에서 나온 결론을 보면 처음에는 확실한 개념이 아닌 듯 보인다. 20세기 문학이론의 주요학파들은 다소 공개적으로 자기 연구목적에 대해 정의를 내리기 원하지 않았는데 재미있는 것은 분명히 엄청난 양의 분석과 이론연구를 일궈낸 세기에 이러한 현상이 일어났다는 것이다. 연구가 더 진전되고 정교해질수록, 다른 시대에서는 더 확실했을지 모르는 문학적 사실의 한계와 특성을 인식하기가 더욱 더 어려웠던 것 같다.

    현대 문학의 비판적 사고에 대한 다양한 접근을 통해서 공통적인 "지배적"현상을 끌어낼 수 있다면, 그것은 문학의 비지시성이라는 가정일 것이다. 흔히 말하기를 문학작품은 진실도 아니고 거짓도 아닌 메시지를 전달하는 것이라 한다.; —우리가 여전히 의사소통을 할 수 있다면— 문학적 의사소통은 다른 종류의 발화에서라면 유용했을 정상적인 판단기준을 모호하게 만들어버린다. 이런 관점에서 볼 때 문학에 남겨진 기능은 수사적이고 명상적이거나 기껏해야 위안을 주는 기능 뿐일 것이다. ; 그리고 "편견 없는 명상으로서의 예술은 잘못"이라는 견해에 반대하는 사람조차, 위대한 문학작품의 잠재적인 보편성이 "실제 세계에 영향을 줄 정도의 힘을 갖고 있지 않다"는 점과, 이러한 사실은 "문학작품이 갖는 환상을 피하기 위해서, 또는 그것에 부과된 제약을 피하기 위해서라도 강력히 되풀이 되어야 함을 인정해야만 할 것이다."(Orlando 1973:174) 따라서 문학은 마치 모든 쓸모 없는 물건들이 사치의 범주에 속하듯 하나의 사치가 된다. ; 그리고 이는 왜 문학이 대개 과거에 그랬었고 지금도 여전히 그렇듯이, 지배계층 또는 권력층으로 이동중인 집단이 가지는 전유물인지를 설명해 줄 수 있을 것이다. 비록 이 중에는 억압받는 계층으로부터 나온 일부 밀항자들이 작가 계층에 숨어 있을지 모르는 일이지만.

Jauss가 내린 낙관론에도 불구하고, 역사적 현실이나 사회적 관계에 어떤 영향을 끼친 작품은 아주 적다. 하지만 현재상황을 보건데 이를 역사적으로 설명하려 하거나 절대적으로 간주하는 것, 그리고 비지시적 성격을 문학적 언어의 본래 성질로 치부해 버리는 것은 전혀 별개의 것이다. 어떤 이는 많은 현대 서구 문학작품에 나타난 비지시적 성격에 관해 초창기와 마지막 형식주의자와 같은 견해일지 모르겠지만 —모든 예외를 무시한다 할지라도— 이것은 일반문학이론에서 보면 너무나 제한된 예라는 것이 명백하다. 하지만 형식주의자와 예술을 위한 예술을 추구하는 모든 심미학자와 마찬가지로 우리는 교육적 왜곡 현상에 놓여 있다. 이는 문학적 생산과 그에 대한 감상 사이에 긴밀한 연계를 중요시하기 때문이다. 예술에서 더 이상 어떤 것도, 거의 아무 것도 요구하지 않는 사회에서는, 박물관 전시작품조차 현대적이며 아방가르드87) 풍으로 선택하며, 그 사회에서 예술은 의사소통 거부라는 관점에서 스스로 벗어나 내면을 살펴볼 준비가 되어있는 것이라 할 수 있다. 반면에 심미학과 비판적 이론들은 이러한 상황을 아주 잘 이용하고 있는데, 이들은 어떠한 예술적 작품도 보편적으로는 쓸모없다는 이론을 펴고 있으며, 많은 뉘앙스와 허용범위에도, 절대적으로 시적 심미적 기능이 존재하며 문학과 예술은 어떤 형태의 총합 위에 있다는 가정을 의심치 않는다.

20세기 심미학과 문학이론들을 시학, 문학적 표현, 예술 운동 등과 철저히 비교해보는 것이 가장 교육적일 것이다. 이때까지 이러한 연구는 부분적으로만 행해져 왔고, 그 예로 형식주의 학파와 러시아 미래주의 사이의 관련성을 들 수 있다. 이 연구는 지난 세기 중반까지 거슬러 올라가야 한다. 우리는 이 주제에 관해 Giorgio Agamben 이라는 사람이 언급했던 흥미로운 관찰을 발견했는데, 그는 Baudelaire88)로부터 나온 예술의 자기 충족성(self-sufficiency)이라는 개념을 믿고 있었다. 1855년 파리에서 개최된 만국박람회에 참석한 후 Baudelaire는 다음과 같은 느낌을 받았다. "상품들은 그 자체를 향유한다는 의미가 실제로 사용할 수 있는 순수한 대상물이 되어버렸다." 그리고 마르크스적인 상품개념을 과학발전 이전의 형태

---

87) avant-garde 전위대라는 뜻으로 제1차 세계대전 무렵부터 기성예술과 전통을 부정하고 나선 다다이즘이나 초현실주의 등의 전위적인 예술 운동을 통틀어 이르는 말. 전위파.
88) Charles Baudelaire(1821-1867) 프랑스의 시인·비평가

로서 맹목적인 것이라고 했다. "상품의 침해에 직면해 Baudelaire 가 가졌던 훌륭한 견지는, 그가 예술작품 자체를 상품과 미신의 대 상으로 변형시킴으로써 이에 대응했다는 사실에 있다. 또한 예술 작품에서 사용가치(use-value)와 교환가치(exchange-value)를 구별했고, 전통적인 권위와 신빙성을 구분했다. 여기서 시에 대한 어떠한 획일적 해석에도 대항할 수 있는 완벽한 Baudelaire의 주 장이 나오게 되었고 시는 그 자체의 목적 외에는 다른 목적이 없다 는 그의 완고함이 드러났다. 이러한 점에서 문학작품을 둘러싸고 일어나기 시작한 차가운 무관심적 분위기는 교환가치가 상품에 주 는 물신(fetish)[89]적 성격과 일치한다."(1977:50-51)

따라서 예술의 자주성이라는 개념은 특정 역사 문화적 상황으로 거슬러 올라가야 하는데 먼저 지난 세기 중반 경에 이러한 주장이 일어났고, 그 후 이러한 실용적 선언들은 점차 심미학파로 파고들 었다. (Croce[90]의 『심미학』(Estetica)은 1902년에 초판됨) 러 시아 형식주의[91]자들은 심미적 관점을 회피해 왔기 때문에 문학작

---

89) 영험한 힘이 있다고 숭배되는 물건.

90) Benedetto Croce(1866-1952) 이탈리아의 철학자·역사가·정치가. 마르크스주의의 연구에서 헤겔철학을 재평가하여 '정신의 철학'을 수립하 였다. 이상주의를 근간으로 하는 개인적 자유주의자인 그는 이탈리아 안 팎에서 반파시즘 운동을 하는 등 도덕과 용기로 독재정권에 도전하였다. 전후에는 현대 이탈리아의 정신적 스승으로서 이탈리아를 새롭게 재건할 수 있는 내적 정신자산을 상기하라고 권위있게 호소하였다. 저서에 『정 신과학으로서의 철학』, 『역사학의 이론과 역사』 등이 있다.

91) Formalism 러시아의 문학비평유파. 스위스 언어학자 페르디낭 드 소쉬 르의 언어학 기법을 이용한 모스크바 언어학회(1915년 결성)와 오포야 스(시어연구회라는 뜻, 1916년결성)에서 비롯되었다. 이들은 보다 객관 적, 과학적인 비평을 추구하였으며 내용보다는 형식과 기법의 중요성을 강조하였다. 러시아 형식주의는 문학비평에서 중요한 역할을 차지하면서

품의 언어에서 문학성의 특징과 본질을 규명해 내려 했다. 형식주의는 비록 20년대말에 러시아에서는 소멸되었지만, 우선 프라하에서 학파를 조성하여 60년대에는 프랑스와 소비에트 연방에서 부흥했다. 게다가 Segre가 주장한 것처럼(1970:327-28), 유럽과 미국에서 형식-구조주의자들의 방법이 다원적으로 발생했음을 배제할 수는 없다. 따라서 70년대 후반과 80년대 초반에도 여전히 활동했던 작가들을 포함해, "형식주의"라는 용어를 20세기 문학이론의 지배적 경향으로 확대시키는 것이 본질적으로 정당화되는 이유가 분명해진다. 초창기 형식주의자들이 가졌던 전제는 많이 바뀐 것 같지는 않지만 설사 좀 바뀌었다 하더라도, 초기 형식주의자가 종종 풍겼던 뉘앙스에서 벗어나지 못하는 현상과 부딪히게 되었다. 이때까지 살펴보았듯이 이 전제는 문학적 언어에서 의사소통기능을 발전적으로 제거하는 것, 그리고 문학적 텍스트가 어떤 실용적 목적이나 어떠한 방법으로든, 현실에 영향을 끼칠 능력이 없어서 오직 그 자체를 위해 존재한다고 믿는 데에 있다. 19세기 법규였던 예술을 위한 예술은 20세기 형식주의에 와서는 언어학과 기호학이 제공한 도구에 체계적으로 의지하여 시대에 뒤떨어진 완고한 이론이 되었다. 그러나 특정 문학적 맥락에서 논쟁적인 중개(仲介) 연구로 간주되던 연구를, 현대 시학자들이 보편적인 과학적 진실의 유효성을 가진 모든 문학의 근본으로 제안하는 상황에 이르렀다. 형식주의자들은 모든 실용적 목적 중에서 의사소통거부가 임의적 선택일 수 있는 텍스트(주로 상징주의와 미래주의 시)에서 시작해,

---

영국과 미국의 신비평에도 영향을 미쳤으나 1929년 정치적 통찰력이 부족하다는 이유로 비난당한 후 점차 쇠퇴하였다.

문학의 비실용성 이론을 만들어 내었는데, 그 범위는 부르주아적 예술, 문학 현상에 대한 인식 내에서 엄격히 제한해야 한다.

그럼에도 불구하고 이 관점 안에는 다른 형태의 문학작품을 구별하는 역사적 관점이 내재한다. 예를 들어 Prieto는 다음 두 가지 문학작품을 구별해야 한다는 주장을 폈다. 하나는, "기본기능이 단순히 내포적 구실"을 하는 것으로 기본기능에만 국한된 해석을 허락하지 않는 문학작품이고, 다른 하나는 "'예술적 내용'에는 미치지 못하지만 그 자체에 이미 의미를 소유하고 있는 기본 기능으로 제한된 해석을 하는 예술 작품이다. 첫 번째 경우는 예술 작품의 기본 기능이 '탈기능화 되어'…… '허구'를 다루게 된다. 이러한 정의는 소설이나 픽션영화, 예를 들어 승리한 장군이 지어낸 구조적 픽션이라든지 아니면 원래 본질적으로 '허구'인 하나의 장식물로서의 문학작품에 꼭 들어맞는 정의라 할 수 있다. 반면에 다큐영화, 초상화, 종교회화, 자연 그대로의 가옥, 가교, 의자 등은 허구가 아니기 때문에 제외된다. 예술적 픽션이 있다면 기본 기능면에서 문학작품을 해석해서 사회집단 구성원 대부분이 이를 접할 수 있는데, 이는 소수에게 제한하여 내포적 해석을 내릴 때에만 의미를 갖게 된다." 그리고 이는 "예술적 픽션이 문학작품 생성에 있어 기준이 되었다는 사실과, 부르주아적 질서의 도래 사이의 관련성"(1975:74-75)이라는 가설을 확인시켜줄 것이다. 실제로 픽션과 논픽션을 구분하기가 항상 쉽지만은 않다는 사실을 제외하고는 나는 이 견해를 전적으로 받아들인다. 상당수의 변이형과는 별도로 (서사시, 역사드라마, 소설, 영화 등) 이 경우는 흔히 한 개의 내용이 작가와 독자의 태도에 따라 픽션으로 또는 논픽션으로 받아들여지는 경우다. ; 우리는 똑같은 신화가 Homer[92])의 서사시에서와 『사물 본성에 대하여』에서의 서문에 다르게 쓰이는 경우를 생각해 볼 필요가 있으며, 시적 기능에 관한 많은 논평을 여기서 반복할 수 있을 것이다. 반면에 픽션 드라마나 소설이 가진 기본 기능은 때때로 내포적 의사소통에 종속되지 않고도 주요 역할—예를 들어 이데올로기적인 담화처럼— 을 할 수 있다. 마지막으로 Prieto는 허구적 예술과 부르조아적 질서 도래 사이의 관계성을 강조하였는데 이는 옳은 견해였다. 왜냐하면 그가 이해하듯이 현재보다는 역사적 상황에서 "픽션"의 존재와 적법성을 부정해서는 안되기 때문이다. 많은 현대예술의 내포적 해석이 지배계층의 특권이라는 데는 동의할지는 몰라도 이것이 항상 옳은 것은 아니다. ; 왜냐하면 그것은 미술가의 전통에서 보건데 소수예술에는 맞지 않았고 대중시, 노래, 춤 등에도 맞지 않았기 때문에 그리고 소멸되거나 불완전한 예술에 타협하기를 원하는 사람은 없을 것이기 때문이다. 부르조아 사회내에서의 예술인식 태도를 볼 때, Prieto가 그랬듯이 기본기능의 탈기능화 현상은 단순한 내포적 구실 이상의 기능을 그 기본작용으로 할 때 나타날 수 있다는 특성이다. 다시 말하면 작품의 작가에 의해 탈기능화 되기 전에도 (부르조아 도래 이후 모든 예술작품에 대해 해당되는 것은 아니지만) 기본 기능은 수용자에 의해 처음부터 중화되어서, 이해가 되는 순간 없어질 것이다. 과거든 현재든 작품을 다루는 태도에서 비슷한 현상이 확실히 나타났고 이러한 작품은 기본기능을 포기하려 하지 않았다.

따라서 문학을 통해 세상을 수정하지 못함은 사회내에서 그 출

---

92) 고대 그리스의 시인. 『일리아드』 및 『오딧세이』의 저자.

처와 방향과 순환에 대한 것과 같이 문학적 담화의 비의사소통적
특질 때문만은 아니다. 게다가 문학은 무해하기 때문에 욕구억압을
해소시킨다거나 (의식적이든 무의식적이든), Orlando가 주장하는
가설, 즉 왜 대개의 독자들이 어떤 작품을 그토록 좋아하는지 그
이유를 설명하는데 유익한 관점에서 텍스트를 보는 이론을 발견할
수 있다. Racine의 『Phedre』93), 『악의 꽃』(Les Fleurs du
mal)94), Zola95), Verga96), Pasolini97)는 기존질서에 믿음을
가진 독자나 그 질서를 유지하기 위한 필요에서 생성된 작품에 확
신을 가졌던 사람들에게는, 저자가 이에 동의하든 안 하든 다른 세
계(지옥)로의 여행임은 자명하다. 하지만 많은 경우 이는 소극
(farce)으로 남아서 멀리 떨어진 장소에서 이를 엿보는 사람들에게
공연되었다. Lupernini는 "예술은 인류에게 아무런 영향도 끼치지

---

93) 1677년 의붓아들과의 불륜의 사랑 때문에 파멸에 이르는 왕비를 그린
    걸작.
94) 프랑스의 시인 보들레르의 운문 시집. 126편의 시가 실려 있으며 「우수
    와 이상」「파리 풍경」「포도주」「악의 꽃」「반역」「죽음」의 6부로
    나뉘어져 있다. 1857년 6월 그의 친구에 의해 세상에 공개되었으며, 이
    시집이 발간되자 당국은 풍속 문란의 혐의로 시집을 압수하고 「악의
    꽃」 중의 6편을 삭제할 것을 명했다. 1861년 이 6편의 시 대신에 35
    편의 시를 추가한 신판이 간행되었다.
95) Emil Zola(1840-1902) 프랑스의 자연주의 소설가.
96) Giovanni Verga(1840-1922) 이탈리아 작가. 시칠리아 카타니아 출
    생. 고향 시칠리아 사람들의 모습에서 원시적인 인간본능을 탐구하고 새
    로운 리얼리즘 문체를 수립하여 베리즈모 문학의 완성자로 일컬어졌다.
    대표작인 장편소설 『말라볼리아가의 사람들』 외에 단편집 『전원생
    활』이 있으며 희곡 『카발레리아 루스티카나』는 마스카니의 오페라로
    알려졌다.
97) Pier Paolo Pasolini(1922-1975) 이탈리아의 시인, 소설가, 영화감
    독.

않았다고 했지만, 보수적 관점에서는 예술은 분명한 영향을 끼쳤다. 기쁨을 만들어내는 능력(지식에서 솟아나오는 즐거움, 심미적 형태가 즉시 숭엄해지고 초월적이라는 상황에서 나오는 특별하고 구체적인 지식의 즐거움)과 유쾌한 즐거움과 그 형태를 통해 알려진 공포를 중화시키는 능력으로 인해, 예술은 부르조아에게 그 이상에 대한 신념과 영원성을 확신시켜 주었다. 그리고 이들에게 실제로 어떤 즉각적이거나 결부적인 동의를 요구하지 않는 순수세계로 나아가, 매우 잘 보호된 영역에서 자기 이상의 실현을 생각하고 이러한 가치를 즐기게 해 주었다. 마찬가지로 모든 부르조아적 가치를 비난한다면, 그들에 의해 최상의 것으로 인식되는 가치에 여전히 도움이 된다는 단순한 이유 때문에, 문학작품에서 예술은 부정적인 영향을 잃게 될 것이다."(1971:172)고 말한다. 만약 조금이라도 작가가 좋은 의도를 가지고 있다면 이를 초월함으로써 과정은 끝나버린다. 마찬가지 방법으로 최근의 Vincenzo Guerrazzi가 쓴 "혁명적" 소설은 이러한 모습을 보여주고 있다. 곧 제노바(Genoa)[98]의 한 야금공장의 노동자가 불가항력적으로 진취적이거나 개화된, 단순히 가학적인 부르조아를 위해서 작가층의 양심의 가책을 불러일으키지 않고서도 문학적 소비의 대상이 되는 것을 보여주고 있다. 그리고 이런 작품은 프롤레타리아 문화적 자치를 위한 어떤 연구도 동반하지 않았다는 것은 의심할 여지가 없다.

문학이 가져다 줄지도 모르는 선동이나 그런 종류의 "실용적" 기능들은 책이나 다른 방법을 통해, 문학이 다다르고자 하는(Jakobson과 달리 나는 부인하지 않는다.) 사회집단 —즉 현실을 수정

---

98) 이탈리아 북서부의 주 및 도시.

하는데 아무런 관심이 없는 집단들— 에 제한된다. 이 범위 내에서는 거의 모든 것이 허용되고, 금기시 되는 것은 아주 적다.

그럼에도 하류계층에 연설하고 지배적 이데올로기를 퍼뜨리고 위로해 주기도 하고 질서를 조장하기 위해 사용하는 문학작품의 예를 여전히 들 수 있을 것이다. 이를 위해서 이런 사회집단은 수용자에 따라 완벽한 두 언어를 구사할 수 있어야 한다. 선택받은 문화의 상속인이자 구성원이었던 Berceo같은 성직자는 필요하다면 사회적 위치상 차별없는 순례자들에게 자기 자신을 이해시키는데 아무런 어려움이 없었다. 텍스트는 상황에 따라 두 개 이상의 해석기준을 포함하고 있는데, 가장 기초적이고 모든 이들이 접근 가능한 기준에서부터, 적절한 수단을 갖고 있는 이라면 해석 가능한 기준에 이르기까지 두 개 이상의 해석기준을 포함할 수 있다. ; 이것의 중요한 보기는 Maria Carti가 언급했던 Bonvesin de la Riva[99])의 경우이다.(1976:104) 따라서 우리는 다음과 같은 강력한 가정에 도달하게 된다. 가장 이데올로기적 의도를 많이 띤 작품에서 Orlando가 지목했던 고도의 비유성은 형식적 기준에서 볼 때 청중의 사회적 선택이라 해석되어야 하는데, 이는 잠재적으로는 위험한 메시지, 또는 메시지에서 멀리 벗어나 있는 초보자에게는 한 언어적 여과기가 된다. 그러므로 그 자체로는 무해하지만 그것을 실제로 옮길 의도가 없는 수용자에게 그 목적을 두어야만 한다.

이 글이 결코 무해할 수 없는 개념을 무해하게 재검토한 것이라 믿는 독자는 위의 짧은 배회를 용서해야 한다. 왜냐하면 이는 문학적 텍스트의 역사적 무해성과 그의 보편적 비지시성 사이에 널리

---

99) (1240-1315.) 이탈리아의 교사, 모랄리스트, 시인.

퍼진 혼란을 없애기 위해서는 필수 불가결한 것이기 때문이다. 전
자는 역사적으로 정당화되어야 하는 반면 후자는 이론적으로 부정
되어야 한다.

이로써 왜 일부 이론가들이 특정작품에 대해 그런 당황함을 보
여주는가가 확실해지기 시작한다. 이런 작품들은 좋은 체계에 맞아
떨어지기가 굉장히 어렵거나 아니면 어느 체계에도 맞지 않는 작품
들이다. 예를 들면 Wellek과 Warren이 언급했듯이 문학은 "허구성"
이 그 특징이기 때문에(1949:26), 매우 엄격한 의미에서조차 "창
조"나 "상상"의 작품만을 포함한다고 말함으로써, 『보봐리 부인』100)
이나 『아이반호』(Ivanhoe)101)같은 것을 설명하는데 도움은 되
겠지만 『사물의 본성에 대하여』를 어떻게 다루어야 하는지를 우
리에게 전혀 말해주지 않는다. 이것을 『신학대전』(Summa Theo-
logiae)102)이나 Marx의 『자본론』(Das Kapital)103)과 같은
식으로 다루어야 할까? 그렇지 않다면 이 세 작품 모두 다룰 방법
이 없을까? 픽션을 완전히 무시해버리는 문학 표현형태가 존재하
는데 그렇다면 이런 경우 어떤 방식을 취해야 할까? 확실히 우리

---

100) Madame Bovary 플로베르의 소설. 1857년 간행. 시골의사 보바리의
    처 엠마가 평범한 남편과의 결혼생활에서 권태를 느낀 나머지 사련(邪
    戀)에 빠졌다가 부채를 짊어지고 자살한다는 내용으로 있는 그대로를
    묘사하여 미를 추구하는 사실주의의 전형이라고 일컬어진다.
101) 영국 소설가 Walter Scott(1771-1832)의 역사소설.
102) 중세기 토마스 아퀴나스(St. Thomas Aquinas 1225?-74)가 쓴 대
    표적 저서.
103) 마르크스의 저서. 공산주의 이론의 성서적인 저서로 전 3권으로 되어
    있다. 1867-1894년에 간행되었으며 자본주의의 경제의 구조를 분석한
    것으로 자본주의 경제의 생성·발전·몰락 과정을 설명하고 소위 프롤
    레타리아 해방의 이론을 전개했다.

는 모든 작은 단계를 어렵게 하거나 거의 불가능하게 하는 이론적
인 모순에 도달해버렸다.

7. 문학비평과 텍스트 분석

하지만 이런 곤경에서 벗어날 방법이 하나 있다. 현재의 이론들에 비교할 때 다소 정통에서 벗어나 있지만 극단적 결과일지라도 이 방법은 실제로 사라질 때까지는 문학성의 개념을 넓혀준다.

Hjelmslev의 견해를 빌리자면 모든 텍스트는 내포적인 것으로 간주할 수 있다. 따라서 모든 지시적 기호학은 일련의 내포사를 표현해 놓은 것이다. 도입부에서 특히 문학적 내포사와 비문학적 내포사 사이의 대립으로 문제를 재조성해서 문학적 언어와 표준언어 사이의 대립을 극복할 수 있는 가능성 있는 방법을 지적했었다. 이 방법으로 얻을 수 있는 첫 번째 이점은, 문학에 흔히 담겨지는 상아탑을 철거함으로써 획일적 현상이긴 하겠지만 문학을 명확하게 사회성을 띠게 할 수 있다는 점이다. 특정 내포사의 존재는 메시지를 이끌고 동시에 청자의 관심을 끌 수 있어야 한다. 어떤 경우에도 문학적 텍스트는 주어진 일반언어로 만들어낼 수 있는 다른 텍스트의 위치와 동일한 위치에 있기 때문이다.

　이런 관점에서 특정 문학적 내포사를 후에 텍스트에 복귀시켜 나중에는 유기적인 전체로 재분석해야 하며 이러한 내포사를 구별하고 분류해서 설명하는데 문제점을 제기해야 한다. 그러나 이제 우리는 이렇게 더욱 더 신중한 계획도 가능성이 없을 거라는 것을 깨달았다. 내포사 분석은 어떠한 텍스트라도 설명하는데 도움이 되겠지만 텍스트의 문학성을 규명할 수는 없을 것이다. 왜냐하면 특정 문학적 내포사를 찾는데 실패할 것이기 때문이다. 사회학적, 심리학적, 인류학적으로 설명하자면 한 텍스트는 문서와 비언어적 현실에 의지할 때에만 문학작품의 범주에 들어갈 수 있다. 이는 실제로 오직 사회문화적 연구만이 한 텍스트가 주어진 시대에 주어진 독자에 의해 문학작품으로 여겨질 수 있을지 없을지 그 가능성을 설명해 줄 수 있다. 당연히 이것은 모든 종류의 내포사에도 똑같이 적용된다. 왜냐하면 일단 내포적 기호인 메타기호로 분석을 하게 되면 모든 내포사는 내용에도 적용되어야 하기 때문이다. 하지만 엄격히 말해 중요한 차이점은 "문학적"이라는 것을 내포사로 간주할 수 없다는 데 있다. 그 이유는 우리가 어떤 기호나 일련의 기호들에서 발견해 내는 문학적 부대적 의미(overtone)라는 내포사는 내포사의 조합으로 나타난 것이며 이것들을 각각 살펴볼 때 "문학적" 성격을 띠는 것이 아니라 예를 들어 "고문체적(archaic)", "학식적(learned)", "방언적(dialectal)", "형상적(figural)"등등과 같이 일상 생활어나 과학언어처럼 흔한 내포사인 것이다. 이 분석을 어휘소보다 큰 단위로 확장하면 문체와 장르와 관계된 내포사를 규명해 낼 수가 있어야 하며, 그렇게 되려면 "시"와 "산문"을 서로 대조하기가 쉬워져야 한다. 하지만 시적 텍스트는 대개 문학범주에 들어가는 반면 다양한 산문들은 분별해 내는 데에 상당한 어려움이 있을 것이다. Frye104)는 다음과 같이 쓰고 있다. "모든 운문은 문학적이며 운문으로 쓰여진 철학적, 역사적 작품들은 대개 문학으로 분류된다. 이를 일종의 가치판단을 통해서만 문학으로부터 배제시킬 수가 있다. 그리고 어떤 범주를 가지고 있는지 이해하기 전에 가치판단을 하는 것은 혼란만 가중시킬 뿐이다. 운문이 어떤 핵심적이고도 특이한 점에서 전형적인 문학언어인 것처럼 보이지만 모든 문학이 다 운문인 것은 아니다."(EPP105), "시와 산문"을 보라) 사실 문학적 산문과 비문학적 산문을 구별할 때 모든 종류의 문제가 발생하며 만약 Frye처럼 장르와 하위장르를 산문체 시, 자유시, 수사에서 쓰인 리드미컬한 산문 등등으로 생각한다면 상황은 더욱 복잡해진다.

　　Jakobson은 우리에게 문학적 특징이 전혀 없는 메시지에서조차 시적 기능을 발견해낼 수 있는 법을 우리에게 가르쳐 주었다. 운이나 시구같이 시적 텍스트에만 있는 것처럼 보이는 이런 현상은 단지 언어의 음성적, 운율적 사고를 통제할 뿐이다. 담화의 어떤 형태든 그 목적은 청자나 독자를 설득하고 사용 가능한 모든 장치(표현과 내용)를 마음대로 사용하는 데 있다. 일상 생활어나 신문용어, 라디오 스포츠 해설도 완전히 자유로운 형식을 따르는 것이

---

104) Hermann Nothrop Frye(1912-91) 캐나다의 교육학자, 문학비평가. 1939년부터 빅토리아 대학에서 교수생활을 시작하여 영문학과 학과장, 학장, 명예총장으로 재직하였다. 그는 문학에서의 집단적인 신화의 문제가 반복되어 나타나는 전형적인 상징들을 강조하는 신화비평 또는 원형비평 이론을 확립하였다.

105) 프린스톤 시와 시학 백과사전.

아니다. Jakobson은 친히 몇 가지 확실한 예를 보여주었다.

'너는 왜 마거리와 존이라고 말하지 않고 존과 마거리라고 말하니?(Why do you always say Joan and Margery, yet never Margery and Joan?)'

'너는 존을 더 좋아하니?(Do you prefer Joan to her twin sister?)'

'천만에. 단지 부르기가 부드럽기 때문이야 (Not at all. it just sounds smoother.)'

순서상으로 서열이 없는 두 개의 이름을 함께 쓸 때에는 더 짧은 이름이 앞에 나오는 것이 순서가 잘 맞춰진 메시지의 한 형태로서 화자에게 적절하다. (그에게는 설명 불가능하지만). 또 다른 예는 한 소녀가 '두려운 하리(horrible Harry)'라고 말하곤 한 것에 대한 것이다.

'왜 두렵니? (Why horrible?)'

'그를 미워하기 때문이야. (Because I hate him.)'

'그렇다면 다른 말도 많은데 왜 하필 horrible을 사용하니? (But why not dreadful, terrible, frightful, disgusting?)'

'모르겠어. 다만 horrible이 그에게 적당했다고 생각했어. (I don't know why, but horrible fits him better.)'[106]

---

106) 시적(poetic) 기능은 전언 그 자체에 초점을 두며 기호의 명료성을 증진함으로써 기호와 대상간의 근본적 양분 관계를 심화시킨다. 쏘쉬르의 자의성의 원리가 강력하게 드러난다고 볼 수 있다. 그러나 시적 기능은 시의 영역, 곧 언어예술의 영역에서만 나타나는 것이 아니고 다른 언어 활동의 부수적 기능으로도 나타난다. 시의 영역에서는 지배적이고 결정적인 기능을 하며 다른 영역에서는 부수적인 기능을 한다. 야콥슨의 보기에 따르면 시적 기능이란 〈언어를 그렇게 사용하는 것이 자연스럽기

이를 스스로 깨닫지 못하면서 이 소녀는 paronomasia[107]라는 시적 장치에 집착하고 있다."(1960:356-357) 더욱이 이 장치는 먼 옛날부터 일반언어에서 그런 현상이 기원하게 되었다. 우리는 구어가 산문보다는 시에 더욱더 가깝다는 Frye의 관찰에 동의할 수밖에 없다. 시는 음편(euphony)[108]과 리듬이 몇 세기를 거쳐 엄격하고 전통적인 유형으로 변해 규칙을 갖게 되었다. 하지만 압운을 통해 운율을 맞추는 속어, 즉 런던 토박이어와 아주 비유적이고도 수수께끼 같은 언어가 서로 섞여있는 말은 각 용어가 운율을 맞추면서 부분적으로나마 구문구조에 의해 대체되는데 이를 꼭 어렵게 분류해야 할까? (예를 들면 다음과 같다. apples and pears, "stairs"; sugar and honey, "money"; fisherman's daughter, "water"; never fear, "beer"; titfa⟨tit for⟨tit for tat, "hat"; china⟨china plate, "mate"; etc) 이는 시적 언어로, 아니면 단순히 한 특수용어(jargon)[109]로 간주해야 할까? 이렇게 극단적 예를 들지 않고서도 Jespersen[110]은 한 때 "일상 언어는

때문에 우리가 그렇게 사용할 때〉 나타나는 기능이다. 이를테면 한 여성이 언제나 〈끔찍한 해리(horrible Harry)〉라고 말할 때 그렇게 말하는 이유는 해리가 밉기 때문이지만 해리가 밉다면 〈두려운, 섬뜩한, 싫은(dreadful, frightful, disgusting)〉 등 여러 가지 말 가운데 구태여 '끔찍한'이란 말만 쓸 필요가 무엇이란 말인가. 그녀는 그 이유를 명백히 모른다. 다만 그 말이 그녀에게 더 맞는 것 같아서 라고 대답한다. 언어의 시적 기능이란 결국 내면적인 무의식의 세계가 성취한다.

107) 동의어 · 유사어 등을 익살스럽게 사용하기, 말재주, 재담.
108) 음이 연속될 때 발음하기 쉬운 다른 음으로 변경하는 경향. 무카로프스키는 시 작품의 음성재료를 미적인 의도에서 조직하는 것을 가리키는데 사용하고 있다.
109) 학생들의 말, 감옥, 경찰 내에서의 말.
110) Otto Jespersen(1860-1943) 덴마크의 언어학자 · 영어학자.

가끔씩 시와 같은 도구를 사용한다"(1905:220)라고 했는데 이 말은 운, 리듬, 두운법 같은 것을 사용함을 말한다. 그리고 Valesio의 두운법을 사용한 수사학에 관한 연구(1968)는 이러한 직관과 관련된 적절한 증거이다.

만약 내포사 분석으로, 문체와 장르라 부르는 특정언어 사용을 포착하는데 도움이 된다면, 그것이 문학에 속하는지 아닌지에 관해 아무 것도 설명할 수가 없다. 왜냐하면 다음과 같은 간단한 이유 때문이다. 특별히 문학적인 내포사도 없고 또 특히 문학적으로 보이는 다양한 유형의 내포사를 고정적으로 결합한 것도 없기 때문이다.

따라서 한 텍스트가 문학적인지를 결정하고 이를 그대로 받아들여서 심미적 관점에서 평가하는 것은 항상 독자의 몫이다. 사실 어떤 이유에서 특정 작품이 예술적 목적의 범위에 포함되었다고 가정할 때에만 가치판단이 일어날 수 있다. 작가는 그 문학성을 알리기 위해 텍스트 안이나 주변에 특정 기호를 삽입함으로써 독자가 이러한 결정을 내리는 데 도움을 줄 수가 있고 또 이는 아주 정상적인 일이다. 몇몇 경우에 이 기호들은 구어적 담화에 영향을 주지는 않지만 이와 동행하거나 선행한다. 한 음유시인111)이 청중에게 조용히 또 주목해 달라고 부탁한다. 이 작품은 구두공연을 염두에 둔 것이며, 특정 종류의 리드미칼하고 인공적인 스타일이나 배경음악이 따르는 것은, 우선 그 이벤트의 특별한 성격을 강조하고 또, 같은 상황에서 가능했을지도 모르는 다른 텍스트로부터 이 텍스트를

---

111) 중세에 프랑스를 중심으로 한 유럽 각지에서 봉건 제후의 궁정을 찾아 다니면서 스스로 지은 시를 낭송하던 시인.

구분하는 데 목적을 두었기 때문이다. 공백 간격을 두어서 시의 한 행의 끝을 나타내는 현대의 문자 관습은 또한 운과 고정되어 있는 운율-리듬 유형이 나와 있을 때 확실하게 불필요한 요소가 된다. 다시 말해 그 작가는 스스로 확실한 메타언어적 조정을 통하여 제목은 물론, 독자들에게 이미 텍스트를 올바르게 받아들이는 방법에 관해 충분한 정보를 제공해 주었던 자신의 텍스트를 "이야기", "소설", "시" 등으로 부를 수 있을 것이다. 하지만 Fish가 관찰한 대로 "이 신호는 간헐적으로 바뀌며, 이럴 경우 평가의 메카니즘에 변화가 동반된다." 결과적으로 모든 심미적 이론은 보편적이라기보다는 "지역적이고 관습적이며, 이는 무엇이 문학으로 간주되어야 하는지에 관한 집단적인 결정, 즉 독자층이나(매우 성실한 행동을 하는) 신뢰자들이 그것을 계속해서 지키는 동안에만 유효한 결정임을 반영하는 것이다." (1973-74:52)

반면에 이 기호들은 부족할 수가 있고 작품은 독자들이 작가가 작품을 쓸 때의 의도를 자기 자신의 의도로 대체할 정도까지 수용자에 의해 간섭을 덜 받으려 할지 모른다. Franco Brioschi는 "만약 다른 문화나 다른 담화세계에서 나온 텍스트가" 특정 문학관습에 처하게 되면, "이 목적을 생각하지 않고서도 (구성의 유사, 언어적 사용역에 의해) 그 텍스트를 문학이라고 정할 것이다."(1974: 379)고 말한다. 그 반대의 경우도 인정되는데 문학작품이라고 제안해도 어떤 이유에선가 청중들은 문학이라고 받아들이지 않는 경우도 있는 것이다. 따라서 "텍스트는 문학적인 것이 아니라 그렇게 문학적으로 된다…… 라는 뜻은 독자의 역할이 중요하다는 것을 뜻한다. 독자가 개입하기 전에도 텍스트는 단지 텍스트였으며 문학적 목적은 독자와 함께 그리고 독자의 관심 덕택에 존재하기 시작한다."(375) 따라서 문학은 관습이다. 이는 Mary Louise Pratt이 화용론(speech act theory)의 관점에서 문학적 담화를 연구한 논문에서 쓴 말이다. "문학은 그 자체가 말의 맥락이다. 여느 발화에서처럼 사람들이 문학작품을 이해하고 만들어내는 방식은, 언어가 그런 맥락에서 사용될 때 규칙, 관습, 기대 같은 것에 대해 '설명하고', '감사를 표하고', '설득한다'는 정의가 반드시 그 참가자들이 의존하고 있는 비언어적 배경정보를 꼭 포함하고 있어야 하는 것처럼 문학의 정의도 마찬가지이다."(1977:86)

만약 내가 믿고 있는 대로 이것이 사실이라면 언어로 된 모든 작품들은 똑같은 방법에 의해 검토될 것이고 오직 다른 견해와 다른 측면의 분석으로 인해 비평가의 연구와는 다를 것이다. 따라서 우리는 "문학적"이라는 것을 그 분석과 관계없이 자유의지에 따라 첨삭 가능한 내포사 이론을 받아들일 준비가 되어야 한다. 역설적으로 문학성을 판단하는 것은 비평가의 관심이 될 수도 없고 또 되어서도 안된다.

Culler(1975:59-65)는 Jakobson과 Lévi-Strauss가 Baudelaire의 작품 『고양이』(Les chat, 1962)를 읽었던 방식을 일반적 산문에까지 확대했는데(여기서 Jakobson은 자신의 예문을 사용했다) 이 연구는 과감한 해석법이라는 명성을 얻지는 못했다. 그러나 그것은 일부 비평수단에 의해 오늘날 도달 가능한 고도의 세련미를 보여줌으로써 이를 강화하고 확신시켰으며 이런 방법은 Dante나 Baudelaire의 텍스트 같은 것을 설명해줄 수 있을 뿐 아니라, 과학적이라든지 비평적 산문, 심지어 많은 텍스트에서 확실하게 드러나는 "표준"어를 설명하는 데 도움을 줄 수 있다. 분석 방법이 항상 목적에 맞는가도 또 다른 문제이다. 그럼에도 텍스트적 특징에 무엇이 "의도적"이고 무엇이 "우연적"인지를 나타내는 것은, 잘못된 관점에서 문제를 일으킨다. 첫째로 오늘날 "문학적"이라고 부를 수 없는 텍스트가 미래에 그렇게 불릴 가능성은 없다. 그리고 예를 들어 Gianfranco Contini는 유명한 이탈리아 비평가의 산문을 최근 연구했는데, 그가 사용한 방법은 픽션작가의 언어를 설명하기 위해 사용된 방법과 크게 다르지 않았다. 두 번째로 모든 발화에서 — 말실수, 농담, 시, 더 낮게는 주변에서 볼 수 있는 모든 산문 — 인식과 비인식, 의식과 무의식 사이의 경계는 모호해야 한다. "의식적" 작용 (철자 바꾸기와 수비학적 유형 등등)은 몇 세대에 걸쳐도 독자가 의식하지 못한 채로 남아있을 지 모르지만 "비자의적", "무의식적" 작용들은 정확한 구조를 가지고 있고, 때로는 실제로 작품 이해를 위해 필수불가결하기 때문에 당장 인식될 수가 있다. Saussure시대부터 오늘날까지 언어학은 랑그의 과학이며 빠롤 행위에 대한 과학적 연구는 텍스트 분석이라 부를 만한, 그리고 결국에는 문학적 비평과 합류할 수 있는 학문이다.

동의어는 아니지만 텍스트 이론이라는 것을 사용하여 비슷한 연구가 이미 텍스트 언어학에 의해 형성되었다. 대표자의 말에 따르면 텍스트 이론의 목적은 다음과 같다. "배타적으로 언어학적 체계 연구에만 제한되었던 지금까지의 지배적 언어학적 관심을 수정해서, 다양함 속의 언어적 의사소통으로부터 벗어나, 이 속에서의 구체적 텍스트 생성과 수용을 위한 전제와 조건연구를 하는 데 있다. 관련 학문의 결과(사회학, 심리학, 의사소통이론, 논리학 등등과

같은)를 고려해 보건데 서로 다른 학문과 제휴하는 연구에서만 이
연구는 가능하다."(Schmidt 1973a:233) 관심의 다양함을 초월하
여(다른 연구들을 보라. Weinrich (1971a: 1971b, 1976), Dre-
ssler(1972), Petöfi(1971: 1972: 1973), van Dijk(1972b),
Schmidt(1973b), Maria Elisabeth Conte의 수필집(1977b)
등) 마침내 텍스트 언어학을 최초로 적용하여 나타날 위험성을 극
복한 후에는 완전히 다른 관점에서 시학과 문학이론에 관해 제반
연구를 다시 해야 할 것이다. van Dijk도 다음을 인정한다. "오늘
날 확실해지고 있는 것은…… 현재의 언어학이 텍스트의 전형적 설
명 원천으로서 뿐만 아니라 문학이론에 유일한 영향을 끼치는 원천
으로 간주될 수 없다는 점이다. 따라서 지금부터 당분간은 의사소
통과정과 일반사회 내에서의 문학의 생성, 처리, 작용에 관해서는
심리학적, 사회학적, 인류학적 설명을 할 필요가 있다는 것은 의심
할 나위가 없다."(1972a:9) 여기서 "텍스트 분석"이라는 더욱 더
일반적인 표현(전례가 없어서 다른 의미적 내용이 주어져야 한다.)
보다는 "텍스트 언어학"이나 "텍스트 이론"을 더 선호한다. 왜냐하
면 언어 기호학적 관점에서 내용-목적을 고려해 볼 때 학문간의 연
계성을 이용해야 할 필요성이 발생하기 때문이다.

　텍스트 이론(그리고 분석)의 전제는 언어학 이론의 목적이자 그
반영이며 우리가 이미 보았듯이 내 의견으로는 Hjelmslev에게서
이미 나타나 있었다. 어떤 이는 "Hjelmslev의 텍스트는 텍스트 언
어학을 발견할 만한 개념이 없다. 그의 텍스트는 언어학이론이지
텍스트이론이 아니기 때문이다. 그것은 텍스트에 관한 이론이 아니
라 텍스트를 통한 이론이다."라는 Conte의 의견과 같이 할 지 모

른다.(1977a:24-25) 하지만 Hjelmslev에게는 "언어학 이론의 관심대상은 텍스트"이며, 그 이론의 목적은 "주어진 텍스트가 시종일관하고 철저한 설명을 통해 이해할 수 있는 방법으로서 과정적 방법을 제공해 주는 것이다."(1943:16) 사실 언어학 이론의 궁극적 목적은 텍스트 분석인 반면 Hjelmslev가 "텍스트"라고 뜻하는 것은 단음절에서 구어체적 관용어 전체에 이르기까지 언어학적으로 명시하는 것이며, 계속해서 이것은 확장되어 비제한적인 텍스트를 나타내고 "각 텍스트의 범위 제한을 없애거나 내부구조 곧 구조적 텍스트성을 명확하게 표시하지 않는다."(Conte 1977a:24) 그러나 아마도 이것은 『언어이론 입문』의 목적 가운데 하나가 될 수 없을 것이다. "이 이론은 한 가지 방법은 제공해 주겠지만 아무런 (실제적) '발견 방법'도 설명할 수는 없을 것이며, 좀더 엄격히 말한다면 체계적 형태를 제공해 주지 않고 서론만 제공해 줄 뿐이다."(1943:7) 확실히 텍스트성(textuality)의 정의는 심리학적, 사회학적, 문학적 성질, 즉 이론 형성시 처음에는 배제되었다가 후에 내포적 기호학 가운데 메타기호학에서 다시 나타나는 성질을 배제할 수 없다. 여기서 또 하나의 목적은, Hjelmslev가 텍스트 언어학 일부에서 다소 확실한 입장을 가진 선구자였음을 믿는 데 있는 것이 아니라 (언리학은 Pike의 문법소학112)(1954-60)과 함께 어떤 경우든 공유해야 한다는 믿음.) 그의 분석모형 즉 특히 변형생성모형에서 다른 모형보다 확실히 융통성 있는 모형을 다시 제시하는 데 있다.

　따라서 텍스트 언어학은, 주어진 어떤 시대의 공통적 견해가

---

112) 문법소 문법 : K.L.Pike 등이 제창한 미국의 언어이론.

"문학적"이라 하는 것을 무시해야 한다. 몇 세기동안 언어학자들은 먼저 로망스어113)와 라틴어를 비교한 후 방언과 국어를 비교해서, 이들이 "문법" 즉 가장 문화적으로 권위있는 관용어와 동등한 정도의 언어구조와 위엄을 갖고 있음을 증명하려 애써 왔다. 오늘날에도 사람들은 솔직히 자기들의 방언이 "쓰여질 수가 없고", "언어가 아니며", "문법이 없다"고 말하지만 이는 사회 언어학자들에 의해 흥미롭게 기록 가능하고 기술언어학자로 하여금 국어를 연구하는 데 사용했던 것 같은 도구를 가지고 방언을 연구하는 것을 막지는 못할 것이다. 텍스트 분석 목적에 관해서도 똑같이 말할 수 있을 것인데, 그 목적 가운데 하나는 어떠한 텍스트(문자 텍스트 또는 음성 텍스트)의 내포적 면을 필연적으로 나타나는 외연적 면과 관련지어 설명하는 데 있다.

일단 문학성의 개념이 텍스트의 본질적 특징이라는 것이 거부되고 역사 사회관련성이 주장되면, 마지막 문제가 여전히 남아있게 된다. 어떻게, 왜 한 사회는 특정 텍스트를 문학적인 것으로 규명하고 정의하려 하는가? 이에 대답하기 위해서는 아무리 미숙하다 할지라도 장르 이론을 살펴보아야 할 것이다.

---

113) 이탈리아어·프랑스어·스페인어 등 라틴어를 공통의 조어로 하는 여러 언어를 통틀어 이르는 말. 라틴어의 방언.

8. 담화의 장르

문학 장르는 대개 텍스트 생성을 통합하는 일련의 규칙과 제약으로 정의된다. 고대, 중세 이론에는 장르 구분 외에 문체 구분이 있었다. : '긴 철필'(stilus gravis) (Aeneid에 의해 예시된), '중간 크기의 철필'(stilus mediocris) (Georgics에 의해 예시된), '짧은 철필'(stilus humilis)114) (Bucolics에 의해 예시된)등이 그것이다. 장르와 문체의 개념은 수 세기동안 문학의 이론적 논쟁의 중심에 있어 왔지만 규범적 견지에서 보면 이런 분류는 낭만주의와 20세기를 거쳐 영향력을 상실하게 되었다. 하지만 지시적 관점보다 기술적 관점을 택한다면 문체와 장르 개념은 동시대적, 범시대적 상황에서, 문학전통과 텍스트 구성시 작품에 나타나는 메카니즘을 다양하게 사용했음을 증명하는 데 유용한 도식이 된다. 이러한 의미에서 "장르"와 "문체"가 여전히 존재한다.

---

114) 라틴어.

게다가 "문체"라는 개념은 언어학적 견지 즉 사회언어학자에 의해 정교해진 사회적 다양성의 개념에 가까워 보이고, 작가나 독자의 사회적 배경에 관련시켜 곧 바로 설명할 수 없다는 차이점이 있지만 한 문체와 다른 문체 사이에는 영어의 두 측면의 차이와 비슷한 점이 있다. 즉 예를 들어 "구어체" 영어와 "표준" 영어 사이에서의 차이점이란 문체(style)의 문제가 아니라 문체들(styles)간의 문제인 것이다.115) 각 문체는 각각의 빠롤 행위에 담겨진 언어적 기호를 화자나 작가가 주관적으로 사용하는 반면에 문체는 그 체계(영어)속의 진정한 체계이며 추상적인 개념이다. 어휘와 관련해 사전은 문체의 수준에 관한 좋은 예가 된다. 왜냐하면 그 기원이 무엇이든지 실을 수 있는 모든 구어적 자료들을 체계적 알파벳 순으로 모아놓았기 때문이다. 자의에 의해서든 타의에 의해서든 모든 화자는 그가 실제 사용하는 부분은 어휘로부터 선택하는 반면, 그렇지 않은 부분에 있어서는 오직 수동적 능력만 있을 뿐 아무런 능력도 없다.

Coseriu는 랑그보다 좀더 낮은 추상의 단계를 언급할 수 있는 "규범"이라는 개념을 만들어 내었다.(1962:1-113) 이것은 언어체계의 다양한 사용들을 통제하여 수많은 요소들(사회적, 문화적, 직업적 요소 등)에 의해 결정된다. 따라서 다른 수많은 규칙들이 언어학적으로 통일된 집단 내에서 작용한다는 것을 인정해야만 한다. Hjelmslev 또한 이미 다음의 (모든 잘못된 합법화된 개연성에서) 가정을 부인했다. "사회적 규범이 존재한다는 것은 국어도 그 내부

---

115) 구어체와 표준영어 사이는 하나의 문체를 가지고 비교할 수 있는 것이 아니다는 뜻.

구조에 있어 단일하고 구체적임을 의미하는 반면에 외관상으로 보이는 언어학의 모습은 무시할만한 정도이고 국어의 예로서 더 연구하지 않고도 무차별적으로 적용할 수가 있다."(1943 : 117) 따라서 랑그와 개인어 사이에 중간적 수준이 존재하며 이는 언어의 공시적 계층을 형성한다.

진정한 문학적 문체116)와 역사적으로 이렇게 정의되는 문체는 언어에서 관찰 가능한 문체들의 조합결과로 볼 수 있다. 따라서 더욱 더 복잡한 현실을 도식화 할 때 이 현실에서 어떤 측면은 할 수 없이 제외해야 한다. 반면에 모든 하위분류는 자의적이며 실행하고자 하는 분석 유형(아니면 지시적 모형 유형 같은)에 관계될 때만 의미를 가진다. 따라서 "일상적 대화 문체는" 더 분석되거나, "학문적(learned)"이거나 과학적 문체와 대립하는 "통속적(familiar) 문체"로 간주될 수 밖에 없다. 여기서 또 우리는 보편적이거나 아주 제한된 방법으로 특정지어질 수 있는 내포사를 다루게 되는데, 실제로 엄청나게 많은 수의 가능한 조합들이 발견될 것이다. 다음 페이지에서는 "문체"라는 용어가 엄격히 문학적 의미에서는 사용되지 않고 주어진 언어의 언어학적 단계를 언급하는데 사용될 것이다.

---

116) 산문이나 운문의 언어적 표현양식 – 화자나 작가가 말하는 것이 무엇이든 간에 그가 그것을 '어떻게' 말하는 가이다. 작품이나 작가의 특징적인 문체는 그 어법 즉 단어 선택, 문장구조와 구문, 비유언어의 밀도와 유형, 그 리듬과 구성음과 기타 형식적 특성들의 패턴 그리고 그 수사학적 목표와 기법의 시각에서 분석될 수 있다.
전통적 수사학 이론들에 있어서는 문체는 세 가지의 주요 층계 즉 고급문체(또는 장중체), 중급문체(또는 중간체), 그리고 저급문체(또는 비속체) 또는 평범체로 분류되었다. 〈적정율〉의 교리가 요구하는 것은 한 작품의 문체의 수준이 화자나 그때 그때의 경우나 그 작품의 장르적 품위에 맞아 들어가야 한다는 것이다.

이런 방법으로 "문체"라는 제목 아래 하위 규칙과 말의 사용역의
사회언어학적 개념과, "정의가 잘되지 않은 다양한 개념들 ―이는
사용형식이라 할 수 있는데 한 개 이상의 하위 규칙과 말의 사용역
(register)을 조합해 사용한다 ― 을 통합해야 함을 뜻한다.(Berr-
uto 1974:73) 하위규칙과 말의 사용역 사이의 완벽한 구분은 적
용 단계에서 전형적인 상황을 살펴볼 때 필요할 것인데, (전형적
상황이라는 것은 관료적 언어의 하위규칙, 구어체 사용역을 말한
다.) 하지만 이렇게 구분하는 것은 규칙의 다양함 속에 나타나는
모든 경우를 다 설명해 주지 못한다. 장르의 개념 역시 문체의 개
념과 마찬가지로 문학적 텍스트에만 전적으로 제한된 것은 아니며,
어떠한 종류의 텍스트에라도 확장 가능할 것이다. (뒤따르는 Hymes
(1972)는 "말하기 장르"에 관해 말한다.) 모든 발화는 (일반적 관
점에서) 그 표현과 내용이 그 맥락에 일치해야 한다. 즉 개개의 변
이를 넘어서 모든 상황은 수사어의 선택, 어조, 문체 그리고 정확
한 내용을 요구하기 때문에 그런 것이다. 만약 표현면과 내용면 사
이의 비교적 안정적인 관계를 "장르"라 부른다면 특정시대나 기호
가 문학적이라 부르는 텍스트에는 물론 모든 유형의 텍스트에 적용
가능한 개념임을 알게 된다. 게다가 표현과 내용 사이의 일관적 관
계는 주어진 사회 내에서 생성되어 문학으로 사용되는 텍스트뿐 아
니라 다소 비제한적인 일련의 빠롤에도 적용된다는 것을 증명하기
위해, 고도로 규칙화된 서술 유형뿐 아니라 구어체 담화의 유형까
지 설명할 필요가 있다. 생물학 논문은 아마도 문학으로 분류되기
를 바라지 않겠지만 확실히 언어선택 (영어가 저자의 모국어가 아
닐지라도)에서부터 용어, 문장, 하위부분 (요약, 전제, 방법, 결과,

결론, 저자 서명 ―체계적이거나 알파벳 순서는 아닐지라도 중요한 순서로 되어 있다.)에 이르기까지 소네트 규칙만큼이나 많은 규칙을 따르고 있다. 매일 학교과제나 박사학위 논문을 읽어야 하는 사람들은 글의 첫 부분에서 무엇을 기대해야 하는지를 잘 알고 있다. 즉 모든 학생들은 자기 논문 ―한 사람의 수용자만 있는― 속의 다양한 부분을 어떻게 다루어야 하는지(분류해야 하는지)를 안다는 말이다. 논문의 확실한 구조에 대해서도 마찬가지인데, 논문 작업이라는 것은 시험관에게 가장 사소한 연구의 세부사항을 다 보여주어야 하는 작업이다. 그리고 대학 강의실에서 나오는 일부 비평, 철학 고전서에 이르기까지 공통적으로 발견되는 특징은 이러한 책에서도 하급의 논문이 발견된다는 것이다. 따라서 공식적으로 문학 장르라 인정된 것만 엄격하게 그 구조를 가지는 것이 아님을 알아야만 한다. 마치 대통령 연설문, 경찰 사건보고서, 판사의 판결문 같은 것은 심미학적으로는 좀 불쾌한 것이겠지만 분명히 이들은 수사적, 어휘적, 통사적, 심지어 리듬적 규칙을 따르고 있으며 이 규칙들은 어떠한 경우 변이를 전혀 인정하지 않아서 형태가 고정적인 것도 있다. Stempel은 다음과 같이 설명한다. "어떤 구어체 의사소통이라도 보편적이고 전통적인 규범으로 축소할 수 있으며 구어에서 그 규칙의 구성요소들은 행동단위 같은 상황 표지이고 사회적 표지이다. 심지어 일반언어는 종종 언어적 의사소통의 무표적(un-marked) 규칙으로 간주되는데, 이 일반언어는 제한된 유효성의 규칙을 따른다. (여기서 우리가 설명하고자 하는 표준어는 픽션뿐이라는 것이 확실해진다.) 특별 표지들이 다양하다는 것도 사실이며 보통의 방법으로 분류가 불가능한 텍스트도 없고, 메시지도 없

다는 점도 사실이다."(1970-71:565)

　문체가 표현면과 내용면인 장르를 지배한다고 가정한다면 이는 한 가지 실수가 될 것이다. 문체와 장르는 내포사로서 지시적 기호학의 두 가지 측면과 관련되어 있기 때문이다. 이것은 오히려 계층적 성질의 차이라 할 수 있는데 장르는 문체의 구성요소 가운데 하나인 내포사 층을 나타낸다고 보는 반면, 다른 요소들은 (잠시 Hjelmslev의 목록을 빌리자면(1943:116)) 문체적 형태(시, 운문 등 억양, 어떤 경우 매체, 어떤 장르는 구어로만 되어있고 또 어떤 장르는 문어로만 되어 있다.) 그리고 관용어(일부 장르는 어떤 언어와 완전히 일치한다.)들이다. 이렇게 해서 장르는 수사법을 포함해 텍스트의 내포적 측면에서 관습적으로 설정된 관계에 따라 아주 특이한 조합으로 볼 수 있으며 이는 왜 똑같은 문체가 다른 장르에서 나타나는지 설명해줄 수가 있다. 드물긴 하지만 다양한 문체 측면을 지닌 일부 허용 가능한, 기록된 장르의 경우 이러한 요소들이 많은 변동의 여지를 남겨 확실히 설명할 수가 없다. (고대 불어로 된 이야기에서의 우화의 위치에 관한 Lee(1976)의 연구 참조) 일부 장르에서는 자유로운 매체(구어-문어)에 대해서도 마찬가지다.

　Todorov는 다음과 같이 말한다. "우선 틀린 문제는 제쳐두고라도 장르라는 이름을 가지고 장르를 규명하는 것은 그만둬야 한다. 일부 정의는 여전히 잘 알려져 있다.(비극, 희극, 소네트, 비가 등) 하지만 장르개념이 문학언어이론에서 자리를 차지하려면 명칭만으로 정의해서는 안된다. 어떤 장르는 이름도 가져본 적이 없었고, 또 어떤 장르는 상이한 성격에도 불구하고 하나의 이름 하에 혼돈

된 적도 있다. 장르 연구는 그 이름이 아니라 구조적 면에 기반하
여 연구되어야 한다."(1972:193) 이는 또한 이 명명상의 모호함
이 모든 텍스트가 수많은 계층구조를 가지고 있어 장르라는 개념에
적용될 수 있다는 사실에서 나온다는 말도 맞다. 즉 비록 칸초네는
서정시 장르에 포함된 장르이고 서정시(lyric)는 시(poetry)장르
에 포함된 장르일지라도 "시(poetry)", "서정시(lyric)", 그리고 "칸
초네117)(canzone)" 등도 모두 장르인 것이다. 이러한 의미에서
모순적으로 알려진 모든 장르를 통합해서 문학장르라 말할 수 있
다. 한 예로 Baxtin(1929:1965)이 제시한 축제 분위기의 장르를
들 수 있다. 텍스트 형성시 실제하는 약호(code)의 계층적 구조와
상술정도는 시대와 전통에 따라 달라질 것이다. 반면에 다양한 유
형과 다른 측면의 특징들은 역사적 장르에 주어진 관습적 이름으로
특권을 누릴 것이다. (Jauss 1970a:82-83) 우리는 여기서 가장
일반적인 용어를 제외한 모든 용어가 더욱 더 일반적인 용어에 포
함되고, 가장 구체적 용어를 제외한 모든 용어가 더욱 더 구체적
용어에 들어가게 되는 파묻기(embedding)라는 체계를 만나게 된
다. 이런 종류의 구성은 언어의 어휘구조와 그 의미구분과 아주 많
이 닮아 있다. ; 그레이하운드는 개고, 개는 포유류고, 포유류는 동
물이고, 동물은 유기체라는 식으로. 사실 이렇게 어휘구조와 비교
한다는 것이 단순히 형이상학적 가치만 있다고 보여지지는 않는다.
의미론이 내용의 분석(외연적 기호학에서)이라면, 위에서 내포사
층(내포적 기호학에서)이라 정의한 장르의 구성요소들에도 똑같이
적용될 수가 있다. 의미론과의 병행 또한 적절하다 할 수 있

117) 이탈리아의 대중적인 가곡.

다.(Hjelmslev(1943:54)참조) 다른 문학적 전통 내에서 움직이거나 같은 전통을 가진 다양한 단계들을 비교하든지 간에, 똑같은 목적을 가지고 장르를 관습적으로 구분하기는 부적절하기 때문이다. 이런 연구는 역사적 장르 구성의 관계와 다른 방식을 규명하는데 도움이 될 것이다. 다시 말해 아무리 모호하다 할지라도 작가와 문학적 경향에 관해 처방과 모형기능을 실행할 수 있는 표지를 배치하는 방식을 뜻한다. 하지만 장르 분석은 Todorov가 지목하듯이 이 연구에만 축소되어서는 안되며 그 특질과 구성요소에 따라—다르게 배치할 경우 관습적 제목과는 영 맞지 않게 되어버리는 장르가 생겨날 수도 있다.—텍스트를 분류하는 과정에 기초를 두어야 한다. 이를 위해 분석할 때는 반드시 무엇이 문학적이고 무엇이 아닌가 사이의 구분과 다양한 약호화(codification) 정도(Orlando가 언급한 "강한" 장르와 "약한" 장르(1978a:204)) 사이의 특징들이 큰 의미를 갖지 않는 텍스트 유형학(textual typology)에 그 기준을 두어야 한다. 여기서 다시 텍스트 언어학자들이 이 목적에 맞는 방법을 제공해 주기를 기다릴 수밖에 없다.

　다른 장르의 약호(code)가 복잡하다는 것은 문학성의 정도에 영향을 주지 않고서도 여러 가지 경우가 있을 수 있음을 뜻한다. 자기가 다루고 있는 대상인 독자의 감정에 문학성을 부여하지 않고서도, 현대소설은 스포츠 해설자보다 구성상 더 자유롭고 덜 복잡할 수가 있다. 정말로 문학적이라 여기는 장르와 비문학적이라 여기는 장르 사이의 끊임없는 상호 관련성을 인정해야만 한다.

　이에 대한 좋은 예가 서한체 장르다. 비문학적인 편지는 급사가 전달하는 문서인데, 분명히 처음에는 운문에서 나타났던 문학적 서

한보다 앞섰고 그 후에는 풍자시를 근간으로 하여 Horace[118]가
정형화시켰고 그 뒤 Ovid[119]가 애가(哀歌)체 어조에 이를 적용시
켜 감성적 서한을 만들어 내었다. (운문체 서한은 아직도 현존하고
있다.) 거의 동시에 Cicero[120]의 편지들이 사후에 출판됨에 따라
산문체의 문학적 서한이 생겨났고, 급속히 발전하여 많은 은시대
(Silver Age)[121] 작가들에 큰 호감을 불러 일으켰다. Cicero는
몇몇 희랍어로 된(특히 철학적 서한에서) 선례를 가지고 있었는데
BC 44년에 이중 상당수 서한을 수정된 형태로 출판하려 했으며,
이 서한은 실제 가장 중요한 서한들이 되었다.(Att.16.5) Cicero
의 역사적 중요성과 그의 서한의 기록적 가치로 인해 부분적으로는
개인의 것이지만 문학적 연관이 없는 텍스트의 보급 현상을 설명할
수가 있다. Cicero는 스스로 세 가지 장르(genera)의 서한을 구
별했다. 즉 "내용-편지(message-letter)", "일반적이고 농담적인 것
(genus familiare et iocosum)", "엄격하고 격식적인 것(genus
severum et grave)"[122].(Fam.2.4.)이 그것인데 이 세 가지 중
에서 마지막 것이 문학장르의 자격을 갖추었다. Cicero 이후 문학
적 서한은 계속해서 자율적이고 분명하고 구조적인 장르가 되어,
한 수용자에게 목적을 두었던 통신 전언문의 성질을 모두 잃어버리
게 되었다. 그리고 중세에도 이러한 전통은 이어졌다. 잘 알려져

---

118) 로마의 시인(65-8 B.C).
119) 로마의 시인(43 B.C-A.D 17?).
120) Marcus T. Cicero(106-43 B.C.) 로마의 정치가 · 철학자.
121) (황금시대 다음의) 은시대. Augustus 황제 서거 후 Hadrian황제가
　　　서거하기까지 (14-138)의 라틴 문학 융성시대. 영문학에서는 Anne여
　　　왕기(1701-15)의 영문학 융성시대.
122) 라틴어.

있다시피 Petrach의 편지도 작가 자신이 출판했었고 이 편지 중
일부는 의뢰받은 것이었으며, 많은 경우 날짜가 맞지 않거나 틀린
정보를 갖고 있었다. 그리고 편지 속의 진실과 직접적인 연관성은
사실과 달라서 대개 계획적으로 과장해 종이 위에 산문으로 쓰여져
전해졌다. 더욱 모호하고 복잡한 경우는 또 다른 저명한 중세 서신교
환, 즉 Abelard[123]와 Heloise[124]사이의 서한들이 De Robertis
가 평한 대로 "서한체 소설 중에서 가장 완전한 간행본 중의 하나"
라고 알려져 왔던 것들이다.(1974:14) Petrarch의 서한과는 반
대로 서한체 소설은 18세기에 확실한 형태를 띠고 비문학적 모형
으로 언급되었고 외부 서술자의 인위성을 피하기 위해 "현실적" 방
법(회고록이나 일기처럼)을 갖게 되었다. 이제 작가의 개인 서신이
라든지 일기라든지(Mácha의 것) 노오트(Leopardi[125]의 것) 등

---

123) Pierre Abelard(1079-1142) 프랑스 중세의 철학자, 신학자. 파리대
    학 교수. 실체론, 유명론(唯名論)에 대하여 그 종합인 개념론을 주장하
    였다. 1118년경부터 여제자요 재원인 17세의 엘로이즈와 서로 깊이 사
    랑하여 자식까지 생겼으나 그는 이단자로서 박해받아 방랑 생활로 들었
    기 때문에 두 사람 사이는 헤어졌다. 그러나 서간체의 자전 『災厄記』
    (1132)를 쓴 것이 계기가 되어 서로 통신이 비롯되어 저 유명한 12통
    의 왕복 편지로써 이루어지는 『아벨라아르와 엘로이즈』의 서한이 만
    들어졌다.
124) 상기주 참조.
125) Giacomo Leopardi(1798-1837) 이탈리아의 시인, 언어학자. 레카나
    티의 귀족 집안에서 태어나 부친의 도서실에서 독학. 소년기에 수개 국
    어를 습득할 정도의 면학을 거듭하였으나 과도한 독서로 뇌척수병에 걸
    려 일생을 병으로 고생하였다. 20세에 『이탈리아에 부침』을 써 이탈
    리아의 지적 쇠약을 비탄하였다. 조숙한 천재로서 세상에 알리어졌는데
    병 이외에도 경제적인 곤란이 있어 인생에 대한 고뇌로 인하여 염세적
    인 시를 쓰게 되었다. 1822년 로마로 향하여 고전문학을 연구, 볼로냐
    로 옮긴 후에는 고전 출판에 관계하고 이어서 피렌체, 나폴리로 옮겨

을 문학적 텍스트라 여겨도 좋을 것이다. 같은 기준이 논픽션 작가들(Marx, Engels, Gramsci)에게도 확장되었고 간헐적으로 비전문적 작가(안네의 일기, 열성당원으로부터 나온 편지들은 지하 저항 운동시 소멸됨)에게도 적용된다.

Samuel Pepsy[126]의 일기같이 아주 다른 종류의 신문기사적 성격을 가진 것과는 다르게, Mácha가 살았던 시절 개인 신문은 엄격한 의미에서 문학적 장르가 아니었다. ; 하지만 10년 후에는 그 규준을 크게 바꾸지 않고서도 문학적 장르가 되었다. 편지, 일기, 노오트, 회고록, 르포들은 모두 논픽션의 기원을 이루는 장르인데 어느 한 때의 문학적 기호는 이들이 출판될 때에는 완전히 문학적 의도가 결여되었지만, 문학이라고 주장하거나, 아니면 단순히 모방을 함으로써 문학성의 범위에 포함시켰다. 장르가 조작된 비문학적 성질이 그 실체가 확연히 드러나는 경우에도 모방은 계속해서 강조되었다.

똑같은 방법이 민담 같은 전통적 자료에도 적용될 수 있는데 민담은 기본작업을 통해서 아주 옛날에 다소 변형을 거쳐 공식적 문학범주에 들어오게 되었다. 이러한 기본작업은 필사라는 것, 즉 가능한 많은 변이형들 중 하나를 필사하는 방법들이었다.

사실 오직 문자로 된 (또는 번역된) 텍스트만 문학적 특질을 가질 수 있다고 좀더 극단적으로 말하는 데에 나는 개의치 않는다.

그곳에 정주하면서 오로지 시작에 몰두하였다. 대표작품에는 『가집』(1824), 산문에서는 『서한』(1849) 『수상록』(1849)이 있는데 문체가 간결 명쾌하여 높이 평가되어 공상과 고독이 모티프를 이루면서도 고전주의적 색채가 강하다.

126) (1633-1703) 영국의 일기 작가. 『피프스의 일기』

Hjemslev(1943:104-5)는 문자에 대한 말의 우월성을 처음으로 부정한 사람 가운데 한 사람이었다. 소쉬르는 여전히 이 견해를 유지하고 있다.(1916:23-24). 하지만 이 견해는 특히 Jakobson과 Martinet(1960:16-17)가 부정했는데 최근에는 De Mauro(1971:96-114)가 수용하여 Derrida[127]의 문법(1967)에서 급진적 성격을 띠게 되었다. 어떤 관점에서 문제를 보든지, 음성적 사용법과 문자적 사용법은 신호(sign)를 생성해 내는 두 가지 다른 방법이며 각각 그 자신의 법칙에 따라 설명 가능하다. 따라서 Hjemslev의 "언어적 형태를 가진 개체는 대수적 성질을 갖고 있으며 본래 아무런 명칭이 없다. 따라서 여러 다른 방법으로 이름을 붙일 수가 있다."(Hjemslev 1943:105)는 말은 사실이지만 실제 랑그 사용 시 특정 표현내용의 영향범위를 검토해 볼 수 있는 타당한 기회를 배제해서는 안된다. 한편으론, 말과 글은 사회적으로 제도화된 언어사용이며 항상 교체 가능하지도 않고 완전히 교체할 수도 없다. 다소 반복되는 부분이긴 하지만 De Mauro의 형식적, 비형식적 언어사용 구별이 말과 글의 차이에 첨가되었다. 쇼핑목록과 공책에 쓴 메모는 도식적 내용을 갖고 있기 때문에 비형식적 사용이 된다. 반면 정치 연설문과 강연은 음성적 내용에서 형식적 사용을 보여준다. "보통 글의 재료가 되는 조건은…… 사용자가 형식적 사용을 염두에 두고 기호를 만들어 내는 것이지만, 말은 표기할 때 어려움이

---

127) Jacques Derrida(1930-)프랑스의 철학자. 파리고등사범학교를 졸업한 뒤 1960-64년 소르본 대학에서 65년부터는 고등학교에서 철학을 강의하였다. 데리다의 사상은 플라톤 이후 서구 철학을 관류하는 언어중심주의의 해체를 꾀함으로써 지금까지 서양철학이 모색해온 형이상학적 확실성이나 의미의 근원을 비판하는데 토대를 두고 있다. 저서에 『문자학에 대하여』, 『언어와 형상』 등이 있다.

있든지 아니면 표기가 불가능한 비형식적 표현의 좋은 예가 되기도
한다."(1971:112)

문학성의 개념에 있어 말로 된 시의 문제를 접하게 되면 이는
한 가지 중요한 전제가 된다. 한 전문가의 종합 정의에 따르면 구
두시의 정의는 다음과 같다. "구두시는 읽거나 쓸 줄 모르는 사람
들이 발화행위를 할 때 만들어진다…… 이 정의는 전통 유형에서
벗어나 순수하게 즉석에서 지은 시는 물론 구어적 표현을 염두에
두고 지어진 시조차 제외하는 정의다."(Lord의 EPP, "구두시"를
보라) Lord는 계속해서 구두시는 텍스트의 "유동성"으로 특징지을
수 있다고 말하고 있다. 즉 원본이 없거나, 공연과 작문, 형식적
양식, 그리고 말로 된 시가 실행될 때 나오는 특정 관습적 기능 등
이 구두시의 특징을 이룬다고 할 수 있다. 비서술적 유형(주문이나
연가, 결혼식 노래 등)은 "기원에서나 궁극목적에 있어 관습적 특
징을 갖고 있다." 마찬가지로 서사시에서도 이를 적용해 볼 수 있
다. 서사시는 처음에 신화를 서술하는 것이 그 목적이었는데, 점차
세속화하여 서사시의 형태를 갖고, 결국 "역사적", 정치적, 선동적
암시를 띠게 되었다.(Lord의 EPP, "설명시"(1960) 또는 Vansina
(1961)를 보라) 따라서 Jakobson이 서사시의 지시적 기능에 관
해 말한 것은 아주 옳은 일이었다.

구두시는 언어의 형식적 사용을 확실히 보여주지만 구어적 문화
가 "문학" 같은 개념을 소유했었는지, 지금도 여전히 소유하고 있는
지를 주장하는데는 아무런 증거가 없다. 확실히 나는 문자에 기반
을 두지 않은 사회 내에서 특정 텍스트 범주가 다른 형태의 언어적
표현으로부터 구분될 수 없다고 단언하지 않는다. 정말 그 차이점

은 확실하게 나타난다. 오직 일부 텍스트만이 정교하게 다듬어져 다음 세대로 전달되고 따라서 아주 특이한 대우를 받게 되기 때문이다. 하지만 현대의 "문학적"이라는 개념 —심각한 모순에도 불구하고 이 개념은 잠재적으로 모든 종류의 텍스트를 통합하며, 특정 형태의 생성과 이해에 기초를 둔다— 은 결코 구어체 문화에서 생성되는 것이 아니므로 문학이라고 간주되는 어떤 형태의 언어적 생산품으로 정의되는 것이 아니다. 게다가 littera에서 나온 이 용어의 어원은 교육적인 성격을 지니며 원래 이 용어는 "문법(grammar)"이라는 뜻의 희랍어를 번역한 것으로 이해되었음을 알아두어야 한다.(Quintilian[128] 1.1.4) 중세에 litteratus는 여전히 라틴어를 읽고 쓰는 사람이었고 반면 illitterati의 범위는 그 지방 "문학"의 유형과 이의 향유자들, 그리고 비알파벳 문자를 포함했다. 이런 예는 Wolfram von Eschenbach[129]가 그의 『파지팔』(Parzifal)[130]

---

128) Marcus Fabius Quintillanus(35?-96?) 로마의 수사학자 · 교육가. 베스파시아누스 황제에 의해 수사학 교사로 임명되었다. 12권으로 된 저서 『웅변교수론』은 어린이를 변론가로 육성하기 위한 지도서로서 가장 오래된 체계적 교육이론서이다.

129) Wolfram Von Eschenbach(1170-1220) 볼프람은 중세기 최대의 서사시인이지만 그의 생애에 대해서는 많이 알려져 있지 않다. 그저 가난한 기사로서 시작을 하다가 출생지인 에셴바하에서 죽었다는 것이 고작이다. 그는 정규의 교육을 못밟아 무식하다고 작품 속에서 스스로 호언하고 있지만 풍부한 식견과 심오한 사상의 소유자라는 것을 그의 작품이 증명하고 있다. 그는 깊은 사상과 유머 독창력 기교 등을 겸비한 시인으로서 그의 작품 『파르지팔』은 중세문학을 대표할 수 있는 최고의 결작이다.

130) Parzival(1200-1210년경) 약 2만 5천행으로 되어 있는 대서사시이다. 프랑스의 시인 Chretien de Troyes의 〈페르스발 혹은 성배전설〉을 소재로 했으나 단순한 모방에 그친 것이 아니고 주인공이 정신적 발전과정을 그림으로써 독일 소설 특유의 장르인 교양소설의 선구가

에서 "나는 글자도 모른다"(Ine kan decheinen buochstap)[131]
고 주장한 바가 있다. 이 극적인 대조 속에 진실이 있으며 그 지방
작품은 대개 다른 문화에 속해서 대부분 문맹자였던 청중에게 들려
졌다. 게다가 가장 오래된 그 지방의 텍스트(이야기나 서정시) 보
급의 정상적인 형태는 말이었다. 그 새로운 문학은 스스로 이를 확
인하는 데 오랜 시간이 걸렸다. 그리고 개인적으로 읽든 소규모 집
단으로 읽든 시간이 오래 걸린다는 초기 단계적 특징을 보여주었
다. 하지만 공식적 문학은 항상 경멸적으로만 구두문화를 바라보지
는 않았다. 최소한 이 구두문화가 최소량으로나마 보존되었다는
사실은—때로는 언어학적으로 때로는 도구로서— 문자문명에 의해
행해지는 작용으로 이를 보아야 할 것이다. 말로 된 텍스트를 도식
적 내용(하나의 변형을 선택하도록 결정화하는, 그리고 그것이 작
가의 정신에 기여하도록 하는)으로 고정시킬 때 그 성질과 그 텍스
트가 따르는 규칙에 변화를 주게 된다. 구두 텍스트가 필사되거나
문자로 표기될 때에만 문학적 대상이 되는 것이다. 하지만 "문학
의"(literary)와 "구두의"(oral)이라는 개념은 정반대의 용어로 남
아 있게 된다.(Lord 1960:130-31 ; Ong 1967:17-22)

　처음에는 모든 텍스트가 그것이 속하는 텍스트나 장르의 층과
일치하게 나타난다. 이는 문학성 판단이 각 텍스트에 기초를 둔 것
이 아니라 일련의 텍스트 조합에 기초를 두고 행해짐을 뜻한다. 만
약 우리가 다른 문화적 맥락에서는 물론 통시적으로 변화하는, 이
상적인 문학성의 범위를 생각해 본다면, 긍정적이든 부정적이든 텍

　되었다.
131) 중세독일어.

스트는 계층 속에서 한 위치와 문학성 정도를 갖게 될 것이다. 따라서 문학적 텍스트와 비문학적 텍스트 사이의 대략적 구별은 가능하다. 왜냐하면 그것은 어느 누구의 간섭 없이 어떤 확장 범위 안에서 빈번히 한 부분에 나타나기 때문이다. 따라서 텍스트의 위치에 영향을 주는 요소들이 얼마나 많고 얼마나 모순되는지를 아는 것이 중요하다. 미학적 가치나 도덕적 가치판단 또는 언어학적이나 역사-기록적인 성질을 고려한다는 것은 문학적 장르와 비문학적 장르 사이의 간단한 대립에 간섭하여 다른 장르에 속해야 할 텍스트를 일부 텍스트에서 떼어내게 하는 구실을 한다. 예를 들어 특정 텍스트 x, 즉 운이나 운율적 구조같이 문학적 특징을 확실히 보여주는 텍스트는 그 "추함" 때문에 비문학적인 장르가 될 수 있다. — 가사가 나쁜 팝송, 서투른 시로 된 광고 등등과 같이 말이다. 반대로 또 다른 텍스트 y, 즉 비문학적 장르로 만들어졌다가 완전한 "아름다움"으로 인해 문학적 텍스트가 될 수도 있다. (예를 들면 한 비평가는 Anne Frank[132]의 일기나, Gramsci[133]의 옥중 서한들은 "장황하고 자연적인 시적 성질"로 가득 차 있다고 말한다.)

---

132) (1929-45) 유다인 은행가의 딸로 프랑크푸르트 암마인에서 출생. 나찌스의 압박을 피해 일가가 네델란드에 도망. 독일군의 진격으로 숨어 살면서 일기를 썼다. 강제수용소에서 티푸스로 병사.

133) Antonio Gramsci(1891-1937) 이탈리아의 마르크스주의자. 공산당주의자. 1919-1920년 기관지 《신질서》를 통해 토리노의 공장평의회 운동을 지도하였다. 21년 이탈리아 공산당 창립에 참가하고 당 중앙위원이 되었으며 반파쇼투쟁을 지도하였다. 24년 《우니타》를 창간하였고 26-37년 투옥되었다가 출옥한 후 3일만에 죽었다. 마르크스주의의 정통파에 속하면서도 그 공식주의를 초월 이탈리아의 현상에 바탕을 둔 혁명사상을 전개하였다. 현대의 마르크스주의에도 커다란 영향을 미쳤다. 저서로 「옥중수기」가 있다.

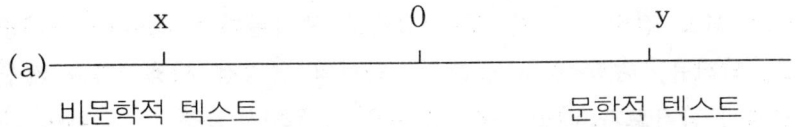

$$\begin{array}{ccc} \text{x} & 0 & \text{y} \\ \end{array}$$

(a) ─────┼─────┼─────┼─────
　　비문학적 텍스트　　　　　　　　文학적 텍스트

　　모든 텍스트는 우리의 기준에 따를 때 어떤 가치를 지닌 어떤
위치를 차지하여 실제로 한 연속선상에 놓여 있지만 다른 장르에
속하는 다른 텍스트 또한 한 연속선상에 나타나 있어 이와 더불어
집단을 형성하는 것이 가능해진다. ─이로 인해 우리가 언급했던
중복현상과 교환성이 나타난다.134)

　　통시적 면에서 보면 새로운 "공식적" 문학장르의 탄생은 각 규
칙이 나중에 강화되든 약화되든 일부 장르의 요소가 0점의 한 쪽
에서 다른 쪽을 향하여 놓여있게 된다. 보통 새로운 장르들은 존재
하는 문학장르에서 갈라져 나오거나 아니면 그 조합으로 나오게 되
거나, 문학장르(소설류)와 비문학장르(편지나 일기류)를 합해 놓은
것으로 나타난다. 문학장르를 "부적합"하게 사용하면 ─우스운 상황에
서 서사시 같은 문학장르를 사용하는 것처럼─ 패러디(parody)135)라
는 장르가 만들어진다.(Baxtin 1929; Kristeva 1969; Highet
1962) 이론적으로는 모든 장르가 문학적일 수 있지만 우리 문화에
서 이미 살펴본 바와 같이 선재요건은, 한 텍스트가 문자로 표기되
어 있거나 문자로 표기 가능한 것이어야 한다는 점이다. ; 따라서
모든 것이 형상적 내용으로 고정된다는 사실은 그 중요성을 잃어버

───────────────
134) 관점에 따라 문학적, 비문학적 텍스트가 될 수 있다.
135) 이전의 예술작품을 재편집하고 재구성하여 전도시키고 초맥락화 하는 통
　　합된 구조적 모방의 과정. Linda Hutchen, 「A theory of Parody」,
　　김상구 외 공역, 문예출판사, 1992. 23쪽.

리게 되고 정말 중요한 것은 실제로 표기된다는 점이다. —대중연설, 인터뷰, 대학 강의 등(모두 언어의 공식적 사용이다.) 거꾸로 전혀 문학장르가 없을 수도 있는데 왜냐하면 측정 척도 위에 나타난 모든 점들이 부정적 문학성을 갖고 있을 수 있기 때문이다. 실제로 이것을 비문학적 텍스트에 반대하는 것으로 볼 때만 문학적 텍스트를 언급할 수 있을 것이다. ; 이 둘은 둘 중 하나가 최소한의 공간을 차지하고 있더라도 실제로 나타나 있어야 하며 그 두 가지 상황은 다음과 같이 도식으로 나타낼 수 있다.

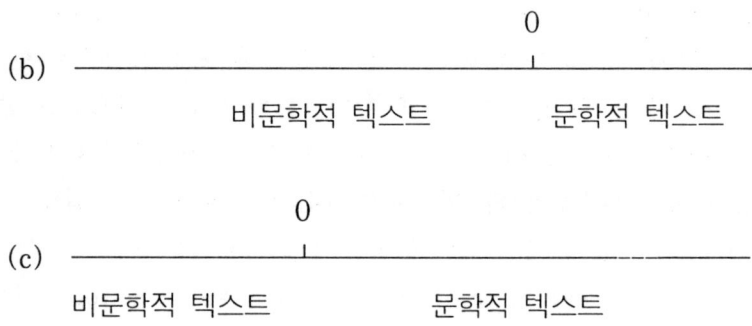

예를 들어 고전시에서는 (b)가 나타나는데, 여기서는 문학적 방식이 고도로 정형화 되어 있고 내용의 선택이 엄격하고 소수의 장르만이 쓰여진다. (시의 다양한 장르나 하위 장르들은 운율적으로 아주 잘 다듬어진 예술적 문장이다.) 그리고 이는 또한 시적 표현만 있는 문학이나 문학 일부 단계에도 적용된다. (c)의 한 예로는, 수많은 현대시들이 비교적 장르에 개방되어 있거나, 전통적으로 비문학적이었지만, 중복이라는 과정을 통해 문학적 특징을 보여주었다.

9. 메시지로서의 문학 텍스트

그렇다면 문학성의 개념에 남아있는 것은 무엇인가?

여기서 적용한 입장에서 보면 내포는 더 이상 "공식적"인 문학 텍스트에만 전적으로 나타나는 것이 아니라 실제로 모든 언어적 행위에서 나타난다. 따라서 문학적 언어는 텍스트적 입장에서 소위 표준어라 부르는 것처럼 내포적이고 그리고 그 자체로는 구어라 할 수 있다. 이러한 점에서 문학언어와 표준언어를 대조한다는 것은 기만적인 것이며 잘못된 결과를 낳을 수 있다. 다양한 언어의 측면, 즉 여러 문체와 장르가 존재한다는 것은 사실이며 이러한 점을 인식함으로써 산문과 운문, 관료적 산문과 창의적 산문, 일상 대화적 문체와 학문적 문체 등을 구별할 수 있다. 하지만 이러한 대조는 그 특수성에서 문학적 언어라는 자격을 부여하기에는 부족하지만 (비록 대비에 의해서만 일지라도) 일부 특징 즉 운문이냐 아니냐, 서술적 구조가 있는가 없는가 하는 특징은 규정할 수 있다. 왜

냐하면 우선 비문학적 언어들의 실제적 상상적 예를 모두 다 한 문
학적 맥락 속에 나타내기란 불가능하다는 사실을 증명해야 하고,
특히 20세기 후반의 우리 입장에서 볼 때 이는 아주 무모한 시도
일 것이기 때문이다.

   일단 내포의 영역이 모든 언어의 양상을 다 포함하는 정도로 확
장되면, 두 가지 가능성이 남아 있게 된다. 첫째는 언어적 행위가
아무런 지시적(실용적, 실제적) 기능을 가지고 있지 않음을 증명하
는 것과 둘째는 지시적 기능을 (하급적 방법뿐만이 아니라) 문학적
언어에까지 확장시키는 것이 그것이다. 첫째 가설은 무엇보다도 사
람들은 언어라는 수단을 통해 의사소통하기 때문에 쉽게 제외시킬
수 있을 것이다.

   둘째 가설을 받아들인다는 것은 문학이론을 정립하는 데 목적을
두었다는 것을 의미하지는 않으며, 이 문학이론의 역할은 독자에게
작가로부터 "메시지"를 뽑아 낼 방법을 제공할 수 있는 것이라 할
수 있다. 하지만 작가들이 실제 세계로 들어올 수 있는 특별한 재
능을 가진 사람이라고 믿는 이는 아무도 없기 때문에 자기 자신의
존재나 세상의 상태를 설명해 주기를 바라면서 모든 단어에 매달리
는 것은 헛수고라 할 수 있다. 간단히 말해 그러한 문학이 아무런
지시적 기능을 갖고 있지 않다는 것을 단호히 부정하고 싶으며 만
약 이런 기능이 있다면 문학은 필수적으로 최소한의 역할을 하게
된다. 따라서 지시적 기능은 텍스트가 한 특정 문화 내에서 문학적
성격을 계속 유지한 상태에서 보면 최소이거나 0에 가깝거나 아니
면 아주 큰 역할을 하게 될 것이다. 따라서 문학은 오직 모호한 메
시지만을 전달한다는 것과 진실도 아니고 거짓도 아니라는 것은 옳

지 않다. 반대로 문학은 절대로 모호하지 않으며 독자는 이에 따라 행동할 수 있고 또 그렇게 해야만 한다.

"문학"(여전히 인용부호 속에 있는)은 존재하지 않을 수 있을까? 그것은 완전히 잉여적 개념인가? 상당히 쉽게 이런 주장을 펼 수 있는데, 이런 주장은 확실한 주장이고 또 고집해야 할 가치가 있다.

첫째로 문학은 한 언어적 사실로서 모든 종류의 표현과 사회에 알려진 언어사용과 동떨어져서는 안된다. 문학적 언어는 소위 말하는 표준언어와 대립시키는 대신에, 한 언어가 나타내는 다양한 측면을 충분히 인식해서 그 대립을 해소시켜야 한다. 문학언어는 전환이나 의사소통인 것이다. ; 문학언어는 우리가 현 세계에서 벗어나도록 또는 역사적, 전기적 사실에 빠져들도록 해 준다. ─개인적 대화, 독백, 농담, 팜플렛, 정치적 기록문서, 법정연설 등에서 문학은 동시에 같은 텍스트 안에서 유용할 때도 있고 쓸모 없을 때도 있다. 실용적 사용범위는 작가의 의도와 독자의 태도에 달려 있기 때문이다. Brecht의 시는 우리로 하여금 아주 균형 잡힌 음절과 운으로, 또한 매우 복잡한 언어적 기술로 우리를 기쁘게 할 수 있지만, 동시에 메시지가 산문이 아닌 운문으로 쓰여졌는지에 상관없이 우리가 염두에 두어야 하는 메시지를 당연히 지니고 있다. 찬성, 반대가 비평가의 관심(서술과 최후의 평가에 개입해야만 한다는 것을 의미)이 되어야 하는지 아니면 독자의 개인적 반응에 남겨져야 하는지는 문학과 예술에 관한 현존이론과 태도에 달려있을 것이다. 최소한 형식적 적당함이 모든 종류의 주장을 없앨 수 있는 변방에 문학적 텍스트가 던져져서는 안된다. 우리의 상황과는 다른 역사적 상황에서 찬성-반대가 작가에 의한 어느 정도의 "제약"을 뜻한다 할지라도 이는 언어도단인 것 같이 보이지는 않는다. 과거든 현재든 예술가의 비제약적 자유를 믿는다는 것은 고지식하기 때문이다. 하지만 문제는 이 "제약"이 어떻게 누구에 의해서 부과되느냐이다.

둘째, 텍스트가 문학적이냐 아니냐에 관한 결정은 항상 현재든 미래든 독자에게 달려있다는 점이다.

이 점에서 더 이상 Jakobson이 정립한 시적 기능의 자율성을 지킬 필요가 없어 보인다. 독자가 교육을 받아 텍스트를 인식할 정도의 능력을 가질 때에만 텍스트가 "문학적"이라면, 시적 기능은 그 텍스트에 내재하는 것이 아니라 전적으로 사회적 기능의 메카니즘에 의존한다.

2장에서 보여주었던 구어적 의사소통의 6개 필수요소의 구조와 언어의 6가지 기능의 대칭은 사실 하나의 환상인 것 같아 보인다. 모든 요소 중에서 메시지만이 정 중앙에 있고 제거할 수 없음이 드러나기 때문이다. 만약 메시지가 없으면 의사소통이 일어나지 않는다. 메시지는 화자나 그 청자, 맥락, 접촉, 약호를 지향하거나 그 "기능에 맞추어" 발화될 수 있다. 하지만 그 자체의 기능은 비의사소통을 만들어내는 것이다. 순수한 상황에서 시적 기능은 표현이 불가능하거나 아니면 비언어적 행위가 된다. 의사소통과정에서 작용하는 6개 요소의 구조는 다음과 같이 다시 쓰여져야 한다.

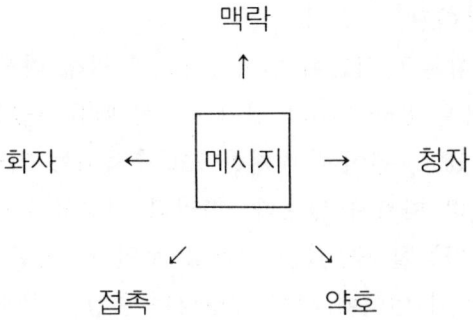

그리고 기능의 개수(언어학적 기능이론을 포기하려 하지 않는 이를 위해서)는 시적 기능을 제외하여 5개로 축소되어야 한다.

3장에서는 시적 기능에 관한 지배적인 개념에 대해 다루었는데 이것은 다른 모든 기능에까지 확장되어야 한다고 생각한다. 사실 연구실에서 조작된 것을 제외하고는 다른 기능에 비해 확실히 우세하게 드러나는 언어적 기능의 예는 없다. 어떠한 발화라도 추상적 개념으로 구별 가능한 최소한 두 가지 기능을 동시에 가진다. 하지만 그 두 가지 기능 중 어느 것이 우세한가를 결정한다는 것은 완전히 임의적이다. 예를 들면 명령문—문닫아! 읽어!(Close the door! Read!)—에 의해 표현되는 능동적 기능은 반드시 지시적 기능을 갖고 있어야 한다. ; 생물이든 무생물이든 문(The door)이나 글 한편(any piece of writing)은 여전히 3인칭이다. 전화 통화시의 여보세요의 친교적 기능은 감화적 기능과는 분리될 수 없으며 명령문, 말해! 내게 말해! 따위(Speak! Tell me! and the like)에 의해 대체될 수 있다. 정서적 기능에서는 그 화자가 동시에 청자이다. 메타언어적 기능은 약호가 3인칭이기 때문에 지시적 기능으로부터 분리될 수 없다.

　게다가 기능이론은 최근에 언어학자들에 의해 다시 중요성을 띠게 되었다. 다음은 Berruto의 말이다. "현재의 기능용어들은 다소 은유적인 데가 있고, 언어에 내재한다고 추측되는 기능만을 삭제하는 입장을 완전히 따르지 않는다. 따라서 기능목록은 자의에 따라 얼마든지 확대 가능할 수 있는 것처럼 보인다. 사실 언어학자들은 '기능'을 인간사회의 언어에 의해 수행되는 특정 임무로 해석해야 할지 언어사용 수단으로 해석해야 할지 혼란스러워 해왔다."(1974: 29,31) Prieto도 역시 같은 의견을 개진하고 있다. "언어는 주로 의사소통 수단이고 이 '기능'만이 언어를 구성하고 있는 구조를 설명해 줄 수가 있다. 따라서 Jakobson이 설정한 다양한 언어적 기능은 의사소통 기능으로 축소 가능하거나, 아니면 언어가 구성하는 기호적 구조 속에 속하는 기능이 아니라, 오히려 이런 기호적 구조 속에 들어오는 수단(소리)이 가지게 되는 기능이다."(1975:10-11)

　메시지의 Einstellung(지향, 집중, 조정)은 어떠한 발화와 어떠한 언어적 기능에서도 흔히 일어날 수 있는 상황이라고 할 수 있다. 그리고 의사소통의 수식과 관련있는 문제라 할 수 있다. 다시 말해 이용 가능하고 적절하고 알맞은 장치를 모두 가지고 있는 메시지의 환경과 관련한 문제라 할 수 있다. 알맞은 장치 : 리듬, 음편, 두음법칙, 문법적 병렬구조, 단어선택과 그 구조. 이러한 장치들은 그 질과 양에 있어서 다양할지 모르지만 나타나지 않는 경우는 드물다. 다시 말해서 담화의 장르는 화자나 작가 마음대로 표현수단의 사용, 선택, 조합을 통제할 수가 있다.

　따라서 본질 또는 본성에 집착하여 문학적 텍스트를 정의할 수 있는 가능성에 관해서 내린 결론은 완전히 부정적이다. 하지만 비평을 모두 없앤다는 것은 반드시 실패한다는 것을 뜻하지 않는다. 문학적 담화에서 구조적 특징이 부정되면 일련의 현상(장르와 구성요소)과 부딪치게 되는데, 이 현상들은 개별적으로나 모든 단계에 나타나는 다른 비슷한 현상과 관련지어 더 쉽게 선별하거나 검토할 수가 있다. 예를 들어 문학 역사의 범주는 한편으로는 잘 정의된 몇몇 장르의 역사이고, 또 다르게는 언어의 역사, 문화의 역사, 또는 단순히 역사라고 할 수 있다. 이러한 관점은 혼동해서는 안되고, 한 현상으로 축소될 수 없는 현실의 복잡함을 고려해 볼 때, 이 두 관점은 서로를 배제하여서도 안 된다. 또한 더 중요한 것은 문학적인 것과 비문학적인 것의 경계는 최소한 텍스트 분석 시 일어나야 할 문제가 아니며, 각 시대별로 이 경계를 구분하는 작업은 사회학자나 문화 역사가들에게 부과되었다.

하지만 여전히 한 사회적 현상으로 연구되어야 할 현상으로서 "구체적"인 현상이 있는데 이는 문학적 사실에서 발견되며 앞으로 살펴볼 것인데 이것은 절대적 구체성보다도 시작과 결말이 있는 "문학적" 산물이 가진 역사적 특징이다.

10. 언어 능력과 문학 능력

　의사소통이 일어나기 위해서는 화자와 청자가 그 사용언어에 대한 능력을 갖고 있어야 하지만, 언어능력은 모든 가능한 언어현상을 다 포괄하지는 않더라도 장르와 각 장르의 개개 구성요소에 따라 달라질 수가 있다. Chomsky의 언어능력은 더욱 더 정확하게는 평균적 언어능력인데, 이는 주로 통사적으로 용인 가능한 문장을 만들어 내고 이해하는 능력이다. 하지만 내포적 측면들뿐만 아니라 다른 측면들은 대부분이 생략되어 있다. 한 에스키모가 이탈리아어, 불어, 영어 "문법"을 꼼꼼히 공부하고 나면 그는 '포도주 창고에 비가 내린다.'(piove a cantinelle)[136]나 'il pleut comme vache qui pisse : it rains like a cow pissing'(소 오줌 누듯 비가 내린다.)같은 문장을 이해하는 데는 어려움이 없겠지만 'color- less green ideas that sleep furiously'(미친 듯이 노하여 잠자

---

136) 이탈리아어.

는 무색의 푸른 아이디어)나 'it′s rainig cats and dogs'(폭우가
쏟아진다.)같은 문장을 접하게 되면 분명히 당황하게 될 것이다.
모든 영어 화자가 a storm of cats and dogs가 "폭우"를 은유적
으로 표현한 것임을 이해하고 또 비유적인 언어기능이 일상회화의
한 기능이 된다면, 이는 항상 어디에서나 옳지는 않다는 것을 의미
한다. 예를 들어 배(ship)가 "삶(life)"— 보편적이 아니다 — 의 은
유적 표현임을 알지 못하는 사람은 Petrarch의 가장 유명한 소네
트를 엄청나게 잘못 이해할 수도 있다. 단어의 의미에 대해서도 마
찬가지다. 생물학자의 'sequences'[137]는 Notker Balbulus의
'sequences'나 Hitchcock[138]의 'sequences'와는 다르며, 영화나
중세 라틴 시나 생물학을 전혀 모르는 화자에게도 'sequence'는 다
른 어떤 것을 뜻한다. 확실히 모든 것은 맥락에 의존하는데, 어떤
사람이 확실한 분야의 언어를 모른다면 문맥상 올바르게 쓰인 단어
도 이해가 안될 것이다.

　　이미 살펴보았듯이 사회언어학자들은 랑그 개념에 새로운 깊이
를 추가했으며 이는 다양한 언어체계의 총합으로부터 나온 것이었
다. 모든 화자들이 여러 측면의 능력을 가진다는 것은 지극히 정상
이며, 모든 사회집단은 그가 속한 언어면에 능숙하다. 게다가 특별
용어(과학언어나 직업언어, 관료언어)와 특수용어(학생 은어, 감옥
혹은 군대 은어)가 있으면 이것을 이해할 수 있는 화자와 작가와
청자와 독자가 또한 있어야만 한다. 이러한 문체는 만일 우리가 이
상에서 제시된 용어들을 수용한다면 이것이 속하는 장르와 마찬가

---

137) 위계, 계열의 뜻.
138) Sir Alfred(1899-1980) 영국의 영화감독(서스펜스 영화의 거장).

지로 대개는 직접적으로 사회학적 내포를 가지기보다는 직업적인 내포를 가지게 된다. 역사적 현실에서 직업과 사회적 출신이 보통 관련되어 있지만 반드시 그런 것만은 아니다. 예를 들어 한 과학자가 과학 언어 외에는 다른 언어를 하나도 모른다든지 아니면 시인이 시만 말하는 경우에는 그렇지 않다.

여전히 "평균적" 언어능력을 요구하는 유형이 있지만 특정 사용법, 문체 그리고 언어 장르에 관련된 능력에는 다양한 유형들이 존재한다. 영어를 할 줄 모르는 과학자가 영어로 생물학 논문을 쓰고 있다면 그는 자기가 쓰는 단어들이 매우 표준화되고 확실할지라도, 최소한의 "평균적" 영어능력(통사적, 형태적 능력)을 필요로 한다.

"문학 능력"이라는 개념 — Bierwisch가 쓰고(1965) 후에 좀 다른 의미에서 다른 사람들이(Ihwe 1970; van Dijk1972b; Corti 1976; 등등) 받아들인 — 에서도 마찬가지다. Klein은 운율적 능력(이미 Halle와 Keyser(1966)에서 암시되고 명백하게 Beaver에 의해 제안되고(1968), 그리고 마지막으로 Valesio(1971), Brioschi(1974), Di Girolamo(1976)에 의해 완성됨)이라는 단하나의 특정 문학능력에 반대했는데 그는 언어능력은 타고난 능력과 많은 실제 경험을 거치는 아주 복잡한 과정인 반면, 비운율적 행(line)과 운율적 행을 구별할 수 있는 능력은 타고나지 않았다고 했다.(1974:32) 하지만 내재성에 대한 믿음을 보여주지 않고서 "능력"이라는 용어를 "한 언어를 이해하고 사용할 수 있는 능력"(또는 우리가 보아왔던 대로 수준이나 관점의 능력)을 뜻한다고 생각하는 사람들에게는 이러한 조건이 적용되지 않는다.

따라서 문학적 능력 또한 "부분적"인 능력으로 보인다. 사람은 영어를 하나도 모른 체 영어 미터법을 완전히 이해할 수는 없으며 모든 언어에 무차별적으로 적용되는 문학적 능력이 존재하지도 않는다. 마찬가지로 한 언어가 특정 문학장르와 연계되어 있는 경우 (역사적으로 볼 때 일부 그리스 방언과 프로방스139)어, 갈리시아 지방140)의 포르투갈어) 작가는 (아마추어든 프로든) 문학적 능력이 아주 다른 문학 텍스트로부터 유래할지라도, 그 언어에 대한 사전 지식이 있어야만 한다. 청중과 생산자가 있기 때문에 언뜻 보기에 실제로 작가의 언어는 다른 특별한 언어나 특수용어와는 달라 보이지 않는다. 하지만 실제로 텍스트를 사회에 적용할 때에는 "실제(in practice)"를 강조해야 한다. 한 사람이 사실 모든 특별용어나 특수용어를 언어의 약호에 비교해서 부가적인 유사점을 발견해 낼 수는 있지만, 똑같은 방법이 문학에도 적용될 수는 없다. 따라서 "문학적 언어" 즉 "문학적 문체"라 부르는 하위 약호 (또는 사용역, 혹은 변말141))의 존재를 이론화한다는 것은 쓸모없는 일이다. 적용면에서 유용한 문학적 능력이라는 개념은 관례적 문학장르들 곧 문학, 문체, 가능한 표현 형식(시, 산문, 대화 등), 미디어로 될 수 있는 담화의 숫자만큼 수백개의 능력으로 나뉘어질지도 모른다. 하지만 사회언어학적 현실에서 문학적 의사소통과정은 이상하게도 언어가 구조를 가지게 되는 다른 측면에서 우리가 관찰했던 그런 과정과 비슷하다.

하지만 단 한가지 예외가 있다. 다른 모든 종류의 언어적 표현에 관한 차이점 —2차적인 것을 제외하고는 모두— 은 문학적 의사

---

139) Provence 프랑스 남동부 론강 동쪽의 지중해안에 이르는 지역.
140) Galicia 에스파냐 북서부의 대서양 연안지방.
141) 변으로 쓰는 말. 남이 모르게 자기들끼리만 암호처럼 쓰는 말. 은어.

소통에서는 생산자와 소비자가 상호교환 불가한 역할을 하는 별개의 사람이라는 점이다. 문학적 텍스트는 본질적으로 회화체의 성격을 가지는 담화가 부분적이기는 하지만 흥미로운 방식으로 일어난다. 필연적으로 작가는 청중 즉 대화자에게 연설하는데 비해 대화자는 작가의 활동 영역에 영향을 줄 수 없기 때문에 침묵을 지킨다. 시인들 사이의 서신교환의 경우는 확실한 예외이다. 왜냐하면 서신은 서로에게 얘기를 할뿐만 아니라 텍스트나 두 목소리를 가진 하나의 텍스트를 만들어 내어 바깥 청자들에게 들려지기 때문이다. 대화의 조건은 문학내에서 내부/외부 대립이 변경될 수 없기 때문에 필요하지는 않다. "대화의 조건은 자신의 입장에서 자신을 '나'라고 부르는 연설에서는 '나'가 '너'가 되어버려서 Benveniste가 명명한 '인칭'의 구성요소"를 "언어의 기초기능"으로 생각할 수 있기 때문이다.(1966:224-25) 작가는 대개 다른 작가의 독자이거나 자기자신의 독자이다.(그리고 때때로 비평가이고 저자 비평가이다) 반면 독자는 독자이지 작가가 아니다. 문학적 능력은 두 개의 다른 능력 즉 문학작품을 만들어내는 능력과 이해하는 능력으로 구성되어 있다는 점에서 모든 다른 형태의 능력과는 다르다. 오직 작가만이 이 두 가지를 다 갖고 있지만 이해하는 능력은 작가의 독자로서의 역할 때문이다. 문학적 능력은 두 가지 별개의 역할 곧 작가와 독자의 대결로 나타난다. 언어사회 내에서의 언어사용은 어떤 집단에게만 한정되어 대다수 사람들은 그 집단의 말을 들을 수만 있다. ; 기호는 똑같지만 소수만이 기호를 능동적으로 사용할 수 있기 때문이다. 이런 상황은 아주 역설적이라 할 수 있는데, 왜냐하면 이런 수동적 능력이 크더라도 결코 능동적일 수 없지만 몇몇 독자(낙천

주의자, 비평가)의 수동적 능력이 저자의 수동적 능력보다 훨씬 크기 때문이다.

이제 문학적 산물의 구체적 특징이 무엇인지 살펴보자. 문학에서 문학적 텍스트는 유명하거나 익명인 작가가 만들어 낸 것이다. 작가는 문어에는 프로다. 심지어 오늘날에도 Manzoni[142]가 개인적으로 친구에게 썼던 노오트들은 기록 가치가 전무할 때조차 정성들여 편집, 출판된다. 이는 쇼핑목록과 아주 비슷하다. 이 추세는 전혀 새로운 것이 아니다. "완성된 작품"은 특정 작가에서 나와 쓰여진 것이면 어떤 것이든 다 포함한다. 아무도 문학적이라 부르지 못할 것이 모아져서 어떤 방법으로든 문학이 되어버린다. 이것은 대개 문학적 텍스트 (비평록, 회고록, 출판물 등)에만 쓰이는 방법이기 때문이다.

따라서 저자는 특별한 종류의 작가이다. 글을 쓰는 것이 그의 역할이며 써서 출판하고 나면 글에 대해 금으로든 술로든 대가를 받게 된다. 몇 세기 동안 사회는 작가들로 하여금 미의 실행과 언어의 심미적 사용을 위임하여, 그 사회 자체가 소비자의 역할을 하게 하였다. 이것은 초라한 음유시인의 위치에서부터 귀족 휴머니스트의 입장이나, "자신의 노동력밖에 팔 것이 없는" 임금노동자의 위치에 이르기까지 작가의 사회적 지위와는 아무 관계가 없다. 이는 Berardi가 선진 자본주의 사회에서 활동하는 작가들에 대해 말한 것이다.(1974:47)

---

142) Alessandro Manzoni (1785-1873) 이탈리아의 시인, 극작가, 소설가. 귀족출신. 온건한 작품으로 일찍부터 인정되었다. 파리에 오래 체재하면서 볼테르의 사상 영향을 받아 진리의 탐구와 도덕의 고양이 예술의 주요목적인 것을 주장.

이것은 모든 다른 종류의 예술—건축, 조각, 회화, 종합예술(노래, 춤, 연극, 영화)—에서도 일어나는 현상이다. 어떤 예술에서, 특히 중세에 자유 예술에 포함되지 않았던 예술에서, "미술가"(artisan) 전통은 아주 오래 지속되어 아직 소멸되지 않았다는 차이점이 있지만, 다른 여느 예술가와 마찬가지로 전업작가는 Rossi-Landi의 표현을 빌리자면 언어학적 연구를 포함해 노동을 분류하는 문화에만 존재할 것이다.(1968; 1977)

모든 지적 작업형태도 마찬가지다. Gramsci가 감옥에 있었을 때 그는 이 주제에 관해 다음과 같은 기록을 남겼다. "어떤 사람이 지식인과 비지식인을 구별할 때 그는 실제로 지식인의 직업 분류라는 즉각적인 사회 기능을 말하고 있는 것이다. 이는 비록 지식인에 관해 말할 수 있어도 비지식인이 존재하지 않기 때문에 비지식인들에 관해 말할 수 없음을 뜻한다. 모든 형태의 지적 참여를 배제할 수 있는 그런 인간 활동은 없다.; 호머 파베르(homo faber)[143]는 호모 사피엔스(homo sapiens)[144]와 구분될 수 없다. 결국 각 인간은 자기 직업활동 밖에서 지적 활동을 계속하게 된다. 인간은 철학자이며 예술가이며 취미를 가진 사람이고, 또 특정 세계관에 참여하여 의식적인 도덕적 행동을 하고 따라서 세계관을 유지하거나 수정하는 데 기여하여 새로운 사고방식을 갖게 되었다."(1932:9)

이를 구분해 주는 이데올로기에 차이점이 있긴 하지만 Gramsci의 견해를 명목론자인 Nelson Goodman의 견해와 비교해 보면 유익할 것이다. Nelson Goodman은 미학연구분야를 흔들어 놓으

---

143) 공작인(工作人).
144) 지성인.

려 한 한 책에서, 미학의 비내재적 성질을 주장해 미학적 면과 인지적 면을 구분해 놓은 이전의 연구를 더 발달시켰다. "전통적으로 미학적 태도는, 즉각적으로 주어진 것을 수동적으로 감상하고, 제시된 것을 직접 감상하고, 또 다른 개념과는 관련되지도 않아서 과거의 메아리나 미래의 위협과 약속으로부터 자유롭다. 이러한 점에서 철학적 오류와 심미적 부조리성을 자세히 열거할 때, 어떤 이는 시에 대한 적절한 심미적 입장은 인쇄된 페이지를 읽지 않고 계속 바라만 보는 것이라는 입장이라 할 것이다. 반대로 나는 시뿐만이 아니라 그림도 읽어야 함을, 미학적 경험은 정적이기보다는 동적임을 주장해 왔다. 미학적 경험이란 미묘한 구분을 해 내는 것, 섬세한 관계를 분간하는 것, 이 체계내의 상징적 체계와 특징, 그리고 이런 특징들이 의미하고 보여주는 것이 무엇인가를 규명하는 것, 작품을 번역하는 것, 세상의 입장에 서서 작품을 인식하고 작품의 입장에서 세상을 바라보는 것이다…… 심미적 '태도'는 끊임없는 연구와 실험(태도라기보다는 행위)이며 창조이자 재창조이다."(1968: 241-42) 이 글에서는 심미적 문제가 의도적으로 배제되어 있지만, Goodman의 평이 필수적 관련체계를 재구성(최소한 윤곽만이라도)하는 데 도움이 될 것으로 믿는다. Goodman마저 어떻게 미를 정의하길 거부하고 그 정의를 구성해 낼 가능성을 거부하는지를 보면 참으로 흥미롭다. 모든 것을 "심미적이다, 비심미적이다고 구분하는 것은 그 심미적, 비심미적 관점을 규명해 내는 것보다 못하다.…… 예술과 과학은 전적으로 별개의 것이 아니다."(255) 반대로 "심미적 경험을 이해의 한 형태로 받아들이는 것은 미학적 가치 문제를 해결하기도 하고, 이 문제의 가치를 떨어뜨리기도 하는 결과를 낳는다."(262) Goodman의 추론에서 나타나는 문제점은, 이론적 면에서 정의하기는 불가능하지만, 예술은 반드시 역사적 중요성에 의존할 수밖에 없고, 문화적 현상이라는 관점에서만 설명 가능하다는 점이다.

지적 노동에 대한 존재론 비평과 미적 존재론 비평은 아주 상이한 규율상의 접근과 견해에서 나오는 것이지만, 그럼에도 문학존재 비평과 보통의 예술적 생산품의 물질적 이론에 대한 전제를 제공해주는 데는 기초적인 중요한 자격을 가진다.

계층이 없는 사회에서는 직업적 작가 계층이 없을 것인데, 이런 사회에서 문학에 관해 말한다는 것은 아마도 쓸모 없는 일일 것이다. 만들 수 있는 모든 텍스트는 문학적 자격도 비문학적 자격도 가질 수 없기 때문이다. 현재로는 '공식적'인 예술물에만 제한되지만, 가치판단에 의해서라도 구어든 문어든 모든 언어적 행위의 미적인 면을 포착하는 것이 가능함을 뜻한다. 모든 언어적 표현은 후자적 의미에서 문학적인 것으로 인식될 수 있다. 그리고 문학성은 상징의 제3 측면이다. 이는 아마도 낙관적인 견해일 것이지만 전혀 유토피아적인 견해도 아니다. 사실 이런 방향으로 발전하게 한 것은 지난 20세기 특히 20세기의 그 위대한 부르조아 예술이었다. ; 이는 미래주의, 추상예술, 팝, 신체예술, 새로운 음악, 가장 발전된 일부 현대시에 이르기까지 미적인 대상을 인지해서 만들어 내었다. 이 중 독창적이고, 도발적인 제스처를 띤 지성주의가 떨어져 나갔을 때에는, 그 방법상의 간단함과 가장 복잡한 약호의 파괴, 많은 경우 재생산 가능성의 존재라는 특징도 갖게 되었다. 이러한 경향은 구체적 결과에 기초를 두거나 시학에 기초를 두어서 판단해서는 안 되며, 예술적 문학적 의도에서 벗어나 현실적 측면에 나타나는 개방성과 명확함에 근거하여 판단해서도 안된다. 게다가 특히 문학적 예술에 관한 현대 이론과 특히 모든 종류의 언어적 표현을 다 해낼 수 있는 "시적 기능"을 이론적으로 확장하는 것은 ─ 모순점이 불가피하게 나타나지만 ─ 생산자뿐만 아니라 소비자까지도 포함해서 이러한 경향을 정확히 반영해 주는 것처럼 보인다. 즉 선별된 소수의 전횡이 아니라, 모든 일상표현과 일치하는 보통의 행위인 예술모형(희곡, 비가, 송가, 기록으로서의 예술)을 기대해 볼 수 있다는 말이다. 이 과정이 얼마나 오랜 시간이 걸릴지 그 변이가 어떤 형태를 가질지는 역사적 사회적 요소에 의해 확실히 결정될 것이다. 왜냐하면 이런 요소들만이 생산 형태와 관련 예술적 생산에 변화를 가져올 수 있기 때문이다.

해 설

이 책은 미국에서 쓰여져 1978년 이탈리아에서 『문학성 비평』 (Critica della letterarietà)[145]으로 출판되었다. 이 책 중 일부분은 이미 두 편의 논문에 나왔던 것이다. : 도입은 《언어와 문체》 (Lingua e stile) 11에서 「언리학과 문학이론」(Glossematics and the Theory of Literature)(1976, 325-34))이라는 제목으로 출판되었던 것이고, 5장은 '11회 이탈리아 언어학 협회 국제회의'(피사, 1976)에서 읽혀져서 다음 회의 때 『언어의 수사학과 과학』(Retorica e scienze del linguaggio)으로 출판되었다. 마지막으로 《로망스 언어학》(Romance Philology)31에 나온 「텍스트 문학의 이론」(Teorie del testo letterario)에서의 간략한 구절들을 곳곳에 다시 사용했다.(1977-78, 308-21)

이 영문판은 번역시 완전히 재구성된 것이다. 단순한 동료로서가 아니라, 이 책을 출간하기 위해 공동연구를 해 준 Charmaine Lee에게 감사를 표하며 또한 원고를 읽고 수많은 제안을 해 주었던 동료와 친구들, 그리고 이 책이 태어난 존스 홉킨스 대학의 내 제자들에게도 감사를 표한다.

---

145) 이탈리아어

역자 후기

이 글은 기로라모의 『문학비평이론』(A Critical Theory of Literature)을 옮긴 것이다.

이 책은 몇 가지 장점을 가지고 있다. 첫째는 언어가 문학에 있어서 중심이라는 생각과 둘째는 우리가 기존의 문학이론에서 문제시했던 점들을 적확히 끌어내어 그 해결점을 찾으려고 했던 점이다.

비평이란 언어의 재창조 운동이라 해도 과언이 아니다. 언어학의 새로운 경향이 있을 때마다 비평은 가장 앞서서 문학의 언어적 특성에 관심을 기울였으며 문학을 언어의, 언어에 의한 예술로 되돌려 놓았다고 할 수 있다. 기로라모가 이 책에서 문학언어와 그 기능 및 속성에 대한 현대적 사고 중 가장 중요하고 대표적인 것을 중심으로 엮어나간 것도 역시 이런 언어가 문학에 있어 중심이라는 생각을 반영한 것이라 할 수 있다.

또한 기로라모는 단순히 이론의 소개에 그친 것이 아니라 기존의 문학비평이론에 문제를 제기하고 그 해결점을 찾기 위해 노력했다는 점이다. 따라서 이 문학비평이론이 개론서나 대학의 강의 정도로 생각하고 단순히 접근했다가는 예기치 못한 좌절감을 맛볼 수도 있다고 할 수 있다. 이 글은 단순히 나열한 것이 아니다. 이 글은 전체적으로 보았을 때 고도의 입체적이고 계산된 구조가 내부에 들어 있는 것이다. 따라서 이 글은 문제해결식 구성을 이루며 이런 문제 해결이 이루어지지 않을 때 혼란만을 가중시킬 수 있음을 알

필요가 있다.

그렇다고 이 책이 어려운 내용들을 이어나가고 있는 것은 아니다. 이 책이 주목받는 것은 문학비평의 모든 기본 요소들의 핵심을 포착해서 읽어나가는데 있는 점이다. 잡다한 많은 문학이론 가운데 꼭 필요한 이론만을 골라내고 또 그 이론에 핵심적인 설명을 덧붙임으로써 문학비평이론을 완성하고 있는 것이다. 실제로 기로라모의 비평이론을 보면 그 흐름이 일반적인 비평요소들의 흐름과 너무나 흡사해서 기로라모는 어디에 있는가 여겨질 정도로 우리에게 익숙한 내용들이다. 그러나 그 내용요소 하나하나를 더듬어보면 그것은 바로 우리가 문제시 해왔던 문학이론에 대한 문제임을 알게 된다.

이런 기로라모의 글이 우리 나라에 늦게 소개된 것은 언리학은 같은 구조주의 언어학의 한 분야이면서도 미국내 언어학에 그다지 큰 영향을 미치지 못했기 때문이었다고 할 수 있다. 언리학은 유럽 언어학계에는 많은 영향을 미쳤으나 상대적으로 미국 언어학계에의 영향은 미미한 것으로 따라서 언리학에 바탕을 둔 기로라모의 비평이론은 자연 주목을 받지 못한 것이라 여겨진다.

좀 더 자세한 안내를 위해서 기로라모의 문학비평이론을 이해하는데 중요한 개념을 부록으로 소개해 놓았다. 참고적으로 이용하기 바란다.

부 록

1. 언리학(grossematics)

예름슬레브(1899-1965)는 우리 시대의 언어학의 가장 흥미있
는 대표적 인물의 하나이다. 그는 정열적인 이론가였으며 새로운
언어학 사상의 길을 끊임없이 모색해 나감으로써 많은 찬탄을 받았
다. 그는 여기에서 항상 성공적이었던 것은 아니며 언어학 발전의
주류로부터 멀어져 나가는 일이 흔히 있었다. 그러나 그는 여기에
서 오류를 인정하는 일에 결코 주저하지 않았으며 재빠르게 새로운
길을 모색하려고 했다. 이것은 부정적인 결과도 가져왔다. 그에게
는 일관성이 결여되어 있다는 비난이 많았다. 즉 오늘 그가 어제
확고히 믿었던 것에서 절연한다. 따라서 그의 이론에는 모순이 있
으며 끝까지 전개되지 않은 사상들이 있다. 그에 대하여는 쉽게 열
광하기도 했지만 그러나 또한 쉽게 그는 거부되기도 했다. 하지만
한 가지만은 의심의 여지가 없다. 그는 언제나 자주적이었으며 항
상 학문 연구의 새로운 형태를 추구하고 있었다. 그리고 예름슬레
브가 메타언어 ―학술 정의의 논리적 수단― 를 만들어 내는 일이
미래의 언어학이 해야 할 큰 과제에 속한다는 것을 간파하고 이를
널리 알린 최초의 언어학자라는 사실은 아무도 부인할 수 없다.
　오늘에야 비로소 그리고 기계 번역 작업을 함에 있어서 비로소
언어학자들은 제2차 세계대전 경의 시기에 예름슬레브가 수학적

추상성에 열광했던 것이 사실 얼마나 예언적인 것이었나를 점점 더 많이 인식하고 있다. 만일 그의 이론들 중 구체적인 것이라고는 아무것도 남지 않게 된다 하더라도 그에게는 언어학의 역사에서 지금까지 예견할 수 없었던 새로운 과제 영역을 예고한 사람으로서의 영예의 자리가 주어져 있게 될 것이다.

자기들의 이론적 기초가 소쉬르의 학설에 있다는 점에 예름슬레브 학파와 같이 그렇게나 비중을 두어 강조한 학파는 없다. 예름슬레브는 언어학에 있어서의 구조주의는 소쉬르에 의하여 창시되었다는 것을 누구보다도 많이 지적했다. 그러므로 예름슬레브의 언어이론은 흔히 신소쉬르 학파라고도 부른다.

예름슬레브의 언어학은 두 가지 관점에서만 명확히 소쉬르에 기초를 두고 있다. 소쉬르는 음성들이 심리학 단위로서 상호 의사 소통과정에서 갖는 역할에 대하여 주의를 환기시켰다. 예름슬레브는 음성을 전적으로 추상적 단위로 연구했으며 여기에서 음성의 구체적 자료적인 면은 온전히 배제되었다. 소쉬르는 음성단위들은 의사소통을 위한 기호이며 이 기호로서 연구되어야 한다는 점을 언어학자로는 처음으로 지적했다. 예름슬레브는 그의 전체 언어학을 바로 의사소통(커뮤니케이션) 기호의 이론에 입각하여 수행했다. 이 의사소통기호는 언어적 성격을 갖지 않아도 된다. 이것은 교통신호라도 되고 정보를 전달하는 그밖의 어떤 것일 수도 있다. 이밖에는 예름슬레브의 생각들은 직접으로 소쉬르의 학설에 입각되어 있다기보다는 오히려 20세기의 논리적 경험주의에 훨씬 가깝다.

예름슬레브의 노력은 처음부터 논리문법을 지향하고 있었다. 즉 그는 언어를 대수학에서와 같이 될수록 정확하고 과학적으로 그리고 명확하고 논리적으로 다루는 일을 지향하고 있었다. 그러므로 그의 수학적 분석문법의 길은 철저했다.

예름슬레브는 인간의 언어가 의사소통에 절대적으로 필수적인 것은 아니라 (농아자들은 몸짓과 얼굴표정으로 의사소통을 한다. ; 교통신호는 말을 한다. : 파란 빛은 진행을 뜻하고 빨간 빛은 정지를 의미하는 것 등)는 견해를 출발점으로 삼고 있었다. 이러한 예름슬레브는 마침 의사 소통기호의 일반이론 즉 기호학을 수립하는데 관심을 가지고 있던 이론적 경험주의의 대표자들에서 둥지를 발견했다.

예름슬레브에게 특별히 강력한 영향을 끼친 것은 Carnap의 저서들이다. 카나프가 언어를 일반기호학의 틀에서 즉 다른 의사소통 수단들(예를 들어 군대신호, 철도신호, 교통신호, 모르스식 전신신호, 농아자용 점자 등)과 동등한 것으로서 고찰하고 있던 30년대의 저술들 뿐만 아니라 수학적 방법을 언어분석에 응용하는 일을 발전시켜 나가던 그의 후기 연구들도 예름슬레브에게 크게 영향을 끼쳤다.

예름슬레브는 자기의 이론을 글로시메틱스(언리학)라 불렀다. 이 명칭은 희랍어의 '언어'에 따라 조어된 것이다. 그의 학파는 오늘날 이 명칭으로 불리우고 있다.

언리학의 연구대상은 구체적 언어들의 구조를 모든 기호학적 체계들의 기본구조들, 즉 의사소통기능을 수행하는 (비언어적인 것도 포함하는) 모든 수단들의 기본구조들과 체계적으로 비교하는 것이다. 이 기본 구조들은 수학적 방법을 도움으로 사용하는 논리적 분석을 통하여 확인된다. 그러므로 예름슬레브의 언어학은 명확히 실천적 성격을 띠고 있다. 그의 언리학은 의사소통 기호의 일반이론 즉 기호학의 일반이론에 기여하고 있는 것이다. 이러한 구상을 갖는 언어연구의 결과들은 다른 의미에서도 실천적이다.

예름슬레브의 가장 중요한 업적 중의 하나가 언어학에 다음과 같은 새로운 구분을 도입한 것이다 : 표현과 내용, 형식과 실체의 구분.

표현과 내용은 두 개의 기본 범주들인데 이것이 없이는 의사소통이 불가능하다. 내용은 구체적 실재성이며 이것에 관하여 어떤 전달이 행하여지는 것이다. 표현은 내용 즉 실재성에 어떤 전달이 이루어질 때 사용되는 모든 수단이다. 이것을 언어학에 옮겨 생각하면 표현은 언어에 해당된다.

의사소통 과정에서는 내용의 두 가지 면, 실체와 형식이 구분되어야 한다. 실체와 형식을 나누는 이 구분은 표현에서도 행하여져야 한다.

내용의 실체는 기존하는 실재성 자체(사물, 사람, 우리 주변의 전체 세계)를 포괄한다.

내용의 형식은 내용의 실체에 대한 정신적 표상, 즉 우리가 우리를 에워싸고 있는 실재성을 의사소통과정에서 어떻게 받아들이며 이해하는가를 말한다.

표현의 실체는 언어의 물리적 음성면이다.

표현의 형식은 표현의 실체에 대한 정신적 표상, 즉 우리가 언어기호를 의사소통과정에서 어떻게 받아들이며 이해하는가를 말한다.

형식은 실체에서 구분될 수 있으며 독립적으로 연구될 수 있다.

언리학자의 과제는 결국 표현의 형식을 내용의 형식에 연관시켜 연구하는 일이다. 언리학자들은 형식이라는 용어를 이와 같이 사용하기 때문에 자신들을 흔히 형식론자라고 부른다.

예름슬레브의 견해에 의하면 관계를 연구하는 것이 가장 중요한 일이다. 언리학자들은 예를 들어 내용을 연구해야 한다. 왜냐하면 내용의 실체와 내용의 형식간의 관계는 구체적인 표현을 조건하고 있기 때문이다. 일부 아프리카 언어들에서는 흰 암소를 표현하는 별개의 두 가지 단어들이 존재한다는 것은 널리 알려진 사실이다. 어느 특정한 동물 종류의 일반 대표자를 표현하는 단어, 즉 우리의 경우 암소라는 단어는 없다. 이것은 이 아프리카 언어를 사용하는 사람들에게 있어서의 내용의 형식과 실체간의 특수한 관계를 통하여 설명되어지는 것이다. (예를 들어 이들 언어의 사용자는 이 경우 대부분의 다른 민족들과는 달리 흰 암소와 검은 암소를 구분하는 것에 특별한 가치를 부여하고 있으며 반면 이 동물 종류의 일반 대표자를 따로 구분할 필요성을 느끼지 않고 있다.)

내용과 표현의 관계는 일견하여 생각되는 바와는 달리 훨씬 복잡하다고 예름슬레브는 강조했다.

예를 들어 독일어의 단어 blau '푸른'에 러시아어의 goluboj와 sinif라는 두 개의 단어가 해당된다는 사실은 어떻게 설명되어질 수 있는가? 러시아인들은 이 경우 동일한 사물을 관찰함에 있어서 독일인들보다 많이 보는가? 라틴어에서는 명사에서 두 개의 문법 범주—탈격과 복수—를 표시하는 데에 4개의 언어기호 /i/, /b/, /u/, /s/(어미 -ibus)가 있으나 이들 중 어느 것도 그 자체로서 이들 두 문법 범주의 하나에 해당되지 않는다(/i/와 /b/도 탈격을 표시하지도 않고 /u/와 /s/도 복수가 아니며 그 역도 성립되지 않는다 -ibus만이 전체로서 이들 두 문법 범주를 표시해줄 뿐이다.)

내용과 표현, 형식과 실체를 나누는 예름슬레브의 구분의 이론적 정당성을 답하는 것이 도대체 언어학자가 해야 하는 과제인가에 대하여는 많은 사람들이 회의를 느꼈다. 그러나 기계 번역에 대한 연구는 오늘날 이 문제에 관심이 있는 언어학자는 이 복잡한 문제들을 결코 소홀히 해서는 안된다는 사실을 말해주고 있다.

예름슬레브의 연구들은 어휘론의 이론에 절대적인 가치를 지니고 있다. 학자들은 이미 오랫동안 동음이의와 다의 현상들을 정확히 구분하려고 노력해왔다. 그러나 예름슬레브의 분석이 비로소 이에 정확을 기하도록 해주었다. 어떤 한 단어가 서로 아무런 관계가 없는 두 가지 내용을 포괄하고 있으면 이것은 동음이의이다. 즉 이 한 단어는 두 가지 서로 다른 어사 단위들을 내포하고 있다. 만일 한 단어가 서로간에 특정한 관계가 존재하는 두 가지 내용을 가지고 있으면 이것은 다의이다. 즉 이 단어는 두 가지 의미를 갖고 있는 하나의 어사 단위를 표시하고 있다.

표현을 연구함에 있어서 예름슬레브는 실체 범주에 속하는 것은 모두 아주 의식적으로 등한시했다. 그의 생각으로는 실체는 하나의 가변적 현상이다. —실제로 언어의 음성면은 세대에서 세대로 이어져 감에 따라 끊임없이 변한다. —그러나 예름슬레브가 추구하는 것은 궁극적 불변체였다. 즉 그는 하나의 구체적인 언어구조가 존재하는 한 불변적인 그러한 단위들을 추구했다. 그러므로 그는 예를 들어 불어의 제음가들이 몇십 년의 세월이 흐르는 동안 얼마나 많이 변했는가를 언급했다. 그럼에도 불구하고 기본 구조상으로는 여전히 같은 불어로 남아있다. 구체적인 음가들은 변했지만 그러나 그들간의 관계는 언제나 불어라는 개념으로 이해되는 언어에 전형적인 것으로 남아있다. 우리가 한 언어 기호의 역할을 생각할 때에는 일차적으로 당해 언어 기호가 다른 언어기호들과 갖는 관계 즉 체계내에서의 당해 언어기호의 위치에 근거를 두어 생각한다. 언어 문제 이외의 영역에서도 제현상들은 그들이 유사한 다른 형상들과 갖는 관계에 입각해서만 비로소 그들의 실제적 가치를 얻게 된다. 그러므로 예를 들어 고향의 우리에게 낯익은 어떤 거리가 몇 년의 세월이 지나는 동안 완전히 바뀌었다고 생각해보자. 전쟁이 집들을 모두 파괴해버렸고 낯익은 옛건물들 대신에 이제 낯선 새로운 건물들이 세워져 있다. 뿐만 아니라 거리의 이름들까지도 바뀌었다. 이러한 모든 변화에도 불구하고 이것은 여전히 같은 거리이며 우리는 언제라도 이 거리를 찾을 수 있다. 왜냐하면 이 거리가 이 도시의 다른 거리들과 연관시켰을 때 차지하는 위치는 그대로 남아있기 때문이다. 바로 이것이 제현상들을 인식하는 데 결정적인 요인인 것이다.

언리학자들은 음운론과 형태론, 그리고 통사론과 의미론을 각기 별도로 분리하여 다루지 않는다. 왜냐하면 이들 분과 영역을 분리하여 다루면 필연적으로 실체를 다루게 되는 결과가 생기겠기 때문이다. 언어는 그들에게는 (이론관에 있어서 이들과 아주 밀접한 관계에 있는 소련 언어학자 Samjan의 짧은 정의에 의하면) "감각적 경험으로는 접근될 수 없는 일종의 내재적 현상이다."

언리학자들은 언어연구에 있어서 추상화를 이용했다. 즉 구체적인 각개의 언어 단위에 하나의 특정한 기호를 부여했다. (예를 들

어 각 모음은 V로 표시되고 자음은 C로, 관계는 R로, 문장은 S로
표시하는 등) 한 언어의 전체구조는 이렇게 기호를 사용하여 기술
된다. 그러나 방법론에서 이러한 추상화를 사용하더라도 이로 인하
여 아주 구체적인 언어현상 문제들을 연구하는 일이 배제되는 것은
아니다. (예름슬레브는 예를 들어 통사론적 한정이나 문법적 일치
같은 문제들도 연구했다.)

언리학자들은 그들의 추상적인 언어 체계의 단위들을 형식이라
고 부른다. 이 형식도 하나의 추상적인 단위이다. 이 형식은 한 언
어기호가 다른 언어기호들과 맺을 수 있는 모든 가능한 통합의 총
화를 표시한다. 각 가능한 결합들은 환치를 통하여 확인된다. 각
언어기호는 어떤 기호가 당해 위치에 등장할 수 있고 또한 등장할
수 없는가를 확인하기 위하여 체계적으로 한 특정한 문맥에 투입된
다. 이러한 방법을 통하여 우리는 어떤 기호들이 서로 관련이 있고
또 없는가를 확인하기 위하여 체계적으로 한 특정한 문맥에 투입된
다. 이러한 방법을 통하여 우리는 어떤 기호들이 서로 관련이 있고
또한 없는가를 확인하게 된다. 예를 들어 동사형 sieht, betrachtet,
liebt, lebt들간의 관계는 이들을 동일한 문맥에 넣어 봄으로써 확
인될 수 있다. Der Mann liebt den Hund '그 남자는 개를 본
다'/der Mann betrachtet den Hund '그 남자는 개를 관찰한
다'/der Mann liebt den Hund '그 남자는 개를 사랑한다'/der
Mann lebt den Hund(첫 세 결합들은 가능하지만 네째 결합은
불가능하다.) 언어관계들의 구조를 연구함에 있어서 예름슬레브는
주목할만한 일련의 이론적인 고찰을 했다. 무엇보다도 계열론과 통
합론을 나눈 그의 구분은 오늘날 언어이론에서 주목할만한 공인된

업적에 속한다.

계열론은 한 언어체계 전체에서의 언어단위들의 직접적인 관계를 연구 대상으로 삼는다. 계열관계와 통합관계는 환치법에 의하여 확인된 바와 같이 서로 결합되어 있다. 환치법을 사용하여 이 결합의 원리를 찾아내는 것이 언어학적 분석의 으뜸가는 목적이다. 왜냐하면 언어학은 기본적으로 언어현상을 고찰해야 하기 때문이다. 이 말은 언어의 음성면도 의미면도 아닌 이들 양자간의 관계를 의미한다. 이 관계는 언어마다에 따라 서로 다르게 실현되어 있다. 이 통합관계와 계열관계를 확인하면 언어의 참된 성격을 밝혀낼 수 있을 것이다. 즉 각 개발 경우에 무엇이 일반적인 기본 자질이며 무엇이 개인적 실현인가를 명확히 해줄 것이다.

20세기에는 그런데 새 학술 용어가 홍수처럼 쏟아져 나왔으며 새로운 개념들은 새로운 명칭을 필요로 한다. 예름슬레브의 언리학도 이 점에서 예외가 아니다. 언리학에 처음으로 접하는 초심자는 걸음을 옮길 때마다 학술 용어 때문에 어려움을 겪게 될 것이다. 예름슬레브는 철저한 현대 논리학 정의의 지지자로서 제 현상들을 정의함에 있어서 인식론적으로 접근했으며 따라서 최대한으로 표현의 정확성을 기하려고 노력했다. 이를 위하여는 적절한 학술 용어가 절대적으로 필요했던 것이지만 이들은 많은 경우에 이제 비로소 만들어져야 했던 것에 관련하여 예름슬레브가 기존하는 용어들을 충분히 고려하지 않았다고 하여 가장 많은 비난을 받고 있다. 기존 용어라고 하여 결코 언제나 불충분한 것은 아니었다. 그리고 또 하나의 큰 결점은 다른 구조주의 학파들에서도 마찬가지였지만 가장 중요한 학파들간에 필요한 접촉이 없었던 것이며 특히 구조주의 언어학의 초창기에 그러했다. 이것은 현대 언어학의 학술용어체계에 불편한 혼란을 불러일으켰다. 언어학의 초보자는 예를 들어 '예름슬레브의 내포적 범주와 외연적 범주의 구분이 야콥슨의 용어에서는 유표적 대립과 무표적 대립의 구분에 해당되고 예름슬레브의 연역적 방법은 예일학파의 용어에서는 직접구성성분의 모색에 해당되며 또 환치방법은 예일학파에서는 Substitution(대용어)이고 언리학파의 용어에서는 Kommutation으로 나타난다'는 등의 사실을 알게 될 때까지는 많은 시간을 소비하지 않을 수 없다. 그러나 많은 노력을 다하여 현대 언어학의 기본 용어체계를 일단 내 것으로 만들어 놓으면 새로운 영역들은 저절로 열리게 된다.

언리학파의 이론들은 처음부터 뚜렷이 수리논리학적 성격을 띠고 있었는데 이것은—특히 구조주의 언어학의 초기 발전단계에서 그러했다.—다른 구조주의 학파들과의 협동을 어렵게 했다. 언리학파는 지나치게 추상화와 형식주의에 기울어졌다고 비판받고 또 그들은 논리적 기준을 구체적 언어자료에 적용함에 있어서 언제나 성공적이었던 것도 아니었으므로. (이것도 심한 비판을 받았다.)

그들은 최근에 와서야 즉 기계번역작업이 활발해진 후에야 비로소 구조주의 언어학 영역에서 폭넓게 인정받게 되었다.

수학적 방법이 일반적으로 인정받고 또 받아들여짐으로써 오늘날 언어학에서는 모든 구조주의 학파가 상호접근하게 되었다. 예일학파의 언어학자들은 언리학파와의 다툼은 사상과 경험을 상호교환하지 못한데서 온 것이며 이론적인 기본 견해 차이에 기인하는 것이 아니라는 사실을 인식한 최초의 학자들에 속한다.

언리학파는 오늘날 소련 구조주의자들에게서 특별한 주목을 받고 있다.

Mika Ivic', 『현대언어학사』, 이덕호 옮김, 종로서적, 1984
208-218쪽.

2. 지배소(dominent)

　형식주의자들의 연구의 초기 3단계는 다음과 같이 간단히 요약
될 수 있다. 1)문학작품의 소리의 모든 양상에 대한 분석, 2)시학의
구조 내에서 의미의 문제점들, 3)소리와 의미의 분리할 수 없는 전
체로서 통합. 이 후자의 단계에서 지배소(Dominanta, Dominent)
라는 개념은 특히 유용하다. 그것은 러시아 형식주의 이론에서 가
장 중요하고 공들여진 생산적 개념이다. 지배소는 예술작품의 핵심
요소로서 정의될 수 있다. 그것은 나머지 구성요소들을 지배하고
결정지으며 변형시킨다. 작품구조의 통합성을 보장해주는 것도 지
배소이다.

　지배소는 작품을 특수화한다. 관련언어의 구체적 특성은 그 언
어의 운용패턴과 시(운문)형식에서 분명히 나타난다. 이것은 단순
히 동어반복인 것처럼 느껴질 수 있다. : 시는 시이니까. 그러나 우
리가 항상 유념해야만 할 것은 주어진 여러 가지 유형의 언어를 구
체화하는 요소가 전체 구조를 지배하는 강압적이고 절대적인 구성
요소로서 나머지 요소들을 규제하고 그것들에 직접적인 영향을 주
고 있다는 점이다. 그러나 시는 그 자체가 하나의 가치체계이다.
어떤 가치체계나 늘 그렇듯이 그것은 나름대로 우월한 가치와 저급

한 가치의 위계질서와 지배적인 가치 즉 지배소를 갖고 있으며 그 지배소 없이는(어떤 특정한 문학적 시기의 틀과 일정한 문학적 경향내에서도) 시는 시로서 인식되거나 평가될 수 없다. 예를 들면 14세기 체코 시에서 운문의 가장 기본적인 표시적 특성은 음절 체계가 아니라 압운(rhyme)이었다. 따라서 시행마다 음절의 수가 서로 다른 시들(무음보시)이 있었고 그런 경우도 시로서 인정되기는 했으나 무운시146)는 적어도 그 당시 시로서 용인되지 않았다. 반면 19세기 후반에 체코 사실주의 시에서 각운은 없어도 되는 기법(장치)이었지만 음절체계는 의무적 본질적 요소여서 이것 없는 시는 시로서 인정되지 않았다. 이런 시학파의 관점에서 볼 때 자유시는 받아들이기 어려운 무운 형식인 것이다. 그러나 오늘날의 체코인들은 압운이나 음절체계가 시를 위한 의무적 요소가 아닌 현대 자유시를 쓰고 있다. 대신에 자유시에서 의무적 요소는 억양의 총체성이며 이 억양이 시의 지배소가 되는 것이다. 고대 체코 시 「알렉산드리아드(Alexandriade)」의 정형시, 사실주의 시대의 압운시, 현대의 압운 운율시를 서로 비교해 보면 이 세 가지 어느 경우에서나 동일한 요소들 —압운, 음절체계, 억양의 통일성— 을 발견할 수 있으며 다른 한편 가치의 서로 다른 위계 질서, 즉 의무적이고 필수적인 서로 다른 구체적 요소들을 관찰할 수 있다. 다른 모든 요소들의 구조와 역할을 결정짓는 것이 바로 이와 같은 특수한 요소들이다.

지배소는 각개 예술가들의 시 작품과 시 규범, 즉 어떤 특정한

---

146) (영시에서) 압운이 없는 , 곧 리듬의 제약을 받지 않는 시. (산문시의 모체라고 함)

시 유파의 규범들 뿐만 아니라 특수한 전체로서 보여진 어느 특정 시대의 예술 속에서도 발견될 수 있다. 예를 들면 르네상스기의 예술에 있어서 그러한 지배소, 즉 그 당시 최고의 미학적 평가기준은 시각예술에 의해 대변되었다. 다른 모든 예술들이 시각예술을 지향하였고 시각예술과의 가까운 정도에 따라 그 가치가 평가되었다. 반면에 낭만주의 시는 음악을 지향하였다. 낭만주의 시는 음악성을 강조하였고 시의 억양까지도 음악적 선율을 모방하였다. 사실 시작품에 대해 외재적이라 할 수 있는 지배소에 대한 이러한 강조는 소리의 결, 구문 구조와 이미지에 관한 한 시의 구조를 상당히 변화시켰다. 즉 그것은 시의 운율기준과 연의 기준 및 시 작법에 변화를 가져왔다. 사실주의 미학에서 지배소는 언어예술이었고 따라서 시적 가치의 위계질서도 그에 따라서 변모되었다.

더욱이 지배소라는 개념이 우리 논의의 출발점이 되면서 다른 문화가치 체계와 비교된 것으로서 한 예술작품의 정의는 상당히 변화된다. 예컨대 시작품과 다른 언어 메시지의 관계도 더 정확한 측정을 요한다. 우리가 언어자료를 다루는 한 시 작품과 미적 기능을 더 정확히 말해서 시적 기능을 동일시한다는 것은 자기 만족적인 순수예술, 즉 예술을 위한 예술이 주창된 시대의 특징이기도 하다. 형식주의파의 초기 단계에서는 그와 같은 동일시의 명확한 흔적을 찾아볼 수 있다. 그러나 이 동일시는 의심할 여지없이 잘못된 것이다. 왜냐하면 하나의 시 작품이 미학적 기능만을 갖고 있는 것이 아니라 그밖에 다른 여러 기능들을 갖고 있기 때문이다. 사실 어떤 시 작품의 의도는 종종 철학과 사회적 교훈 등과 밀접히 연관되어 있다. 시 작품이 미학적 기능에 의해 다 연구되는 것이 아닌 것처

럼 마찬가지로 미학적 기능 역시 시 작품에만 제한되어 나타나는
것이 아니다. 웅변가의 연설, 매일매일의 대화, 신문기사, 광고, 과
학논문 — 이 모두가 미학적 문제를 고려하고 미적 기능을 표현하고
종종 말들을 지시적 수단으로서가 아니라 그 자체를 위하여 사용하
고 있는 것이다. 직접적인 단원론적 관점의 정반대편에 시작품의
다원적 기능들을 인정하고 의도적이건 무의식적이건 작품을 그러한
기능들의 기계적 집합체로 파악하는 기계적 관점이 있을 수 있다.
시 작품은 지시적 기능을 갖기 때문에 후자의 입장에서는 주창자들
에 의해 시 작품은 전적으로 문화사의 서류로 사회적 관련의 문서
로 혹은 전기물로 간주될 수 있다. 이러한 일면적 단원론과 일면적
다원론에 대립되는 것으로서 시 작품이 갖는 다원적 기능을 인지하
면서 동시에 그 시작품을 결합시켜 주고 결정시켜주는 기능, 즉 시
작품의 통합성을 이해하려는 관점이 있다. 이러한 관점에서 볼 때
한편의 시 작품을 결합시켜주고 결정시켜 주는 기능 즉 시 작품의
통합성을 이해하려는 관점이 있다. 이러한 관점에서 볼 때 한편의
시 작품은 배타적으로 미학적 기능만을 수행하는 것으로 정의 될
수 없을 뿐만 아니라 다른 기능들과 더불어 미학적 기능을 이행하
는 것으로 규정될 수 없다. 오히려 시 작품은 미적 기능이 그 지배
소가 되는 언어적 메시지로 정의된다. 물론 그러한 미학적 기능이
그 지배소가 되는 언어적 메시지로 정의된다. 물론 그러한 미학적
기능의 수행을 드러내는 표식이 불변하거나 항상 한결같은 것은 아
니다. 그러나 개개의 구체적인 시적 규범이나 시대적인 시적 규범
의 모든 체계는 필수불가결한 변별적 요소들을 포함하고 있으며 이
러한 요소들 없이는 그 작품이 시적이라고 정의될 수 없다.

시작품의 지배소로서 미학적 기능의 정의는 시 작품내에 다양한
언어적 기능들의 위계를 정하도록 만든다. 지시적 기능에 있어서
기호는 지시대상과 최소한의 내적 관계를 갖고 있다. 그러므로 기
호는 자체에 최소한의 내적 관계를 지니게 된다. 반면에 표현적 기
능은 기호와 내적 구조에 보다 많은 관심을 요구하게 된다. 지시적
기능과 비교하여 볼 때 일차적으로 표현적 기능을 수행하는 감정표
시 언어는 일반적으로 시적 언어(간략히 말해서 기호를 지향하는
언어)에 보다 가깝다. 시적 언어와 감정표시 언어는 종종 서로 중
복되기도 하며 이런 관계로 이 두 유형의 언어가 종종 동일시되는
오류가 생긴다. 언어 메시지에서 미적 기능이 지배소일 경우 이 메
시지는 분명히 표현적 언어의 다양한 장치기법들을 이용할 수 있
다. 그러나 이러한 요소들은 작품의 지배적 기능에 종속된다. 즉
그 요소들은 그 지배소에 의해서 변형된다.

지배소에 대한 탐구는 문학적 진화에 대한 형식주의자들의 견해
에 중대한 결과를 가져왔다. 시적 형식의 진화(발전)에서 어떤 요
소들의 사라짐과 다른 요소들의 출현에 대한 문제가 아니라 체계를
이루는 다양한 요소들 가운데 상호관련 속에서 이동의 문제, 다른
말로 이동하는 지배소의 문제가 중요하다. 일반적으로 어떤 복잡한
시적 규범 내에서나 특히 주어진 시적 장르에 타당한 시적 규범체
계내에서 원래 부수적이었던 요소들이 본질적, 일차적인 것으로 된
다. 그와 반대로 원래 지배소였던 요소들은 부수적이며 임의적인
것으로 변한다. 쉬끌로프스키의 초기작품에서 시 작품은 단순히 예
술적 기법들의 총체로서 정의되었다. 반면에 시적 진화는 일정한
기법들의 대체일 뿐이었다. 형식주의의 발전과 더불어 시 작품에

대한 정확한 개념 즉 시 작품은 구조적 체계, 예술적 기법들의 잘
정돈된 위계라는 개념이 나왔다. 시적 진화(발전)는 이러한 위계의
변화를 뜻한다. 예술적 기법들의 위계는 주어진 시적 장르의 틀 속
에서 변화한다. 더욱이 그러한 변화는 시적 장르들의 위계와 동시
에 개개의 장르에 있어서 예술적 기법들의 분포에 영향을 준다. 원
래 이차적 지위에 머물고 부수적 변종이었던 장르가 이제 전면으로
부상하는 반면에 규범적 장르들이 뒤로 물러난다. 형식주의자들의
다양한 작품들은 이러한 관점으로부터 러시아 문학사의 각 시대를
다루었다. 구꼬프스끼(Gukovskij)는 18세기 시의 발전을 분석하
였다. 뜨이냐노프와 에이헨바움 및 수많은 그들의 제자들은 19세
기 전반에 러시아 시와 산문의 진화를 연구했고 빅또르 비노그라도
프(Viktor Vinogradov)는 고골에서 시작된 러시아 산문의 진화
를 분석했다. 에이헨바움은 똘스토이 산문의 발전을 그 당시의 러
시아 산문 및 유럽 산문의 배경에 대립되는 것으로 파악했다. 따라
서 러시아 문학사의 이미지는 상당히 변화되었다. 러시아 문학사는
이전 시대의 문학연구의 어지럽게 흩어졌던 상태에 비해 비할 바
없이 풍요해지고 동시에 보다 통일적이고 보다 종합적이고 질서있
게 되었다.

　그러나 진화의 문제는 문학사에 국한되는 것이 아니다. 각개 예
술들의 상호관계에 있어서 변화에 관한 문제들은 역시 생겨나고 이
경우 전이적 영역의 상세한 연구는 특히 유용하다. 예를 들면 회화
와 시 사이의 경계선에 대한 분석, 즉 도해같은 것의 분석 혹은 음
악과 시 사이의 경계지역이 있는 로망스와 같은 것들의 분석은 특
히 성과가 큰 것들이다.

마지막으로 예술과 밀접하게 연관된 다른 문화영역들 사이의 상호관계 속에 보여진 변화에 관한 문제가 일어난다. 여기에서는 경계선의 불안정성, 각개 영역의 내용과 범위에 있어서 변화는 특히 계몽적이다. 연구자들의 특별한 관심은 전이적 장르들이다. 어떤 시대에는 그러한 장르들이 비문학적, 비시적인 것으로 평가되나 다른 시기에 있어서는 그러한 것들이 순문학에 의해서 강조되는 요소들을 포괄하기 때문에 문학적 기능을 수행할 수 있다. 반면에 규범화된 문학형식은 이러한 요소들이 없다. 예를 들면 그러한 전이 장르들로는 여러 형식의 내면문학 —즉 편지, 일기, 노트북, 여행기 등— 을 들 수 있다. 이런 것들은 일정한 시기에(예를 들면 19세기 전반의 러시아 문학에서)총체적인 문학적 가치체계 내에서 중요한 기능을 맡고 있다.

다른 말로 예술적 가치들의 체계에 있어서 지속적인 변화는 다른 예술 현상의 평가에 있어서도 부단한 변화를 의미한다. 기존체계의 관점에 볼 때 불완전하고 취미삼아 하는 수준이고 정도를 벗어나고 혹은 단순히 잘못된 것으로 경시되거나 판단되었던 것이, 또는 이단적이고 퇴폐적이고 무가치하게 여겨졌던 것이 새로운 체계의 관점에서는 긍정적 가치로 나타나거나 채용될 수 있다. 러시아 후기 낭만주의 적 서정시인들 쮸체프(Tjucév)와 페뜨(Fet)의 시들은 사실주의 비평가들에 의해 오류와 부주의가 많은 것들로 비판되었다. 이들의 시를 출판한 뚜르게네프(Turgenev)는 이들을 개선하고 기존의 규범에 맞추기 위하여 그 리듬과 스타일을 완전히 뜯어 고쳤다. 뚜르게네프의 수정본이 이들 시의 정본이 되었으나 현대에 와서야 비로소 원본이 원상태로 복원되고 시 형식의 새로운

개념을 향한 첫걸음으로 인정되었다. 체코의 언어학자 크랄(J.Král)
은 에르벤(Erben)과 첼라꼬프스키(Čelakavský)의 시를 사실주
의 시파의 관점에서 오류투성이고 보잘 것 없는 것으로 배척하였으
나 현대에는 사실주의 규범에 의해 비난받았던 바로 그 특징들 때
문에 이러한 시들이 다시 칭송받고 있다. 러시아의 위대한 작곡가
무소르그스키(Musorgskij)의 작품은 19세기 후반에 통용되었던
음악적 기악편성법을 따르지 않고 그 당시 작곡기법의 대가 림스끼
-고르사꼬프(Rimskij-Korsakov)는 당대의 유행하던 취향에 맞춰
악곡을 다시 편곡하였다. 그러나 신세대 사람들은 무소르그스끼의
〈소박성〉에 의해서 보전된 파격적 가치를 추종하게 되었고 시대에
따라 림스끼-꼬르사코프의 편곡을 억제하게 되고 자연적으로 『보
리스 고두노프(Boris Godunov)』와 같은 작품의 편곡법에서 이
런 재편곡 부분을 제거하기에 이르렀다.

개개의 예술적 구성요소들 사이에 상호관계의 변화와 변형의 문
제는 형식주의자들의 연구에 있어 중심적 논쟁점이 되었다. 시적
언어분야에 있어서 형식주의자들의 연구에 있어 이러한 측면의 분
석은 언어학 연구 일반에도 선구적 의미를 갖는다. 왜냐하면 그들
의 분석은 동시적, 역사적, 연구방법과 연대기상의 횡단면을 연구
하는 공시적 분석방법 간의 차이를 극복하고 다리를 놓아주는 데
중요한 계기를 마련해주었기 때문이다. 변천과 변화가 역사적 현상
(처음에는 A, 그 다음에는 A1이 A대신에 생겨났다)일 뿐만 아니
라 동시에 변화는 직접 경험의 공시적 현상, 즉 그와 관련된 예술
적 가치라는 것을 명백하게 보여주는 것이 형식주의자들의 연구였
다. 시의 독자도 회화의 관찰자도 두 가지 질서, 즉 전통규범과 그

규범으로부터 일탈인 예술적 새로움을 생생히 인식하고 있다. 간단히 말해서 혁신이란 전통을 배경으로 하여 고려된 것이다. 형식주의자들의 연구는 전통의 보존과 동시에 전통의 파괴가 예술의 새로운 모든 작품의 본질을 형성한다는 것을 밝혀주었다

Roman Jakobson, 「The Dominant」, 『Language in Literature』, Cambridge, Massachusetts, 1987, pp.41-46.

3. 문학사회학(Socialogy of Literature)

문학사가들과 비평가들은 대부분 개개 작가들과 그들이 살면서 글을 쓴 문화적 시기의 독특한 상황과의 관계에 주의를 기울여왔다. 그들은 또한 문학작품과 그 작품이 반영하고 그것을 읽는 사회와의 관계에도 주의를 기울여 왔던 것이다.(신비평과 형식주의는 예외라 할 수 있다.) 그렇지만 "문학사회학"이란 용어는 작가가 그의 계급상태, 그의 사회적 이데올로기 및 기타 이데올로기, 그의 직업의 견제상태, 그리고 그의 말에 귀를 기울이는 청중의 부류 등에 의해 영향받는 방식에 주된 관심을 지닌 비평가들과 역사가들의 저술에만 쓰인다. 이 비평가들과 역사가들은 문학작품이 —그 내용과 그 작품이 묘사하는 인생에 대한 독서적 명시적인 평가에 있어서 심지어는 그 형식에 있어서까지— 그 시대의 사회환경과 힘들에 의해 결정되지 않을 수 없다고 본다. 프랑스 문학사가였던 이폴리트 텐느는 그의 『영문학사』(1863)로 최초의 현대문학 사회학자로 간주될 때가 있는데 이 책은 작품을 세 가지 요소 —즉 작가의

"종족(race)", "환경(milieu)", 그리고 그의 역사적 "시기(moment)"—에 의해 주로 해명될 수 있는 것으로 보았기 때문이다. 최근의 사회학적 문학접근법들 가운데서 널리 알려진 것은 마르크스주의 비평이다. 마르크스주의 비평가들은 그들의 이론의 토대를 칼 마르크스와 프리드리히 엥겔스의 교설들에 두고 있으며 특히 "결국"인간과 그의 제도들의 역사적 발전은 경제적 생산의 기본 양식의 변화에 의해 결정되며, 이런 변화는 모든 시대에 경제적, 사회적, 정치적 이익을 얻기 위해 투쟁하는 사회계급들의 구조에 변화를 일으키며 모든 시대의 종교, 사상, 문화—그 시대의 (적어도 일부의) 예술과 문학을 포함한— 는 그 시대에 특유한 구조와 계급 투쟁에서 복합적인 "변증법적" 방법으로 생겨나는 "이데올로기"과 "상부구조들" 이라는 그들의 주장에 토대를 두고 있다.

　　마르크스주의 비평은 작가가 생각하고 글을 쓰는 방식을 결정하는 경제적, 계급적 이데올로기적 요소들을 다루지만 그 결과로 생기는 문학작품과 마르크시스트가 그의 시대의 사회적 현실로 보는 것과의 관계에서 특히 관심이 많다. 따라서 마르크스주의 비평은 흔히 규범적인 모방 문학론의 형태를 지니게 된다. 즉 그것은 흔히 사회주의적 사실주의라고 명명되는 것을 성취하기 위하여 문학작품의 작가가 무엇을 모방해야 하는가를 말한다. "천박한 마르크스주의"라 불리어온 교설은 그저 "사회적 현실"을 재현하라고 작가들에게 요구할 뿐이다. 바꿔 말하면 그것은 공식적인 당 노선에 따라 생활양식을 묘사하고 교설을 표현하라고 그들에게 요구하는 것이다. 그러나 이보다 유연성이 있고 더 너그럽게 인간적인 마르크스주의 비평가들이 마르크스와 엥겔스가 직접 예술과 문학에 대해 무심결에 한 말들에 그럴듯하게 바탕을 두고 주장한 바에 따르면 모든 시대에 문학의 대가들은 어떻게든지 그들이 속해 있는 계급의 이데올로기에서 해방되어 정말로 "객관적인" 현실을 모방(또는 마르크스 비평용어로는 반영)할 수 있는 능력을 보여왔다는 것이다. 가령 현대의 "부르즈와" 시대에는 이러한 문학의 대가들은 계급간의 갈등, 모순, 인간을 무력하게 만드는 경제력, 지적 상황들 그리고 자본주의하의 개개 인간의 소외를 반영한다고 한다.

헝가리 사상가 게오르그 루카치는 금세기의 가장 영향력 있는 마르크스주의 비평가이다. 그는 후기 저술에서 플라톤과 아리스토텔레스에서 현재에 이르는 이른바 심미적 "관념론자들"에 의해 주창된 바와 같이 예술은 본질적으로 모방이라는 견해의 타당성 —부분적이고 불완전한 타당성이긴 하지만— 을 받아들였다. 루카치는 문학과 예술이 "현실의 반영"이어야 한다고 역설함으로써 관념론적 모방설의 미비점들을 보완하려고 시도한다. 위대한 문학작품은 —부르조아 문학, 특히 그 가장 특정적인 업적인 장편소설을 포함한 —각각 유일무이하고 "일상현실"과 다르게 보이는 "그 자신의 세계" 즉 구조와 동력을 지닌 "독립되고 완전한 맥락"을 창조한다. 그러나 발자크나 톨스토이와 같은 대문호는 "객관적 인간상황의 최대 다양성을 살려냄"으로써 그리고 자기 시대의 내적 긴장과 진보적 경향을 모두 보여주는 "모범적인" 인물들을 창조함으로써 사실상 —그리고 빈번히 "자기 자신의 의식적인 이데올로기에 반하여"— 자기의 허구적 세계를 "발전과 총체로서 전체적으로 움직이는 인생의 반영"으로 만든다는 것이다. 바꿔 말하면 이러한 작가들은 그들의 허구적 세계를 부루조아 사회의 모순들에 관한 마르크스주의의 견해와 미래발전 방향에 관한 마르크스주의의 예언에 부합하는 인생의 반영으로 만든다는 것이다. 여기에 덧붙여 말해두어야 할 것은 사회의 경제적 토대와 계급 조직과 계급 투쟁의 중요성에 대한 마르크스주의의 강조는 마르크스 교설을 신봉하지 않는 많은 사회학적 비평가들과 역사가들의 작품에 큰 영향을 끼쳐 왔다는 점이다.

　이명섭 편, 『세계문학비평용어사전』, 을유문화사, 1985, 154-157쪽.

4. 수사학(Rhetoric)

　서양의 레토릭이라는 말은 본래 모임에서 말하는 사람, 즉 청중을 앞에 둔 사람의 웅변술을 뜻했다. 웅변은 청중을 설득시키기 위한 말이다. 아테네의 공화정치 시대에는 각 시민이 모두 정치적 발언을 했고 법적인 시비가 있을 때에는 자신의 변호사가 되었고 (법정웅변) 어떤 인물의 업적에 대한 찬양 또는 공격을 했기 때문에 자연히 말 잘하는 법을 각자가 다 잘 익혀야 하였다. 소피스트들 중의 일부는 말 재간을 강조하여 진리나 지식과 관계없이 말 재간으로 상대방을 마음대로 조종할 수 있다는 말까지 하여 소크라테스와 플라톤 같은 진리의 수호자에게 공격을 받았다.

　아테내의 공화정치가 파멸한 후에는 웅변술은 쇠퇴하고 말보다도 글의 장식적 효과를 내는 방법이 집중적으로 추구되었다. 이리하여 웅변술은 수사학, 즉 작문법으로 위축된 느낌이 있다.

　로마시대에는 키케로 같은 대웅변가와 퀸틸리아누스 같은 수사학의 권위자들의 저술들의 영향이 지대하여 모든 상류층의 기본교육과목에 반드시 수사학이 포함되었다. (수사학, 논리학, 문법이 3대 필수 교양과목이었다.) 이 교육 전통은 중세 르네상스를 통하여 19세기까지 이어져서 교육받은 사람은 자기의 의견을 설득력 있게 발표할 수 있는 훈련을 받은 사람임을 뜻했다. 과거의 유럽의 정치가나 과학자의 글이나 말이 현대인의 그것과 크게 다른 점은 과거의 글의 그 웅변성, 읽을 만함일 것이다. 과학자 다아윈의 글도 읽을 만하고 정치가 글래드스톤의 글도 아직 감동적이다. 요즈음 서양의 수사학은 문장작성법에 지나지 않고 그것이 그대로 동양에 수입되었다 그러나 어쩐 일인지 서양에서는 이미 오래전에 버린 장중체, 화려체 등의 문체의 명칭과 환유, 명유, 은유, 과장법 등의 문채의 명칭들을 주로 따로 외우는 수사학이 아직도 국내의 교실에서 가르쳐지고 있다.

　수사학은 말을 잘 쓰는 법내지 문장을 아름답고 힘있게 꾸미는 법이니까 역시 좋은 글의 일종인 문학을 다루는 시학(또는 문학론)과 겹쳐지는 부분이 있다. 소피스트 중에는 웅변이나 시나 결국 마찬가지라고 보는 사람도 많았다. 아리스토텔레스는 둘의 공통점을 인정했지만 — 예컨대 명유는 시에서나, 웅변에서나 공통으로 사용된다. — 둘의 차이를 분명히 하기 위하여 시학을 저술하고 수사학을 따로 저술하였다. 시학에서는 시가 단지 잘 쓴 글일 뿐 아니라 인간행위의 완전한 모방이며 그러한 모방의 구조적 요건(플롯)이 어떤 것이며 그 장르들은 무엇인지 말했고 수사학에서는 웅변의 종류 그 각 종류에 따른 수사의 방법, 말씨 등을 논했다.147) 그러나

───────────

147) 시학에서 아리스토텔레스는 시를 모방 - 생각하고 느끼고 행동하고 상호

시학은 16세기에 재발견되기까지 잠적해 있었고 후세에 영향을 끼친 것은 오히려 그의 수사학적 가르침이었다. 로마의 시인 호라티우스의 『시의 기술』이라는 저서는 18세기 말까지의 유럽 문학론의 가장 중요한 문헌의 하나였는데 이 저서는 독자에게 어떤 특별한 영향을 미치기 위하여 시인이 조심하여야 할 조항들을 충고의 형식으로 나열하고 있다. 문학은 즐겁든가 유익하든가 두 가지가 잘 화합해야 한다는 그의 유명한 말은 문학론의 입장에서 보면 효

영향을 끼치는 인간에 대한 허구적 묘사 - 의 한 양식으로 정의하고 작품 자체내의 플롯, 성격, 사고, 어법과 같은 요소들에 관한 논의에 초점을 맞추었다. 수사학에서 아리스토텔레는 수사학적인 말이나 글을 "어떤 특정한 상황에서 설득하기 위하여 동원할 수 있는 모든 방법을 발견하는" 기술로 정의하고 웅변가가 청중을 설득시켜 자기 관점을 받아들이도록 할 지적이고 정서적인 효과를 달성하기 위하여 사용하는 기법들에 대한 논의에 초점을 맞추었다. 후세의 고전수사학자들은 수사학 (웅변술)이 청중을 설득시키는 기술이라는 이 정의에 동의하고 기억과 구두전달의 역할을 논하고 아리스토텔레스의 뒤를 따라 수사학적인 말이나 글의 본문이 "착상(invention)"(논증 또는 증명을 발견하는 것) 과 "배열(disposition)"(이러한 것들을 배열하는 것) 그리고 문체 (style)(재료를 가장 효과적으로 표현할 말과 비유와 리듬의 선택)로 구성되어 있다고 분석했다. 그들은 또한 웅변의 세 가지 주요 범주를 구별했는데 각 범주는 이 설득 목표를 달성하기 위해 특징 있는 기법을 사용한다.

(1) 심의적(deliberative) - 청중(입법부 같은)을 설득시켜 공공의 정책 문제에 찬성하거나 반대하게 하고 그에 따라 행동하게 하기 위한 것.

(2) 변론적(forensic) - (예컨대 사법부의 심판 같은 데에서) 어떤 사람의 행동을 단죄하거나 찬성하기 위한 것.

(3) 과시적(epideictic) - 의식에서 어떤 사람 또는 한 집단의 칭찬받을 만한 점(또는 때때로 비난받을 만한 점)을 상술하는데 쓰이는 "과시적 수사법" 링컨의 "게티즈버그 연설"은 과시적 웅변술의 유명한 일례이다. 오드(ode)는 과시적 목적으로 자주 쓰이는 시형이다.

용론에 속하는데 효용론은 궁극적으로 독자의 마음을 어떻게 움직이고 설득시킬 것인가에 관심을 갖는 수사학(웅변술)의 목적과 합치한다. 르네상스 시대에 플라톤이 말한 시의 영감설과 아리스토텔레스의 모방론이 문학론으로 대두된 것은 사실이나 이미 수사학적 관념이 강하게 박혀 있던 터이라 그 새로운 이론들도 모두 말에 의한 청중의 설득방법으로 이해하려 하였다. 18세기 영국비평가 존슨도 시는 보편적인 인간성의 모방이되 사람을 즐겁게 가르치기 위한 것이라고 말하고 있다.

19세기초에 낭만주의자들은 시(문학)를 독자에게 도덕을 설득하는 방법으로 보지 않고 개인적 정신의 표현으로 보았다. 따라서 시는 청중을 의식하지 않는 개인의 노래이고 청중은 기껏해야 엿듣는 입장이라고 하였다. 웅변은 듣는 것, 시는 엿듣는 것이라고 영국 철학자 존 스튜어트는 말했다.

19세기 이래 아리스토텔레스가 당초에 구상했던 것처럼 문학과 수사학을 구분하려는 끈질긴 노력이 있어왔다. 창작정신이나 문학의 근원으로서의 사회, 사상 등에 대한 연구는 모두 문학이 독자에게 무슨 효과를 미치고 있는가, 무엇을 전달하고 교훈하려는가 하는 수사학적 문제와는 별개의 문제를 대상으로 한다. 문학을 언어의 특수한 조직으로 보는 견해 역시 수사학적 관점을 멀리하고 있다.

그러나 최근에 문학은 정신이 아니라 글로 되어 있다는 것 또한 효과적으로 전달되는 독특한 구조라는 사실에 다시 관심이 생기고 있다. 내용을 전달하기 위한 형식으로서의 글 재간이라는 의미의 수사학적 관점은 극복되었으나 문학은 그 독특한 언어구조로 인하

여 매우 교묘한 전달 능력을 갖고 있고 독자에게 다른 종류의 글에
서 얻을 수 없는 어떤 독특한 인식을 독특하게 안겨주는 힘의 덩어
리라는 생각이 새로 싹트고 있다. 신비평의 선구자인 리처즈도 실
은 문학의 효과에 가장 흥미를 느끼고 있었고 신비평가들의 아이러
니, 메타포, 애매성, 긴장 등등은 대부분 수사학적 용어 아니면 적
어도 효과적 언어 사용법에 관련된 용어들이다. 문체론 역시 수사
학에 속한 것이었지만 현재 문학론의 대단히 중요한 과제로 되어
있다. 이처럼 문학론에서 수사학은 앞문으로 쫓겨났다가 새로 단장
하고 뒷문으로 다시 들어온 셈이다.

이명섭 편, 『세계문학비평용어사전』, 을유문화사, 1985, 251-
252쪽.

이상섭, 『문학비평용어사전』, 민음사, 1976, 152-154쪽.

5. 시학(poetics)

시에 대한 조직적 체계적 이론. 시의 정의를 내리고(본질론)시
를 분류하고(장르론) 형식과 기교를 논하고(운율론, 기교론) 독자
에게 주는 효과를 논하며(효용론) 그밖에 다른 예술과의 관계 시의
기원 등을 체계있게 합리적으로 설명한다. 시학이라는 말은 아리스
토텔레스의 『시의 기술에 대하여』라는 저서를 시학(포에티카)이
라고 부르게 된데서 생긴 것이다. 그는 시학을 정의하여 시 그 자
체와 시의 종류들과 그 각 종류의 독특한 기능과 작품이 아름다워
지기 위하여서 플롯을 어떻게 형성해야 하며 어떤 부분으로 얼마나

많은 부분으로 플롯을 형성해야 하는지 기타 등등의 문제를 다룬다
고 하였다.

유럽의 가장 오래된 시학의 체계는 모방론과 효용론일 것이다.
문학이 사물 특히 인간의 행위의 모방이니까 가짜이나 모방은 생활
을 재료로 한 재창조이다, 모방은 생활의 여실한 반영이다, 등등은
모두 모방론에 속한 시학의 주장들이다. 시는 즐겁다, 유익하다,
즐겁고도 유익하다, 즐겁게 유익한 말을 들려준다, 등등은 효용론
계열에 속한다.

낭만주의 시대의 서양의 시학은 일대변동을 겪어 시의 기원론에
논의의 중점을 두었다. 시는 인간내면의 표현이다, 우주정신의 발
현이다, 민족 정기의 표현이다, 상상의 산물이다, 등등의 이론적
주장은 모두 낭만주의 시학에 속한다.

서양 시학의 다른 한 문제는 시학이 처방적, 명령적, 교훈적인
것이야 또는 묘사적, 기술적인 것이야 하는 것이다. 적어도 18세기
신고전주의 시대까지는 시학의 큰 과제는 시 창작의 방법을 가르치
고 지도하는 것이다. 문학의 법칙을 조목화하는 것이 또한 시학의
큰 일이었다. 낭만주의 시대에는 시는 이러이러한 것이라는 선언이
나 주장이 논리성을 다소 멀리하면서 시학을 독점하다시피 했고 한
편 예술철학이 발전하면서 시에 대한 철학적 사변적 일(미학)이 설
립되었다. 아리스토텔레스가 설파했던 존재로서의 시에 대한 이론
이 이때부터 학술적 체계를 갖추었다.

19세기의 실증주의의 발전으로 말미암아 시를 문화사의 일부로
보는 관점이 생겨 근대적인 문학사가 성립되었다. 문학사는 시학의
새로운 분야이다. 역사학이 시학에 충격을 준 이후 심리학, 사회학

등 기타 학문들의 방법과 원리가 원용된 시학이 많이 생긴 것도 현대의 특징이다.

시학과 문학비평의 관계는 언제나 명백하지는 않다. 대체로 이론과 실제의 차이가 있는 만큼 그 둘 사이에도 차이가 생긴다. 비평가는 실제 작품의 분석과 평가를 하는 사람이지만 그 평가의 기준은 어떤 시학과 관련이 지어져 있다. 자기의 시학적 기준을 정확히 의식하는 비평가보다는 막연히 느끼고 있는 비평가가 더 많을 것이다. 현재에는 많은 비평이 학자에 의하여 쓰여지므로 시학에 대한 의식이 전보다 훨씬 명백하다.

시학과 창작의 관계는 훨씬 더 미묘하다. 대체로 시인이 시가 무엇이라는 시학적 정의를 가지고 있든가 시학에 대하여 흥미를 많이 느끼는 시인은 다분히 주지주의적 시인일 터이고 시학과 관계가 비교적 적은 시인은 주관적 직관적 시인이기 쉽다. 막연하게나마 시인이 상정하는 완전한 시를 이루도록 해주는 원리가 그의 시학이라고 할 수 있겠다. 한 시인의 발언과 시작품에서 그 시인의 시학을 끌어내는 일이 현대의 시학 이론가의 중요한 일의 하나이다. 각 시인의 시학적 근거를 알아내고 그런 것들을 종합하여 한 시대 또는 한 나라 문학의 시학을 수립하면 더 폭넓은 본격적인 시학이 될 것이다.

시학은 물론 산문작품을 제외한 시 또는 운문작품을 대상으로 삼고 있으나 간혹 문학이론의 다른 명칭으로 쓰이는 경우도 있다. 이는 시가 문학의 본질을 이루고 있다고 보는 데에서 유래한다. 그것 그대로 하나의 시학적 관점이다.

이상섭, 『문학비평용어사전』, 민음사, 1976.165-167쪽.

6. 언어의 기능

Roman Jacobson의 언어의 여섯가지 기능을 요약·정리하면 다음과 같다. 언어전달이라는 면에서 언어는 발신자(addressr), 수신자(adressee), 전언(message), 관련상황(context), 신호체계(code), 접촉(context) 이라는 여섯가지 기본요소로 형성되며 이 여섯가지 요소의 관계는 다음과 같다.

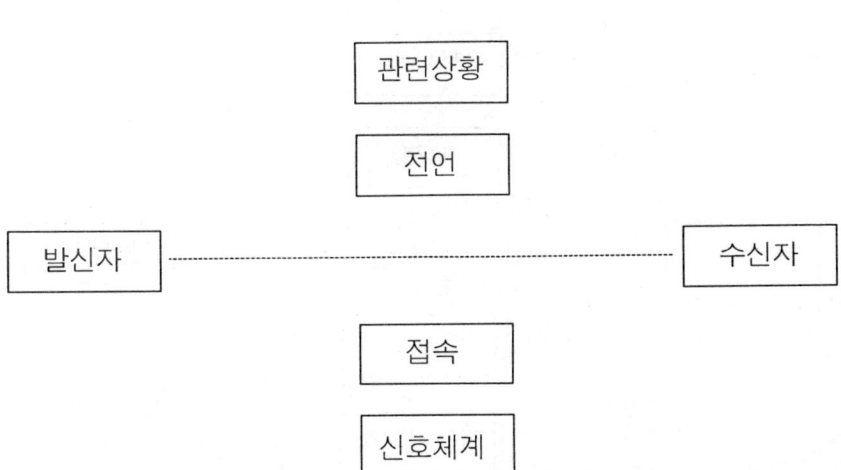

첫째로 발신자는 수신자에게 하나의 전언을 보낸다. 둘째로 하나의 전언이 발동하려면 언급되는 관련상황이 문제된다. 관련상황을 때로는 지시물(referent)이라고도 한다. 이때 관련상황은 수신자가 능히 포착할 수 있는 것이어야 하며 언어화가 가능한 것이어야 한다. 셋째로 신호체계는 전체적으로든 부분적으로든 발신자와 수신자가 다 함께 이해할 수 있는 것이어야 한다. 넷째로 신호체계

는 발신자와 수신자 사이의 물리적 회로 및 심리적 연결물로서 의
사전달의 개시와 지속을 가능케 한다. 끝으로 언어전달은 이상 여
섯 가지 요소를 필수적으로 수반하며 어느 한 요소만 가지고는 불
가능하다. 언어전달의 다양성은 이러한 요소들 가운데 어느 한 요
소의 독점적 기능 때문이 아니라 이들의 상이한 위계적 질서 때문
에 나타난다. 이상과 같은 여섯가지 언어요소와 그 요소들이 나타
내는 기본적 기능은 다음과 같다.

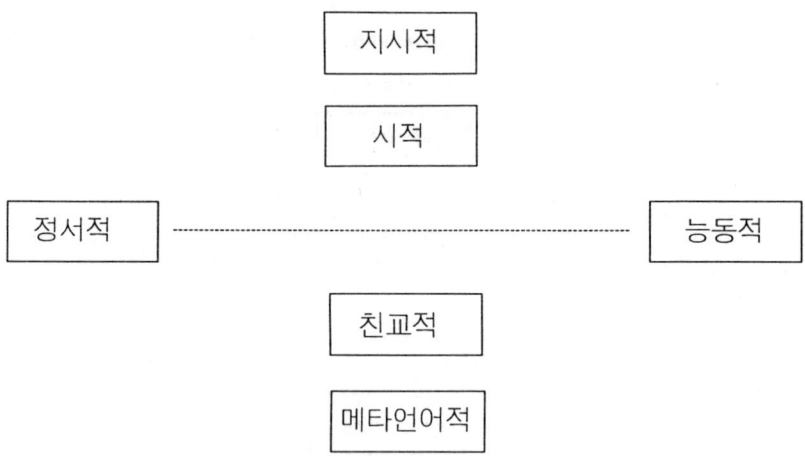

첫째로 정서적 (emotive)기능은 발신자에 초점을 두며 발신자
의 태도를 표현하려는 목적으로 진위와 관계없이 어떤 감정의 인상
을 자아낸다. 감탄문의 형식으로 이해하면 된다. 이것을 언어의 정
서적 기능 혹은 표현적 기능이라고 한다.

둘째로 능동적(conative)은 수신자에게 초점을 두며 진위의 결
정이 불가능한 명령문과 진위의 결정이 가능한 단정문의 형식으로

이해된다.

셋째로 지시적(referential)기능은 관련상황에 초점을 둔다. 곧 언급되는 인물 및 사물에 초점을 두는 것으로 정서적 기능이 1인칭을, 능동적 기능이 2인칭을 지향한다면 지시적 기능은 3인칭을 지향한다. 또한 1인칭이 마술적 기능, 2인칭이 주문적 기능을 나타낸다면 3인칭은 전환적 기능을 나타낸다. 곧 무생물인 3인칭을 능동적인 수신자로 전환케 하는 것이다. 이를테면 〈물이여, 강의 여왕이여, 새벽이여, 푸른 바다 너머로, 바다 밑으로 슬픔을 쫓아내라, 바다 밑으로 떠오르지 못하는 잿빛 돌멩이처럼 다시는 슬픔이 떠올라와 신의 종의 경쾌한 마음에 짐이 되지 못하게 슬픔을 없애고 멀리 잠겨버려라〉에서처럼 물, 강, 새벽 등 무생물을 전언의 수신자가 되게 한다.

넷째로 시적(poetic) 기능은 전언 그 자체에 초점을 두며 기호의 명료성을 증진함으로써 기호와 대상간의 근본적 양분 관계를 심화시킨다. 쏘쉬르의 자의성의 원리가 강력하게 드러난다고 볼 수 있다. 그러나 시적 기능은 시의 영역, 곧 언어예술의 영역에서만 나타나는 것이 아니고 다른 언어 활동의 부수적 기능으로도 나타난다. 시의 영역에서는 지배적이고 결정적인 기능을 하며 다른 영역에서는 부수적인 기능을 한다. 야콥슨의 보기에 따르면 시적 기능이란 〈언어를 그렇게 사용하는 것이 자연스럽기 때문에 우리가 그렇게 사용할 때〉 나타나는 기능이다. 이를테면 한 여성이 언제나 〈끔찍한 해리;horrible Harry〉라고 말할 때 그렇게 말하는 이유는 해리가 밉기 때문이지만 해리가 밉다면 〈두려운, 섬뜩한, 싫은;dreadful,frightful, disgusting〉 등 여러 가지 말 가운데 구태여 '끔찍한'이란 말만 쓸 필요가 무엇이란 말인가. 그녀는 그 이유를 명백히 모른다. 다만 그 말이 그녀에게 더 맞는 것 같아서 라고 대답한다. 언어의 시적 기능이란 결국 내면적인 무의식의 세계가 성취한다.

다섯째로 친교적(phatic)기능은 접촉에 초점을 두며 말리노프스키의 용어로 의례화된 수인사의 수다한 교환, 그냥 이야기를 끌기 위해 주고 받는 대화에서 나타난다. 이러한 기능은 우선 의사전달의 성립, 그것의 연장과 중단, 담화회로가 제대로 기능을 발휘하는지의 여부 확인, 수신자의 주의 끌기, 수신자의 주의가 지속되는지의 여부 확인 등으로 다시 세분된다.

끝으로 메타언어적(metalingual) 기능은 신호 체계에 초점을 둔다. 근대 논리학자들은 언어를 대상언어(object language)와 메타언어(meta language)로 나누며 주로 언어자체에 관해 논의한다. 곧 언어에 대한 언어행위를 하는 것이다. 이렇게 언어에 관해 언어행위를 할 때 그것은 언어의 언어가 되며 메타언어라고 부른다. 언어가 언어를 지시하는 것이 메타언어이다. 언어에 대한 언어행위는 일상생활에서도 중요한 기능을 나타내며 그것은 일종의 주해적(註解的)기능이다. 이를테면 〈잘모르겠습니다. 무슨 말씀입니까?〉(수신자) 혹은 되물음을 예상하고서의 〈아시겠습니까?〉(발신자) 따위가 그것들이다.

이승훈, 『시론』, 고려원, 1979, 85-87쪽.

7. 문체론(Stylistics)

특히 1950년대 이래 이 용어는 객관적 또는 과학적인 문학, 본문, 문체 분석으로 표준 비평의 주관성과 인상주의를 대치하자고 제안하는 문학작품 분석방법에 사용되어 왔다. 말한 내용과 그것을 발하는 방법, 즉 본문의 내용과 형식을 구별하는 전통적인 방법으로 문체를 식별한다. 그러나 내용은 정보 메시지 또는 명제적 의미와 같은 용어로 지시되는 것이 통례이지만 문체는 이 정보의 심미적 특성이나 독자의 정서 반응을 변화시키는 정보제시 방법 변형들이라고 정의된다. 현대언어학은 하나의 작품이나 한 작가나 한 문학전통이나 한 시대에 특유한 것으로 여겨지는 문체적인 특성들 즉 형식적 속성들을 식별하는 데 쓰인다. 이 문체적 특성들은 (a)음운적(말소리나 율격이나 운의 패턴)일 수도 있고 (b)구문적(문장구조의 유형)일 수도 있고 (c)어휘적(추상어 대 구체어, 명사, 동사, 형용사의 상대적 빈도)일 수도 있으며 (d)수사학적(비유언어, 이미지 등의 특징적 용법)일 수도 있다. 다수의 문체론자들에 의해 인식되고 있는 근본 문제는 언어 분석에 의해 분리시킬 수 있는 본문의 무수한 특성들 및 패턴들을, 정말 문체적인 특성들—즉 그 본문이 독자에게 미치는 심미적 및 기타 효과에 있어서 실제적인 차이가 생기게 하는 특성들—과 구별하는 것이다. 예컨대 보들레르의 소네트 『고양이들』을 로만 야콥슨과 클로드 레비-스트로스가 자크 에르만 편 『구조주의』(1966)에서 문체론적으로 분석한 것에 대해 미카엘 리파테르가 제기한 반론을 보라.

과학적 엄격성을 겨냥하고 있는 문체론자들은 문체적 특성의 상대적 빈도를 계산하기 위해 계량적 방법을 사용하며 흔히 전자계산기를 사용하여 특유한 문체를 식별한다고 하는 특성빈도표를 작성한다. 다른 사람들은 대신 언어의 연합관계와 통합 관계간의 구별과 같은 언어학적 개념들을 사용하거나 그렇지 않으면 표면구조와 심층구조를 구별하는 변형생성문법이나 말의 의미내용과 발언 내재력을 구별하는 언어행위이론을 원용한다.

문체적 작업은 특유한 문체를 다소 양적으로 결정하는 데에 즉 "지문채취"하는데에 그친다. 그러나 보통 문체 분석가는 또한 독특한 문체적 특성을 작가의 정신의 특성이나 그의 특징적인 세계 인식방법과 경험조직방법이나 한 시대의 현실에 대한 이데올로기와 태도나 그렇지 않으면 독특한 미적 정서적 기능과 효과와 연결지으려고 노력하기도 한다. 일반적인 경향은 르네 웰렉이 현대 문체론의 제국주의라 부른 것이다. —즉 문학 비평에서 타당한 것으로 여겨지는 모든 것을 포함하도록 문체분석을 확대시키려는 시도이다. 이 경향은 짧은 서정시의 문체분석에서 특히 뚜렷하다. 예컨대 로만 야콥슨과 스티븐 루디 공저 「오랜 세월에 걸친 예이츠의 사랑의 슬픔」에서 예이츠가 쓴 12행 시의 언어 패턴의 철저한 목록을 보라.

스탠리 피쉬는 "문체론이란 무엇이며 왜 그것에 대해 이런 얼토당토 않은 소리들을 하고 있는가?"라는 논문에서 문체론이 과학이라는 많은 문체론자들의 주장에 대해 신랄한 비판을 가한다. 피쉬는 자아류의 감정적 문체론을 제창한다. 즉 텍스트의 뜻은 페이지에 적힌 연속된 단어들에 대한 독자의 전반응으로 구성된다는 것이다. 이 반응 속에서는 문체와 내용을 구별할 타당한 방법이 없다고 피쉬는 주장한다. 문체란 언어특성과 구분될 수 없다는 명제에 바탕을 두고 전통적 문체론들과 현대 문체론을 보다 길게 분석한 것으로서 베니슨 그레이의 『문체:문제와 해결』과 「문체론:전통의 끝」《저널 미학과 예술비평》(1973)을 추천하고 있고 적절한 분석 단계에서 문체와 명제적 의미를 구별하는 타당성은 허쉬의 문체론과 유의성(類意性)을 추천하고 있다.

8. 장르(genere)

문학작품들을 공통된 특성에 의거하여 분류·설명하려는 시도는 일찍이 Aristoteles의 『시학』에서 비롯된다. 그의 『시학』의 첫 문장은 장르이론이 따라야 하는 두 가지의 주요 방향을 암시해주고 있다.

우리가 논하려는 주제가 시이기 때문에 나는 일반적인 측면에서의 예술에 대하여 논할 뿐만 아니라 그 예술의 종류와 개개 종류의 예술이 지니는 능력에 대하여 논하기로 한다. 아울러 훌륭한 시에 요구되는 플롯의 구성에 대하여 한 편의 시를 이루는 구성요소의 종류와 그 구성요소의 본질에 대하여 그밖에 동일한 선상의 조사대상이 되는 여타의 문제들에 대해서도 논해보기로 한다.

고전적 장르이론은 규범적이고도 통제적이며 심리학적이고도 사회적인 문학상의 분류에 관한 고정화된 가정에 근거를 두고 있다.

반면에 근대의 장르이론은 순수하게 기술적인 경향을 보이고 있으며 포괄적인 계통체계에 관한 어떠한 공공연한 가정도 회피하려는 경향이 있다. 금세기에 들어서서 로만 야콥슨과 같은 러시아 형식주의 비평가에서부터 시작하여 문학작품의 제종류를 언어구조에 연결시키려 하는 지속적인 노력이 있어 왔다. 그러나 아마도 장르 이론에 대한 가장 중요한 현대적 업적은 노드럽 프라이에 의해 이루어진 것 같다. 그의 비평의 해부는 신화와 원형에 관한 포괄적인 유형학을 제시하여 주고 있다. 동시에 『문학비평 : 짧은 역사』(1957)에서 윔세트와 클리스브룩스가 지적한 바와 같이 역사는 적어도 네 가지의 장르 개념 즉 극, 영웅극, 풍자, 서정을 생성하는 역할을 해 왔다는 점과 이러한 장르 개념이 각기 융성하던 시기에는 하나의 작문상 규범으로 기여할 정도로 충분히 지배적이었다는 점은 옳은 견해이다. 아울러 객관성에 대한 모든 시도는 지배적인 전형에 의해 심각하게 영향을 받았다는 즉 하나의 장르가 지니는 우월성이 냉정하게 그 장르의 성격을 규정하려는 시도에 편견을 갖도록 하였다는 점을 윔세트와 브룩스는 올바르게 지적하였다.

그 다음으로 중요한 현대에 있어서의 업적은 '외적 형식'(outer form), '내적 형식'(inner form)이라는 용어를 빌어 행한 장르에 대한 분류이다. 이 용어는 문학이론(3rd ed. 1963)에서 르네 웰렉과 오스틴 워렌이 만들어낸 말로 한편으로는 작품상의 특수한 율격과 구조를 설명하기 위해 다른 한편으로는 작품상의 '태도'(attitude)와 '어조'(tone), '목적'(purpose)보다 소박하게 말해 '주제'(subject)와 '청중'(audence)을 설명하기 위해 만들어 낸 말이다. 이들 웰렉과 워렌은 장르라는 개념은 내적 형식, 외적 형식 양면에 대해 근

거를 지녀야 한다고 믿었다. 즉 표면상의 근거는 그 어느 것일 수
도 있다. (예:inner form으로서의 전원적(pastrol)과 풍자(satire),
outer form으로의 dipodic verse와 pindaric ode[148]). 그러나
비평상의 문제는 하나의 근거에 상대되는 다른 어떤 차원에서의 근
거를 발견하고 도표를 완성하는 것이리라. (예를 들어 하나의 작품
에 대해 outer form을 찾았으면 inner form을 찾아서 두 조건을
갖추게 되었을 때 비로소 장르로 성립할 수 있다는 말이다.)장르에
대한 그러한 정의를 채용함으로써만이 신고전주의 비평에서의 혼란
이 피해질 수 있을 것이다. 17, 8c에는 주제(subject-matter),
구조(stucture), 언어(language), 어조(tone), 청중(audience)
과 같은 문학상 분류에 내포되어 있는 매우 다양한 여러 기준들간
의 차이를 규명해 보려는 작품간의 유익한 비교를 해보는 것도 불
가능하였으며 무엇이 장르를 성립시키고 무엇이 장르를 성립시키지
않았는지에 대한 언급조차도 할 수 없었다. 웰렉과 워렌의 정의에
는 취할 수 있는 이점은 예를 들어 장르로 성립되지 않는 옥스퍼어
드 운동의 소설들과 장르로 성립되는 고딕 소설간에 의미있는 구분
을 가능케 하는 점에서 찾아질 수 있다. 한편 E.Staiger는 그의
『Grundbegriffe der Poetik』(1956)에서 하이덱거 철학에 근
거를 두어 서사적, 서정적, 극적 양식의 삼분법으로 설명하기도 하
였다.

　　김윤식, 『문학비평용어사전』, 일지사, 1976, 249-251쪽.

---

148) 핀다로스풍의 송시. Pindar:기원전 5세기 경의 그리스의 서정시인.

9. 러시아 형식주의(Russian Formalism)

1920년대에 당시 러시아의 문학비평에서 문학작품의 내용과 사회적 의미를 중요시하던 지배적 풍조에 대한 반발로서 전위파의 실험적 문학과 연관되어 모스크바와 페트로그라드에서 일어난 문학분석의 한 유형. 처음에 그 반대자들은 문학의 주제 대신에 음성이나 단어의 형식상의 패턴을 중요시한다고 해서 비방하는 뜻에서 형식주의라는 이름을 붙였다. 이 운동의 대표적 인물은 보리스 아이헨바움, 빅토르 쉬클리프스키, 로만 야콥슨 등이었다. 1930년대 초에 이 비평양식이 소련당국으로부터 탄압을 받게 되자 형식주의적 문학 연구의 중심은 체코슬로바키아로 옮겨졌는데 여기에서 이 운동은 프라하 언어학회의 멤버들에 의하여 계속되었다. 이 학회에 소속된 사람들로는 로만 야콥슨(그는 러시아로부터 이주했다), 얀 무카로프스키, 르네 웰렉 등이 있었다. 1940년 이후로 야콥슨과 웰렉은 미국의 대학에서 교수로 있으면서 그들의 작업을 계속했다.

형식주의는 문학을 언어의 특수한 종목으로 보고 문학적(또는 시적)언어와 일상언어 사이에는 근본적인 차이가 있다는 가설을 토대로 한다.(형식주의자들의 비시적 언어에 대한 대용어는 실용적, 지시적, 산문적, 과학적 언어다) 형식주의는 일상언어의 일차적인 기능을 언어 외의 세계에 대한 지시관계로서 청자에게 어떤 메시지나 정보를 전달하는 것이라고 본다. 그와 대조적으로 문학적 언어는 자기 초점적이라고 본다. 즉 그 기능은 외부지시를 하는 것이 아니라 그 자체의 형식적 자질에 —다시 말해서 언어적 기초 자체 사이의 상호관계에 주의를 끌어들인다는 것이다. 문학은 언어학에 의한 비평적 분석의 대상이 되어야 하는데 이 언어학은 그 법칙이 문학성이라고 하는 특이한 자질을 만들어 내기 때문에 일상적 담화에 적용되는 언어학과는 다르다. 로만 야콥슨이 1921년에 쓴 바에 의하면 문예과학의 연구대상은 문학이 아니라 문학성이다. 즉 주어진 작품을 문학작품이게 하는 특성이다.

얀 무카브로스키가 기술한 바에 의하면 어떤 작품의 문학성이란 발화의 최대한의 전경화—즉 표현행위, 언표행위 자체의 최대한의 전경화— 에 있다.(전경화란 어떤 것을 가장 뚜렷하게 보이는 위치에 내놓는 것, 지각과정에 있어서 가장 두드러지도록 하는 것을 뜻한다.) 언어의 지시적 국면이나 논리적 관계를 전경화함으로써 시는 단어들 자체를 음성기호로서 지각 가능하게 한다. 그러므로 그 매체를 전경화함에 있어서 문학의 일차적인 목표는 빅토르 쉬크로프스키가 말한 바와 같이 생소화(estrange, defamiliarize)를 하는 것이다. 즉 언어에 의한 담화의 일상적 양식을 혼란케 함으로써 문학은 일상적 지각의 세계를 생소하게 만들고 생생한 감각을 할 수 있는 독자의 잃어버린 능력을 새롭게 해준다는 것이다. 시적 언어를 생소화하는 전경화된 도구들 또는 예술적 기법은 흔히 일상언어과정으로부터의 일탈(deviation)이라고 기술된다. 로만 야콥슨의 저술에서 가장 철저하게 분석되어 있는 그러한 일탈은 주로 시적 언어의 음성과 통사구조 속에 나타나는 패턴 —반복, 균형, 언어음성, 리듬, 운, 스탠자 형식 등에서의 대비— 및 관건적 단어와 이미지의 규칙적인 반복으로 이루어진다.

형식주의의 관점 외에서도 타당성을 갖는 야콥슨 및 기타 학자들의 최상의 저작의 일부는 운율, 두운이나 각운에 나타나는 음성

반복 등 —의미의 보충적 장식이 아니라 의미론적, 음성론적, 통사론적 수준에서까지도 언어의 총체적 재구성을 해놓게 되는 시의 자질들— 의 분석이다. 형식주의자들은 또 소설의 이론에 대해서도 중요한 공헌을 했다. 이 장르에 있어서 중요한 구별은 스토오리 — 단순히 사건의 시간적 연속을 열거한 것— 와 플롯의 구별이다. 작가는 사건의 시간적 순서를 뒤바꾸고 스토오리를 플롯으로 변형시킨다고 말해진다. 그렇게 되면 결과적으로 서사매체나 기법 자체로 주의를 끌어 모으게 되고 그 내용의 허구성을 더 명백화하게 된다는 것이다.

　미국의 신비평은 독립적으로 발전하기는 했지만 때때로 형식주의라고 불리워진다. 왜냐하면 그것도 유럽의 형식주의와 마찬가지로 외부세계나 사회사 및 문학사와의 관계와 무관한 자족적 대상으로서의 문학작품의 분석을 중요시하고 있기 때문이다. 신비평은 또한 시를 일상적이거나 과학적 언어와의 대립관계에 의해서 그 변별적 자질이 한정되는 특수한 언어양식으로 간주한다. 그러나 유럽의 형식주의자들과는 달리 대표적인 신비평가는 시에 언어학을 적용하지는 않았다. 그리고 운율법이나 언어매체 자체 내의 어떤 패턴을 중요시한 것이 아니라 그 언어의 의미가 가지고 있는 아이러니, 역설, 메타포 등의 국면들이 한 작품 안에서 복잡하게 상호작용하는 것을 중대시했다. 근래 몇십년 동안의 러시아와 체코 형식주의의 직접적인 영향은 미국이 문체학에 끼쳐진 영향이었다. 야콥슨과 토도로프는 형식주의의 개념과 방법을 프랑스의 구조주의에 도입하는데 영향력이 컸다. 유럽과 미국에서 여러 가지로 변형된 형식주의에 대하여 강력한 반대의 소리를 외친 것은 마르크스주의 비평가들

(그들은 형식주의를 반동적 이데올로기의 소산이라고 간주했다)이
었고 근래 몇 십년동안에는 독자-반응비평과 화행이론의 지지자들
이었다. 이 두 유파의 비평가들은 일상적 언어와 문학적 언어를 명
확히 양분하는 견해를 반대한다.

10. 동구 형식주의와 신비평주의

우리가 알고 있는 이상으로 현대사회에서 시는 폭넓게 활용되고
있다. 대중음악의 가사, 화장실 벽의 광고문, 운동장의 응원가는
행으로 이루어져 있으며 리듬을 맞추고 있다. 시란 기표의 반복과
응축에 의거하며 행으로 조직된다는 중립적인 견해에 의거해 보더
라도, 여기에 시의 형태가 드러나고 있는 것은 사실이다. 그러나
시는 아직 충분히 이해되지 못하고 있는 것 같으며, 각급 학교나
대학에서는 대개 기명된 작품을 중심으로 해서, 시란 개인적인 체
험에 관습적인 시적 형식을 부여해 이루어진 것이라고 설명하고 있
다. 따라서 기존의 '시론' 혹은 '현대시론'이란 책들은 대체로 낭만
주의적 유기체 시론이나 영미계통의 신비평주의적인 바탕 위에서
시어의 외연적, 내포적 의미를 변별하면서 심상, 은유, 아이러니,
어조, 운율 등에 대해 설명하거나, 시작품, 시인, 우주, 청중이라는
네 가지 요소에 의거해서 시에 대한 논의를 수렴해 설명하고 있다.
말하자면 금세기에 들어와 이루어진 동구 형식주의 연구, 잇달은
언어학과 기호학의 발달에 의해 시의 본질이나 분석법을 설정하는
것이 어느 정도 가능해져서 시의 '과학'을 수립할 수 있다고 보는

변화된 시각을 충분히 포괄하지 못하고 있는 것 같다.

20세기에 들어와 시를 비롯한 문학에 대한 의식이나 감성, 그에 따른 양식의 변화가 크고 깊어서, 시에 대한 이론도 크게 변모하게 되어 시론은 새로운 국면의 문턱을 넘어서고 있다. 이는 시에 대한 문제를 제기하는 정확한 방법들이 점차 늘어나고 있는 추세에도 확인해 볼 수 있는 사실이다. 논자들은 대개 러시아 형식주의자 빅토르 쉬클로브스키가 선구적인 글 「장치란 면에서 본 예술」을 발표했던 1917년 이래로 문학에 대한 시각에 큰 변혁이 이루어지기 시작했다고 보고 있는 것 같다. 그때 이래로, 특히 1968년 5월 불란서 파리에서 벌어진 '5월 사건' 이래로 지난 20년 동안에 걸쳐 이루어진 문학이론의 변모는 놀랄 만하다. 1950년대 이후를 '비평의 시대'라고 말할 수 있다면, 70년대 이후는 '별안간 이론의 시대'라고 일컬을 수 있을 정도로 문학, 읽기, 비평, 작가, 독자의 의미에 커다란 변혁이 이루어지고 있다.

이러한 변화는 개개의 문학적 창조물 배후에서 생각하고 느끼는 개성, 즉 시인이나 예술가 및 그들의 사상과 정서가 반영된 구도에 대한 발견을 이끌어낸 낭만주의적 문학관의 변화라고 말할 수 있다. 신적 질서 아래 공정, 공평하고 유기적으로 잘 짜여진 구조를 지니는 사회에 대한 바램에서 문학작품이란 천재와 같은 인간의 성스러운 창조행위로 파악하고, 무엇보다도 하나의 목적체계라는 면을 인식하면서 시인을 '세계의 입법가'로 천명하고 작품에 표현되는 시인의 내면세계에 대해 자신 있게 말할 수 있었던 유기체론적 문학관이 바뀌게 된 것이라고 하겠다.

실제로 창조행위에서 일관된 법칙이란 없다고 말할 수 있다. 특히 개인의 자유와 주체성에 대한 인식과 더불어 시작품은 그것이 근거하고 있는 경험의 개별성, 독창성, 변이성에서 가치를 획득해 온 것도 사실이다. 따라서 의미를 파악하기 위해 독자는 자신의 상 상력이 시인의 상상력과 진정 같은 범위가 되도록 유연하고 풍부해 야 한다는 인식이 있었다. 독자가 동일한 경험을 하지 못한다면, 시의 의미는 영원히 덮어져 있는 책 속에만 있게 될 것이다. 그러 나 시의 의미를 찾아보려면 시인의 모든 특징적인 개성을 포괄할 수 있는 곳에 이르도록 작품보다 시인 자신을 응시해야만 한다는 것이다. 낭만주의 이후로 시가 상징주의화, 절대화, 순수화하게 된 이유는 이러한 면에도 원인이 있었던 것이다.

그러나 사회구조의 다른 구성요소들과 문학은 상관관계를 이루 며 끊임없이 역동적으로 문학의 영역에서 흘러가는 것도 사실이어 서, 문학은 사회구조에 불가결한 한 부분을 이루고 있다. 이러한 면에서 보자면, 시는 자체의 법칙과 결과에 따르는 나름의 자율성 을 지니는 구체적이고 독특한 미적 실천이며 동시에 역사적으로 규 정되는 상대적인 사회구조의 한 형성요소인 담론체계라고 볼 수 있 는 것이다. 여기에서 시는 단순하게 작품 제작상의 기법적인 양식 에만 관련되지 않고 여러 문화적 맥락을 동시에 함축하지 않을 수 없게 된다. 말하자면 시의 목적은 기법만이 아니라 세계와 인간의 관계에 대한 인식이며 또한 교육과 사회적 소통의 과정에서 인간성 을 발전시켜 나아가는 것이어서, 궁극적으로 시의 목표는 문화 전 반의 목표와 일치하게 된다. 그러므로 시는 우리가 좀더 역동적으 로 세계의 이해에 이르게 하는 것도 사실이다.

이같은 시에 대한 인식 변화의 많은 부분은, 특히 그러한 변화를 근원적으로 보여주는 글들을 전문가들이나 옹호자들 말고 일반 독자들에게는 잘 알려져 있지도 않고 영향을 미치는 것 같지도 않다. 이러한 시각에서 이 책을 엮어내게 된 것이다. 여기에서 독자의 편의를 위해 시를 포함한 문학 전반에 대한 인식의 변혁을 주도한 동구의 형식주의와 영미의 신비평주의를 중심으로 현대시 이론의 변화된 양상을 간략히 살펴보기로 한다. 주로 라이치(Vincent B.Leitch)의 『미국문학비평 : 1930~1980』(뉴욕 : 콜롬비아대학 출판부, 1988)과 스타이너(Peter Steiner)의 『러시아 형식주의 : 절대시학』(이타가 : 코넬대학 출판부, 1984)에 의거했다.

잘 알려진 바와 같이 금세기에 들어와서 시 또는 문학에 대한 이론의 변화를 주도한 것은 동구의 형식주의와 영미의 신비평주의 운동이었다. 1차대전이 끝난 후 신비평주의가 영미에서 형성되고 있던 비슷한 시기에 동구에서도 비슷한 면모의 형식주의 운동이 전개되었다. 그러나 이 두 파는 40년대 말이나 50년대 초까지 상대방의 계획을 실제로 모르고 있었다. 그런데 이 시기는 영어권에서는 신비평운동이 활짝 피어나고 동구의 형식주의 운동은 이미 폐업해 버린 그런 시기였다.

동구의 형식주의는 두 그룹을 중심으로 형성되었다. 하나는 1915년부터 1920년까지 활동한 모스크바언어학회이며, 다른 하나는 1916년부터 1930년까지 활동한 페테스브르그 시어연구회(이른바 오포야즈 [OPOYAZ] 그룹)였다. 모스크바 주요 구성원은 로만 야콥슨, 오시프 브리크, 보리스 토마셰브스키 등이며, 페테스브르그학회의 주구성원은 빅토르 쉬클로브스키, 보리스 에이헨바움, 레프 야쿠빈스키, 우리 티냐노프 등이었다. 모스크바 그룹은 야콥

슨이 1920년에 체코의 프라하로 가버린 다음에 해체되었다. 야콥
슨은 프라하에서 20년 동안 머물면서 프라하 언어학회에서 주도적
역할을 수행했다. 이 학회는 1920년대 말 이래로 러시아 형식주의
의 주요한 시도를 발전시켰으며, 얀 무카로브스키, 니콜라이 트르
베츠코리, 르네 웰렉 같은 이론가들이 속해 있었다. 20년 뒤에 프
라하학파가 그랬던 것처럼, 페테스브르그 학회는 교조적인 소련 마
르크스주의의 압력으로 1930년에 기능을 정지당했다.

　이들 동구 형식주의자들의 주요한 업적은 1960, 70년대를 거
치며 본격적으로 서구에 알려지게 되었다. 우리나라의 경우, 신비
평주의는 1950년대 말경부터 소개되기 시작해서 1960, 70년대를
거치며 큰 영향을 미쳤고, 현재도 시의 분석방법으로 널리 원용되
고 있다. 동구의 형식주의는 1920년대 중기에 일부 소개되었다가,
1970년대 중기 이후에 널리 알려지기 시작해서 1980년대에 들어
서면서 그 영향이 본격화되고 있다.

　러시아 형식주의와 영미의 신비평에 공통적인 것은 언어지향적
인 비평이라는 점이다. 말하자면 시적 언어가 고도로 조직되고 통
합된 패턴으로 간주되는 자율적인 언어구성물에 대한 정밀한 탐구
에 노력을 집중시켰다. 이는 언어를 기호의 차원에서 보고 기표와
기의를 변별하려고 했던 소쉬르의 영향 아래 촉진된 것이었다. 소
쉬르의 언어이론은, 표현되는 것과 의미되는 바를 구별하려고 해서
기호(signum)를 기표(signans)와 기의(signatum)라는 이항대립
적인 개념으로 이해하고 지시관계(denotatum)를 파악하려고 했
던 성 아우구스투스의 사고에 닿아 있는 것이다. 그런데 마르크스
주의적 관점에서 언어를 논의한 바 있는 발렌친 볼로쉬노프는 구체

적인 언어실행(la parole)을 추상적인 언어체계(la langue)에서 분리해 보려고 한 소쉬르의 집요한 주장을 데카르트적 오류라고 거부한 바 있다.

넓은 의미에서 보자면, 신비평과 동구의 형식주의자들은 그들의 주요한 전제를 『판단력 비판』(1790)에 구체화되어 있는 칸트의 관념론에서 이끌어낸 면이 있다. 또한 이 두 그룹은 아카데믹한 문학연구를 공격했는데, 특히 전기적 비평, 역사적 연구, 인상주의적 평가를 공박했다. 실제로 그들은 문학에 대한 외재적 접근을 제외시키고 있다. 이러한 면은 유물사관적인 철학적 가정에 얽매여 있는 마르크스주의 비평가들의 초기 공격목표가 되었다.

그러나 실제에서 형식주의와 신비평은 중요한 전제나 연구방법에서 서로 다르다. 영국측의 토리당적인 보수주의나 귀족주의, 미국측의 신학적 농본주의적 기질과 대조적으로 러시아 형식주의는 획일적인 시각에 의해 고정되지 않은 심미주의적 경향을 보여주고 있다. 러시아 형식주의에는, 인간이 유기적 사회를 상실했고 감성이 해체되었다는 비극적 인식에 뿌리박고 있는 신비평주의적 역사철학과 같은 것이 없다. 모스크바와 페테스브르그의 비평가들은 초기에, 과학적 방법론과 '문학과학'에 대한 믿음에 근거를 두는 기술시학이란 신실증주의적 계획에 전념하고 있었다. 역으로 영미의 비평가들은 일반적으로 과학을 싫어했고 단순한 기술을 넘어서서 해석과 평가로 밀고 나갔다. 결과는 신비평적 형식주의는 전형적으로 개별적인 작품에 대한 실제적이며 재단적인 비평에 참여했고, 반면에 그들의 상대격인 러시아 형식주의는 빈번히 해석과 분명한 평가를 피하면서 이론적인 시학에 대해 비교적 광범위한 시도를 수행했다. 이러한 면에서 보자면, 신비평은 '미학적 휴머니즘'이라는 서구적 전통을 계승한 셈이며, 러시아 형식주의는 과학적 구조주의를 제창한 셈인데, 이 구조주의는 뒤에 프라하학파에 의해 결실을 맺어서 프라하학파는 일명 체코 구조주의라고 일컬어지기도 한다.

  본질적으로 예술은 독특해서 달리 해석할(paraphrase) 수 없고 비과학적인 지식을 전한다고 하는 견해를 갖고 문학의 인식론적 차원으로 신비평가들은 점차 흡수되어 갔으니, 형식주의자들은 그렇지 않았다. 물론 신비평은 비평적 '의미'를 완전히 포기하지 않았지만, 형식주의는 해석과 무관한 탐구를 수행하는 경우가 많았다. 형식주의가 관심을 기울인 대부분은, 그 초기에 시의 음악성에 대한 소리법칙을 해명하려고 언어학적 방법을 사용해서 시적 편제(instrumentation)를 분석하려는 것이었다. 나중에 장르 연구에, 특히 산문형식 연구에 관심을 기울이게 되었다. 이와 대조적으로 신비평주의자들은 시적 편제, 장르, 산문형식과 같은 이론적 시학에 대해 관심이 적었고 체계적이지 못했다. 말하자면 신비평주의가 텍스트의 구조에 드러나는 여러 요소가 작품에서 수렴되는 방식을 연구하는 데에 반해, 형식주의는 문학규범의 근거에 대립해서 요소들이 일탈되고 왜곡되는 것을 연구했다. 신비평적 형식주의는 시적 완성의 기준으로 구조의 통합과 감수성의 통합을 손꼽았다. 이러한 가치 기준이나 재단 비평적 태도는 형식주의자에게는 전혀 작용을 못했던 것이다.

  학파라는 면에서 신비평 그룹은 동구 형식주의 그룹보다 결속력이 약했다. 물론 러시아와 체코의 그룹들이 강제적으로 해산되었다는 사실은 그들이 발전할 기회를 갖지 못했다는 것을 뜻하며, 동시에 이는 부분적으로나마 그들의 강한 결속력에 대한 설명이 될 수 있다. 또한 역설적이긴 하지만, 동구의 형식주의가 무르익지 못하고 해체된 것은 그들이 1960년대에 처음으로 불란서, 독일, 영국, 미국에 널리 알려지게 되었을 때, 그들이 이국적인 개척자처럼 보이게 했다고 말할 수 있다. 형식주의가 1960년대에 구조주의와 기호학에 심대한 영향을 미치기 시작했을 때, 신비평주의는 여러 방면에서 그 한계와 결점을 공격받고 있었다.

1차대전 직후에 영국의 I.A. 리챠즈와 러시아의 야콥슨은 언어의 이질적인 기능을 체계적, 과학적으로 구별하기 시작했다. 즉 신비평주의와 형식주의는 똑같이 일상언어와 시적 언어의 많은 차이를 변별하기 시작했다. 리챠즈에게서 시의 언어란 비시적인 의사진술(擬似陳述)을 지향하는 것이어서, 그것은 실재와 기계적으로 1:1로 조응되는 것에서 거리가 먼 것이었다. 야콥슨에게서 문학연구의 분야란, 문학 그 자체에 몰두하는 것이 아니라 문학을 다른 형태의 담론과 구별하고 있는 형식적인 언어적 자질에 몰두하는 것이었다. 이때 주요한 탐구의 논제는, 언어에 본질적인 것이 아니라 특유한 기능으로 간주되는 '문학성'인 것이다. 일상적 언어와 시적 언어라는 이분법의 결과는 문학작품에 내재된 문제에 형식주의적 탐구를 맞추는 것이며 외재적 요인들을 연구하는 것을 피하는 것이었다. 여기에서 텍스트의 구조는 문학분석의 근거로 모방론적 상응에 대치되는 것이었다.

형식주의에 대한 주목할 만한 첫 공격은 레온 트로츠키의 《문학과 혁명》(1924)의 제5장에 잘 나타나 있다. 마르크스주의자인 트로츠키는 러시아 형식주의의 '피상적이자 반동적인', '미숙하고 속

신적인', '편협하고 종교적인', '결합투성이고 과대망상적'인 방법과
이론에 대해 한탄했다. 그러나 동시에 트로츠키는 형식주의적 탐구
가 비록 '편파적이고' '불충분하지만', '필요하고' '유용하며' '본질적'
이라고 인정했다. 트로츠키는 예술의 상대적인 자율성을 받아들이
면서도, 또한 예술의 유물론적 본질을 다음과 같이 주장했다. "예
술이란 그 자신을 희생하며 살아가는 본체에서 이탈한 요소가 아니
라, 자신의 삶과 환경에 굳게 결합된 사회적 인간의 작용인 것이
다." 시적인 것과 실제적인 것의 분리, 문학과 사회생활의 분리, 예
술과 역사의 분리, 시와 독자의 분리, 언어와 행위의 분리, '상부구
조'와 '토대'의 분리와 같은 모든 분리는 상상적 작품의 물질적 토
대를 약화시키고 해체시키면서, 상상적 작품의 공리주의적 기능과
가치를 거부하고 쓸모 없는 형해화(形骸化)된 순수예술을 떠받들었
다는 것이다. 대체로 현실의 굴절이고 변이이며 변형이긴 하지만,
비현실적이고 환상적인 예술적 창조가 어떤 것이든, 그 물질성은
언제나 사회현실 및 계급구조에서 유래하고 있기 때문이다. 따라서
트로츠키는 형식주의의 철학적 관념론을 다음과 같이 비난했다.
"형식주의파는 예술의 문제에 적용된 실패한 관념론을 대표한다.
형식주의자들은 급속히 무르익어간 신앙심을 보여주고 있다. 그들
은 성 요한의 후계자들이다. 그들은 '태초에 말씀이 있었다'는 것을
믿는다. 그러나 우리는 태초에 행위가 있었다는 것을 믿는다. 말은
뒤따르는 법이다……."

　신비평주의자들이 초기에 당시의 미국 마르크스주의자들에게서
비판받았듯이, 형식주의자들도 20년대 초기의 트로츠키에서 시작
해서 20년대 후기의 바흐친파로 이어지는 소련 마르크스주의 이론

가들의 가시돋친 비판을 겪어야 했다. 레닌그라드 근처에 자리잡고 있던 경쟁적 상대인 바흐친파의 내부에는 미하일 바흐친, 파브레프 메드베데프, 볼로쉬노프가 포함되어 있었다. 메드베데프와 바흐친의 공저 『문학연구의 형식적 방법』(1928)에는 트로츠키에 의해 주도된 마르크스주의적 비판이 좀더 엄밀한 통찰력으로 계속되고 있다. 트로츠키를 뒤따라 메드베데프와 바흐친은 다음과 같이 불평을 늘어놓고 있다. 즉 형식주의자들은 그들의 구성과 문학작품을 다루는 데에서 문학을 독자와 시인에게서 분리시켰을 뿐만 아니라, "전반적인 이데올로기적 환경과 객관적인 사회적 관계에서 소외시켰다. 작품은 실제의 사회적 실현과 전반적인 이데올로기적 세계와 단절되어 있다." 예술작품이 사회경제적 토대에서 분리되는 것은 문화적 상부구조(즉 이데올로기적 세계, 말하자면 정치, 법률, 철학, 종교, 과학, 윤리 등)에서 고립되는 것으로 더욱 가중되었기 때문이다. 따라서 이중적으로 의미가 박탈되어 형식주의자들이 다루고 있는 시는 이데올로기적으로 진공상태인 텅 빈 조개껍질이 되었다는 것이다. "예술의 의미에 대한 두려움으로 형식주의자들은 시적 구성을 작품의 주변적인 외면적인 표면으로 환원시키는 데에 이르게 되었다. 작품은 깊이, 3차원적 면모, 충만감을 상실하게 되었다."

바흐친파가 형식주의자들에 대해 이러한 비판을 할 수 있게 되는 것은 그 나름의 언어지향적 분석방법 때문이다. 바흐친을 위시한 마르크스주의자들은 형식주의자들이 문학적 언어에 할당한 비지식적이고 연금술적인 기능에 반대했다. 물체나 물리적 과정과 달리, 단 하나의 단어로 된 것이라 해도, 발화는 사회적 행위다. 이러한 마르크스주의적 사고방식에서 보자면, 모든 구체적인 발화는 사회적 행위인 것이다. 동시에 그것은 개별적인 물질적 복합체이며, 음성적이고 분절음적이며 시각적인 복합체여서, 발화는 동시적으로 사회적 현실의 일부이다. 인간의 언어는 본래 의사전달적이며 대화적인 것이다. 사회—역사적 환경에 얽혀 언어적 행위나 실행은 언제나 어떤 조건 밑에서 부여된 상황에 따라 이루어지고 있어서, 언어란 본래 언어학적이자 사회학적인 것이다. 말하자면 추상적인 음성학과 사회적 현실을 내포하고 있다. 따라서 시적이든 비시적이든, 모든 발화의 맥락은 사회적 관계다. 담론의 기능에서 의미란 피할 수 없는 것이다. 구체적인 발화를 이해한다는 것은 그 가치에 익숙하지 않거나, 이데올로기적 환경에서 이루어지는 가치 평가의 지향을 이해하지 않고는 불가능하기 때문이다. 다시 말해 발화는 의미를 산출하지만 의미는 문화적 맥락이란 면에서만 해독할 수 있기 때문이다. 시적 언어를 포함하는 언어에 대한 이론에 대화적 성격을 부여함으로써 바흐친파는 러시아 형식주의에 대한 비판을 할 수 있었는데, 이는 나쁜 언어이론이란 근거뿐만 아니라 불완전한 해석학이란 바탕 위에서 시작할 수 있었다. 그러나 시적 편제에 대한 과학적 분석이 충분히 이루어지지 못해서, '의미'에는 단순한 사건적 뜻보다는 충분한 사회역사적, 이데올로기적 뜻에서 해독되어야 할 면이 여전히 남아 있다.

실제로 바흐친파가 행한 비판의 주된 과녁은 문학이란 다른 문화영역과 무관한 자율적 실체라는 형식주의의 견해였다. 그들의 시각은 형식주의에 대한 비판서의 첫 문장부터 드러나고 있다. "문학 연구란…… 인간의 이데올로기적 창조 영역 전부를…… 포용하는 광범위한 이데올로기학의 한 분야다." (『문학연구의 형식적 방법』) 이 서두의 문장은 전반적인 연구방향을 지시하고 있다. 즉 이데올로기적 현상으로 문학을 제시하는 것은, 나름의 동질성을 지니고 있지만 서로 다른 현상들(가령 정치, 종교와 같은)에 밀접되어 있다는 것이다. 물론 이러한 입장은 형식주의와 전혀 동떨어진 것은 아니었다. 그러나 바흐친파를 따로 다루게 되는 것은 그들의 지시관계에 대한 기호적 구조틀 때문이다. 볼로쉬노프에 따르면, 모든 이데올로기적 현상은 다른 어떤 현실을 나타내는 하나의 실재, 하나의 기호라는 것이다. 그러나 "기호의 영역에는, 즉 이데올로기적 영역에는 근원적인 차이가 존재하고 있다. 결국 이러한 범주는 종교적 상징과 마찬가지로 예술적 이미지를, 재판의 기준과 같은 과학적 공식을 포함하고 있다. 이데올로기적 창조성의 모든 영역은 현실에 대해 나름의 방향성을 갖고 있으며, 자체의 방식으로 현실을 굴절시키고 있다. 모든 영역은 총체적 사회생활 속에서 나름의 기능을 수행하고 있다"고 본다.

　바흐친파가 기호론적 기준에서 문학을 정의한 것은, 마찬가지로 언어예술을 특정한 기호형태로 된 표현으로 파악하는 야콥슨의 견해를 다른 말로 바꿔치기한 것으로도 볼 수 있지만, 실제로 이 둘은 다른 것이다. 문학작품에는 의미가 부여되어 있지만, 다른 어떤 현실을 재현하는 것은 아니다. 그러나 바흐친파에게서 문학이란 의미하는 데에 실패했기 때문이 아니라 의미하는 방식에서 다른 이데올로기적 영역과 다르다는 것이다. 언어학적 관점에서 보자면, 다른 언어기호를 반영하거나 굴절시키는 언어기호는 정확히 다른 발화에 관해 논평하거나 답변하는 발화와 같은 것이다. 이것이 대화를 형성하는 것이다. 이러한 개념이 바흐친적인 문화적 —이론적 담론을 제어하는 것이다. 더욱이 대화적 언어개념이란 소쉬르의 언어학과 훗설의 논리학에 대해 직접적으로 도전하는 것이어서, 바흐친을 사상가로 파악하려는 근거가 있게 된다. 바흐친의 중요성은 대화란 면에서 언어는 체계가 아니라 과정이라는 점을 지적한 것이었다. 즉 상이한 관점들, 상이한 이데올로기들 사이에서 진행되는 투쟁의 과정인 것이다. 그러므로 이런 것들을 뒤얽히게 하는 것은 담론의 동질성이 아니라 이질성, 곧 통합에 저항하는 구심력인 것이다.

　　바흐친파처럼 프라하 구조주의자들도 문학을 자율적 실체로 보려는 형식주의자들의 과격한 견해를 거부했다. 이 파의 대표적 미학자인 무카로브스키는 1934년에 다음과 같이 기술했다. "시의 독특한 기능이란 구실 아래 시를 진공상태에 놓아두려는 것은 잘못된 일이다. (예컨데 정치적, 경제적, 이데올로기적, 문학적인)시대에 따라 변화하는 발전적인 개별구조들의 계열체들이 서로간에 어떤 접촉 없이 병행하지 않는다는 점을 잊어서는 안된다. 반대로 그 계열체들은 좀더 높은 차원의 구조를 이루는 요소들이며 이 구조들의 구조는 그 나름의 층위구조와 지배적 요소(즉 우세한 계열체)를 갖고 있다." 주의심 많은 독자는 무카로브스키의 '구조들의 구조'란 말에서 야콥슨과 티냐노프의 '체계들의 체계'에서 드러나는 문화의 개념이 메아리치고 있는 것을 들을 수 있을 것이다. 이 개념은 두 사람에 의해 1928년에 전개된 것이었다.

　　근본적으로 보자면, 1920년대 전반기의 러시아 작가에게 '역사' 가 요구했던 형식이란 무엇인가 하는 질문에 형식주의자들이 분명한 해답을 갖고 있지 않아서 마르크스주의자들의 공격을 받고 형식주의 운동이 막다른 길에 도달하게 되자, 야콥슨과 티탸노프는 1928년에 문학연구와 인접학문들의 관계에 대한 간결한 테제, 「언어와 문학 연구의 문제점」을 발표하게 되었다. 이 테제는 러시아 시학사뿐만 아니라 현대의 문학이론 전개에 결정적으로 중요한 위치를 차지하고 있다. 프라하언어학회의 부회장과 이 학회에서 강연한 바 있는 저명한 형식주의자인 두 사람이 제휴한 결과는 형식주의와 뒤에 구조주의라고 알려지게 된 경향의 뚜렷한 접촉점을 드러내고 있기 때문이다. 그들은 개별적 영역의 내적인 동력학과 특수성을 거부한 기계적인 인과율주의뿐만 아니라 다른 문화영역으로부터 미학적 계열체들을 분리해낸 순수한 의미에서의 독단적 형식주의도 공격했다. 개별적 체제들 각각의 내부법칙을 무시한 채, 체계들의 체계를 연구하는 것은 중대한 방법론적 실수이기 때문이다.

이 테제의 대담하게 계획된 구도는 형식주의적 질문방식을 뛰어넘고 있다. 그러나 형식주의자들은 이를 구체적인 문학재료에 적용해 볼 기회를 마르크스주의자들의 억압으로 갖지 못했으며, 형식주의운동이 쇠퇴해 가는 것을 막을 수도 없었다. 잠재적으로 러시아 형식주의를 수정해서 러시아 구조주의의 선구가 될 기회도 상실했다. 따라서 실제로는 에피소드적 사건이 되어버렸고, 그들의 주장은 뒤에 체코 프라하언어학회에 의해 발전하게 된다. 그렇지만 문학발전이란 전반적인 사회발전에서 분리시켜 연구할 수 없다는 면을 극명히 보여주려고 했던 이 테제는, 초기의 구조주의적인 문학 - 역사적 연구의 도약대로 기여했던 것은 사실이다.

그러므로 6년이 지난 다음에 무카로브스키는 바흐친파처럼, 일 반적인 기호이론에 의거해 문학구조의 상대적 자율성을 설명하기에 이르렀는데, 이는 티냐노프와 야콥슨이 제대로 설명하지 못한 상이 한 여러 문화체계들 사이의 상호작용을 가능하게 하는 메카니즘에 대한 설명이기도 하다. 프라하에서 열린 1934년의 철학 학술대회 에서 그는 다음과 같이 천명했다. "기호론적인 방향을 설정하지 않 고, 예술이론가들은 언제나 작품을, 그것이 표현하는 별개의 현실 에 관한, 혹은 주어진 환경의 이데올로기적, 경제적, 사회적, 문화 적 상황에 관한 순수하게 형식적인 구성물이거나, 작가의 심리적, 심지어는 생리적 기질이 직접 반영된 것으로 간주하려는 경향이 있 어 왔습니다…… 오직 기호론적 관점만이 이론가가 예술적 구조의 자율적인 존재와 근본적인 동력학을 깨닫도록 해줄 것이며 나아가 예술적 구조와 발전을 다른 문화영역의 발전에 대해 내재적이긴 하 지만 지속적인 변증법적 관계의 운동으로 이해하게 해줄 것입니 다."

앞서 간 비평유파들의 전제를 '형이상학적'이라고 거부하면서 형 식주의자들은 과거와 거리를 두고 나름의 새로운 문학과학을 제로 에서 출발시킬 수 있었다. 수십 년 동안 유포되어 온 정교한 원리 나 방법과 경쟁하기 위해 그들은 최대한 단시간 내에 효과적인 원 리나 방법을 대치시켜 나가야 했다. 이에 따라 그들은 문학연구에 서 본질적으로 아주 다른, 작시법, 서술론, 장르론, 문학사 등과 같은 영역에 관한 이론을, 어떻게 보면 하룻밤 사이에 다양하게 전 개시켜 나갔던 것이다. 아주 짧은 승리에도 불구하고 그들은 러시 아 문학연구의 전반적인 흐름을 바꿔 놓을 수 있었다. 형식주의자들의 현란한 가설들 중 몇몇은 이제 한편으로 제쳐놓아져 있지만, 다른 많은 가설들은 확고하게 뿌리내리고 현대적 문학연구의 공동 자산이 되고 있는 것도 사실이다.

문학텍스트를 시적 언어로 구성된 자율적인 예술작품으로 간주하는 형식주의 이론과 신비평주의적 이론의 경향은 의미를 다루는 데 좀 별난 면이 있었다. 형식주의자들에게 '의미'의 가치란 무시되거나 부정되는 경우가 많았다. 그런데 신비평주의자들에게 의미란 말로 표현할 수 없게 된, 말하자면 해석할 수 없는 체험이나 현동화된 것이다. 즉 의미는 해명할 수 없는 역설이나 막연히 균형 잡힌 긴장의 다발로 구성되어 있다는 것이다. 만일 작품이 이러한 특성을 보여주지 않는다면, 신비평주의는 그 작품을 결함 있는 것으로 평가한다. 그러므로 해체론으로 말미암아 조장되고 있는 의미의 죽음으로 위협받을 경우에, 신비평주의적 전통의 흐름과 휴머니즘의 노정을 따르고 있는 머레이 크리거 같은 비평가는 의미를 살려내는 길로 달려갔다. 단지 독특하고 자기파괴적이며 역설적인 형태로 그랬을지라도 그렇게 했던 것이다. 이처럼 형식주의자들과 달리 신비평가들은 언제나 '의미'의 이론을 유지하고, 순수하게 기술적인 시학을 위한 어떤 실증주의적 계획에 저항하는 데에 안간힘을 썼다.

아이러니컬하게도 신비평주의자들은 마르크스주의자들의 언어관을 공유하고 있었다. 마르크스주의자들은 그들이 그렇다고 제대로 말도 못하고 또 그들이 독자를 이상화하고 있다고 사실대로 인정하지 못했을지라도, 언어란 독자를 향해 말해진 담론으로 보는 견해를 갖고 있었기 때문이다. 더 아이러니컬한 것은, 이전의 어떤 학파보다도 철저하게 소리의 기법을 연구했던 형식주의자들이 담론을 청중을 향해 말해진 것으로 다루지 않았다는 점이다. 따라서 그들의 시학은 구송적이라기 보다 도상적(圖上的)인 것이었다. 언어와 의미에 대해 각각 다른 견해를 부여해서 형식주의자, 신비평가들, 바흐친적인 마르크스주의자들은 시학과 해석학에 대해 다른 개념화를 이루어내게 되었다. 형식주의를 통합하려고 애쓰면서, 초기의 소련 마르크스주의자들은 문학연구의 전개에서 언어이론이 수행하는 근본적인 역할을 아주 강력하게 드러내 보여주려고 했다. 이러한 이해에서 우리는 신비평주의에 대한 변별을 한층 더 명백히 할 수 있는 것이다.

1975년에 행해진 어떤 인터뷰에서 신비평주의의 저명한 실천가 클라언스 브룩스는 다음과 같이 언급한 적이 있다. "말할 것도 없이 올바른 정신을 갖고있는 사람이라면 누구라도 공허한 형식에만 관심을 갖는 법이 없습니다. 말은 정서, 관념, 행위 등의 전체 세계로 열려져 있습니다. 따라서 '말을 배열하는 것'은…… 다면적인 휴매니티 자체를 독특하게 반영하는 것입니다. 말은 단순한 음성의 즉흥연주가 아닙니다. 말은 의미 있는 것입니다." 그리고 나서 잠시 있다가 다음과 같이 덧붙여 말했다. "언어란 사회적 산물인데, 사회처럼 나름의 역사를 갖고 있습니다. 문학작품의 언어는 언어를 고르고 패턴을 이루는 인간존재를 끊임없이 되지적하고 있습니다…… '언어의 인공물'은 인간의 의미를 남김없이 제거할 수 없습니다."

이러한 언급에는 이중의 동의가 들어 있다. 브룩스는 고전적인 신비평주의적 자세를, 즉 시에서 패턴화된 말은 삶을 특유하게 반영하는 것이라고 우선 주장하고 있는 것이다. 요컨대 사회현실에 뿌리를 박고 있긴 하지만, 시적 언어는 여전히 분리되어 특유한 것으로 남겨지는 법이다. 다른 면에서 그는, 시의 언어란 텅 빈 것도 아니며 단순히 음성적인 것도 아니라는 '반영론자적'인, 즉 모방론적 입장을 당연시하고 있다. 말하자면 시적 언어란 사회의 산물로 인간성을 향해 스스로 개방하고 있어서, 의미를 소유하고 있다는 것이다. 이러한 입장 표명은 야콥슨도 바흐친도 만족시키지 못할 것이 틀림없는 일이다. '순수한' 형식주의와 마르크스주의적 사회시학(sociopoetics)이란 양극단의 중도적 입장을 드러내고 있을 따름이기 때문이다.

　　현상학적 방법론의 비평가인 죠프리 하트만은 『광야에서 외치는 비평』(1980)에서 신비평가들에 의해 조장된 의미란 정치적인 것도, 과학적인 것도, 역사적인 것도, 철학적인 것도, 전기적인 것도, 사회적인 것도 아니라는 것이다. 아무것도 아니라는 것이다. "'아무 것도 아니다'라는 점이 계속 우리를 성가시게 하고 있으며, 승인받지 못한 신학적 속박처럼 행동하고 있다. 문학연구의 목표는 지식이 아니라 은총의 상태인 셈이다." 이 모든 것은 문학적 비평적 사업을 공허하게 하는 사업으로 이끌어 가게 된다. 하트만의 견해에 따르면, 신비평주의는 엄격한 수도자 같은 금욕주의로 등장해서 은총과 같은 부정적 지식을 제공했으며, 이것의 특징은 속박, 거부, 공허함 등이라는 것이다. 결국 신비평주의의 신학적 차원은 은총의 해석학과 구체화의 시학에 집중되고 있어서, 순수한 과학적 시학과 구조주의적 분석을 향한 동구 형식주의의 계획과 구별되고 있다.

1960년대 이래로 구조주의와 기호학이 발흥하면서, 동구 형식주의는 한껏 영향을 미치는 전성기에 들어섰다. 이에 따라 시학은 작품들의 통일성과 다양성을 동시에 파악할 수 있는 여러 범주들을 정교하게 하는 제안들로 이해될 수 있게 되었다. 그러므로 시학은 우리가 현 시점에서 구체적인 실례를 모르는 범주들을 결합하여 명시할 수 있게 되었다. 여기에서 시학의 대상은 이미 존재하고 있는 작품보다는 존재가능한 작품들을 통해 성립될 수 있다고 말할 수 있으며, 여기에 시학이 갖는 정론성이 있게 된다. 반면에 신비평주의는 문학연구를 피폐하게 해 온 속죄양과 같은 존재가 되어 버렸다. 신비평주의는 과학적인 비평이나 사회학적 비평에, 혹은 적절한 해석학적 비평에 대해 더 이상 기여할 수 없다고 보여졌기 때문이다.

금세기에 들어와서 동구 형식주의와 신비평적 형식주의가 일어나, 전통적 미학의 관심사에서 분명하게 분리되지 못한 마르크스주의 비평과 부딪치게 됨으로써, 시를 포함하는 문학에 대한 본질적인 인식의 문제가 새롭게 제기되게 되었다. 이에 따라 시 또는 문학이란 무엇인가, 어떻게 문학을 연구해야 하는가, 근본적으로 '문학'이란 범주가 지속될 만한 가치가 있는가, 만일 그렇다면 무슨 목적에서일까 하는 문제들에 대한 해명을 시학이 새삼 도전받게 되었고, 시에 대한 관념이 변화를 일으키게 되었다.

박인기, 「동구 형식주의와 신비평주의」, 『현대시의 이론』, 지식산업사, 1989, 201-215쪽.

11. 기호학(Semiotics)

19세기말 미국 철학자 찰즈 샌더즈 퍼스(Charles Sanders Pierce)는 그가 "Semiotics"라 명명한 학문을 창시하였으며 스위스의 언어학자 페르디낭 드 소쉬르는 그의 『일반언어학강좌』(1915)에서 그가 "세미올로지"라 명명한 과학을 독자적으로 제창했다. 그 이후로 세미오틱스와 세미올로지는 인간생활의 모든 영역에서 작용하는 기호들에 관한 일반과학을 지칭하는 서로 바꾸어 쓸 수 있는 명칭들이 되었다. 이 과학에 따르면 언어, 모르스부호, 그리고 교통표시판과 신호와 같은 명확한 의사전달 체계들만 기호(sign)로 구성되는 것이 아니라 아주 다른 인간행동들과 산물들 — 즉 우리의 자세들과 제스처들, 우리가 수행하는 사회적 의식들, 우리가 입는 옷들, 우리가 손님에게 대접하는 음식들, 우리가 거주하고 있는 건물들— 은 모두 어떤 특정한 문화의 구성원들에게 공통된 "의미"를 전달하므로 여러 가지 종류의 기호체계에서 작용하는 기호들로 분석될 수 있다. 언어(특히 언어기호의 사용)에 관한 연구는 그 자체만으로서는 기호학의 한 분과에 불과하지만 고도로 발달된 언어 과학인 언어학은 다른 모든 사회적 기호체계에 관한 연구에 쓰이는 기본 방법들과 용어들을 제공하고 있다.

C.S. 퍼스는 기호와 그 기호가 지시하는 의미와의 관계의 종류에 따라 기호를 세 종류로 나눌 것을 제안했다. (1)도상(圖上, icon)은 그것이 지시하는 의미와의 내재적인 유사성 또는 공통된 특징에 의하여 기호구실을 하는데 그 예로서는 초상화가 그것이 그리고 있는 인물과 비슷한 것, 또는 지도가 그것이 표시하고 있는

지리적 지역과 비슷한 것 등이다. (2)지표(指標, index)는 그것이 가리키는 것과 인과관계를 지니고 있는 기호이다. 따라서 연기는 불을 지시하는 기호이고 어떤 방향을 가리키고 있는 풍향계는 바람의 방향을 가리킨다. (3)상징(象徵, symbol), 또는 덜 애매한 용어로 "본기호"(sign proper)에서는 기호와 그것이 지시하는 것과의 관계는 자연스러운 관계가 아니라 완전히 사회적 관례의 문제이다. 예컨대 많은 문화에서 악수하는 제스처는 관례적 기호이며 빨간 교통 신호등은 관례상 "정지!"를 의미한다. 그렇지만 이 세 번째 유형의 기호의 중요한 예는 한 언어를 구성하고 있는 단어들이다.

　소쉬르는 오늘날 기호학자들이 사용하는 용어들과 개념들을 많이 창안해냈다. 가장 중요한 것은 다음과 같다.: (1)하나의 기호는 서로 나눌 수 없는 두 개의 요소로 구성되어 있다. 즉 시니피앙(記表)과 시니피에(記意) (2)하나의 언어기호는 소쉬르의 용어를 빌면 "임의적"이다. 즉 의성어라는 적은 예외가 있기는 하지만 언어적 시니피앙과 그것이 의미하는 것 사이에는 내재적인 또는 필연적인 관계가 없다. (3)한 언어의 모든 요소 —이 속에는 그 언어의 단어들과 그 단어들의 구성요소인 말소리들과 그 단어들이 지시하는 개념들이 포함되어 있다.— 의 개별성은 이 요소들 자체 속에 있는 "적극적 속성들" 즉 객관적 특성들에 의해 결정되는 것이 아니라 차이들, 즉 어떤 특정한 언어체계 안에서만 작용하는 다른 말소리들, 다른 단어들, 그리고 다른 시니피에(의미)들과의 구별들과 대립들로 구성되는 관계의 조직망에 의해 결정된다. (4)언어학, 또는 어떤 다른 기호학이라도 그 목표는 파롤(하나의 언어행위, 또는 하나의 기호나 일단의 기호들의 특별한 사용)을 랑그(즉 기호들의 어떤 특별한 사용의 밑에 깔린 묵시적 차이들과 결합 법칙들)의 한 예에 불과한 것으로 보는 것이지 파롤에 있는 것이 아니다.

현대 기호학은 소쉬르의 비호아래 주로 프랑스에서 발달되어 왔다. 그러므로 오늘날의 기호학자들 다수가 구조주의자들이기도 하다. ― 다시 말하면 그들은 어떤 일단의 의미있는 사회현상들이나 산물들이라도 그것을 차이에 의해 결정된 요소들과 기능적 규약(code)들 즉 부호들과 결합법칙들의 자족적, 계층적 구조들로 다룬다. 클로드 레비-스트로스는 1960년대와 그 이후에 그가 준(準)언어, 즉 독립된 기호구조들로 다룬 원시사회의 아주 다양한 현상들과 관행들을 분석하는 데 사용할 하나의 모델로 소쉬르의 언어학을 사용함으로써 처음으로 기호학을 문화인류학에 응용하고 프랑스 구조주의를 창시했던 것이다. 원시사회의 현상들과 관행들 속에는 친족체계, 토템체계, 음식요리방법, 신화, 그리고 전논리적인 세계 해석방법들이 포함되어 있다. 자크 라캉은 기호학을 정신분석에 응용하여 무의식도 언어처럼 기호들의 구조로 해석한다. 그리고 미셸 푸코는 광증의 변하는 식별 분류 및 치료방법 등을 분석하기 위해 기호학적 방법을 전개해왔다. 롤랑 바르트는 소쉬르의 원리들과 방법들을 노골적으로 적용하여 프로레슬링 시합, 어린애 장난감, 장식 요리술, 스트립티즈와 같은 사회적 기호 체계들 속에 예시되어 있다고 그가 주장하는 세계에 관한 많은 "부르즈와 신화들" 속에 있는 구성요소들과 규약들에 관한 기호학적인 논저들을 썼다. 바르트는 또한 문학텍스트를 "제2급의 기호학적 체계"로 다루는 구조주의 비평의 주요 주창자이기도 하다. 즉 하나의 문학텍스트는 구별되는 요소들과 관례들과 규약들로 구성된 어떤 특정한 문학적 체계에 따라 보다 높은 층의 구조를 이루기 위해 제1급의 언어체계를 이용하는 것으로 본다.

이명섭 편, 『세계문학비평용어사전』, 을유문화사, 1985, 73-74쪽.

Bibliography

각 항목에 나타난 연도는 대부분 출판원년이다. 다음과 같은 몇 몇 경우 즉, 오랫동안 미출판된 작품(두문자어로 표기된 것), 수집된 작품이나 백과사전 식의 작품들에는 원고가 기초된 때의 연도가 나와 있다. 하지만 출판·재판 또는 영역부분에 관해 실제 참고가 될만한 것들은 마지막에 써놓았다. 영역은 참고하기 쉽도록 각각 대시 기호로 시작해 그 뒤에는 원본 인용이 나온다. 영역에 대한 참고사항이 전무한 경우에는 인용페이지를 번역해 놓았다. 비록 텍스트 속의 페이지는 여전히 원본에 따른 것이지만 가능하다면 슬라브어로 쓰인 항목에 대해서는 불어와 이탈리아어로 다시 나열해 놓는 것이 더 용이할 것이라 믿는다.

ABRAHAM, WERNER
  1975   "Zur Linguistik der Metapher." Poetics, nos. 14-15: 133-72.
AGAMBEN, GIORGIO
  1977   *Stanze. La parola e il fantasma nella cultura-occidentale.* Turin, Einaudi.
ALINEI, MARIO
  1974   *La struttura del lessico.* Bologna: II Mulino.
ALTHAUS, HANS-PETER. HELMUT HENNE, and
          HERBERT ERNST WIEGAD(editors)
  1973   *Lexikon der germanistischen Linguistik. 3 vols.*

Tübingen: Niemeyer.

BARTHES, ROLAND

1964   "Eléments de sémiologie." *Communications,* no. 4: 91-135.

—   *Elements of Semiology.* Translated by A. Lavers and C.
Smith. London: Cape, 1969

BAXTIN, MIXAIL M.

1929   *Problemy tvorčestva Dostoevskogo.* Leningrad: Priboj. 2nd cdition: *Problemypoetik Dostoevskogo.* Moscow: Sovctskij Pisatel'. 1963.
Problems of Dostoevsky's Poetics. Translated by R. w. Rotsel. Ann Arbor: Ardis, 1973.

1965   *Tvorčestvo Fransua Rable i narodnaja kul'tura srednevekov'ja i Renessansa.* Moscow: Xudožestvennaja literatura.

—   *Rabelais and His World.* Translated by H. lswolsky. Cambridge: M.I.T. Press, 1968.

BEAVER JOSEPH C.

1968   "A Grammar of Prosody." *College English* 29: 310-2 Reprinted in freeman 1970: 427-47.

BENVENISTE. EMILE

1966   *Problèmes de linguistique générale.* Paris: Gallimard.

*Problems in General Linguistics.*Translate by
M. E. Meek.

Coral Gables: University of Miami Press, 1971
BERARDI, FRANCO
1974   *Scrittura e movimento.* Venice and Padua: M-
arsilio.
BERRUTO, GAETANO
1974   *La sociolinguistica.* Bologna: Zanichelli.
BICKERTON, DEREK
1969   "Prolegomena to a Linguistic Theory of Meta-
pher." *Foundations of Language,* no. 5: 34-52.
BIERWISCH, MANFRED
1965   "Poetik und Linguistik." In Kreuzer and Gu-
nzenhäuser 1965: 49-65.
—   "Poetics and Linguistics." Trandlated by P.
H. Salus. In Freeman 1970: 96-115.

BLOOMFIELD, LEONARD
1933   *Language.* New York: Holt, Rinehart & Winston.
BRIOSCHI, FRANCO
1974   "Il lettore e il testo poetico." *Comunità,* no.
173: 365-417.
BÜHLER, KARL
1933   "Die Axiomatik der Sprachwissenschaft." *Kant*

Studien 38: 19-90.

CARNAP, RUDOLF

1934   *Logische Syntax der Sprache.* Vienna: Springer. *The Logical Syntax of Language.* Translated by A. Smeaton von Zeppelin. London: Kegan Paul, Trench, 1937.

CHATMAN, SEYMOUR(editor)

1971   *Literary Style: A Symposium.* Oxford and New York:Oxford University Press.

CHOMSKY, NOAM

1965   *Aspects of the Theory of Syntax.* Cambridge: M.I.T. Press.

COHEN, JEAN

1966   *Structure du langage poétique.* Paris: Flammarion

CONTE, MARIA-ELISABETH

1977a   Introduction to Conte 1977b: 9-50.

CONTE, MARIA-ELISABETH(editor)

1977b   *La linguistica testuale.* Milan: Feltrinelli.

CORTI, MARIA

1976   *Principi della comunicazione letteraria.* Milan: Bompiani.

—   *An Introduction to Literary Semiotics.* Translated by M. B-ogat and A. Mandelbaum. Bloomington : Indiana University Press, 1978.

CORTI, MARIA, and CESARE SEGRE(editors)
1970   *I metodi attuali della critica in Italia.* Turin:
        E.R.I.
COSERIU, EUGENIO
1962   *Teoria del lenguaje y lingüistica general.*
        Madrid: Gredos.
CROCE, BENEDETTO
1902   *Estetica come scienza dell' espressione e lin-
        guistica generale.*
        Milan: Sandron. 9th edition: Bari: Laterza, 1950
CULLER, JONATHAN
1975   *Structuralist Poetics: Structuralism, Linguistics,
        and the Study of Literature. Ithaca:* Cornell
        University Press.
DELAS, DANIEL, and JACQUES FILLIOLET
1973   *Linguistique et poétique.* Paris: Larousse.
DE MAURO, TULLIO
1971   *Senso e significato. Studi di semantica teorica
        e storica.* Bari: Adriatica.
DE ROBERTIS, DOMENICO
1974   *Carte d'identità.* Milan: Il Saggiatore.
DERRIDA, JACQUES
1967   *De la Grammatologie.* Paris: Editions de Minuit
—   *Of Grammatology.* Translated by G. C. Spivak.

Baltimore and Londen: Johns Hopkins Uinversity Press, 1976.

DI GIROLAMO, COSTANZO

1976   *Teoria e prassi della versificazione.* Bologna: Il Mulno.

VAN DIJK, TEUN A.

1972a   *Beiträge zur generativen Poetik.* Munich: Bayerischer SchulbuchVerlage.

1972b   *Some Aspects of Text Grammars: A Study in Theoretical Linsuistics and Poetics.* The Hague: Mouton.

1975   "Formal Semantics of Metaphorical Discourse." *Poeitcs,* nos. 14-15: 173-98.

DRESSLER, WOLFGANG

1972   *Einführung in die Textlinguistik.* Tübingen: Niemeyer.

DUCROT, OSWALD, and TZVETAN TODOROV

1972   *Dictionnaire encyclopédique des sciences du language.* Paris: Editions du Seuil.

DU MARSAIS, CESAR CHESNEAU

1730   *Des Tropes.* Paris: Vve.B. Brocas. Reprint edition: Paris: Le Noueau Commerce, 1977

ECO, UMBERTO

1971   *Le forme del contenuto.* Milan: Bompiani.

1976   *A Theory of Semiotics*. Bloomington: Indiana University Press.

ÈJXENBAUM, BORIS

1923   *Anna Axmatova*. Leningrad: Priboj.

1927a   "Teorija 'formal' nogo metoda."In Èjxenbaum 1972b:116-48.

        "The Theory of the Formal Method." In Matjka and Pomorska 1971: 3-37.

1927b   *Literatura. Teorija, kritika, polemika*. Leningrad: Priboj.

ELLIS, JOHN M.

1974   *The Theory of Literary Criticism: A Logical Analysis*. Bereley and Los Angeles: University of California Press.

ENGELS, FRIEDRICH

        See Marx and Engels.

EPP

1965   *Princeton Encyclopedia of Poetry and Poetics*. Edited by A. Preminger. Princeton: Princeton University Press.

FILLIOLET, JACQUES

        See Delas and Filliolet.

FISH, STANLEY E.

1973-74 "How Ordinary is Ordinary Language?" *New*

Literary History 5: 41-54.

FLORESCU, VASILE

1960   *Retorica si reabilitarea ei în filozofia contem porană*. Bucharest: Ed. Academiei R. S. Rom-ânia.

FREEMAN, DONALD C. (editor)

1970   *Linguistics and Literary Style*. New York: Holt, Rinehart & Winston.

FRYE, NORTHROP

1963   *The WellTempered Critic*. Bloomington: Indiana University Press.

EPP   "Verse and prose."

GARVIN, PAUL L.(editor)

1964   *A Prague School Reader on Esthetis, Literary Structure: and Style*. Washington: Georgetown University Press.

GARY-PRIEUR, MARIE-NOËLLE

1971   "La Notion de connotation(s)." *Littérature*, no. 4: 96-107.

GENETTE, GÉRARD

1966   *Figures*. Paris: Editions du Seuil.

1969   *Figures II*, Paris: Editions du Seuil.

1972   *Figures III*. Paris: Edtions de Seuil.

GIGLIOLI, PIER PAOLO (editor).

1972   *Language and Social Context.*
           Harmondsworth Penguin Books.
GLADWIN, T., and W.C. STRUTEVANT (editors)
   1962   *Anthroplolgy and Human Behavior.* Washington:
           Anthropol-ogical Society of Washington.
GOFFMAN, FRVING.
   1964   "The Neglected Situation." *American Antropo
           logist* 66, no.6, pt. 2: 113-36 Reprinted in
           Giglioli 1972: 61-67.
GOODMAN, NELSON
   1968   *Languages of Art: An Approach to a Theory
           of Symbols.*
           Indianapolis and New York: Bobbs-Merrill.
GRAMSCI, ANTONIO
  (1932)   *Appunti e note sparse per un gruppo di saggi
           sulla storiadegli intellettuali.* In Gramsci Q 3:
           1511-51.
   —   *The Intellettuals. In Selections from the Priso
           Notebooks of Antonio Gramsci,* edited and tran
           slated by Q. Hoare and G. N. Smith, pp. 3-
           23. New York: International
           Publishers, 1971.
           Quaderni del carcere. Critical edition of the
           Istituto Gramsci. Edited by V. Gerratana. 4

vols. Turin: Einaudi, 1975.

GROUPE μ(J. DUBOIS, F. EDELINE, J. M. KLINKENB
ERG, P. MINGUET, F. PIRE, and H. TRINON)

1970   *Rhétorique générale.* Paris: Larousse.

GUENTHNER, FRANZ

1975   "On the Semantics of Metaphor." Poetics, ns.
14-15: 199-220.

GUMPERZ, JOHN J., and DELL HYMES (editors)

1972   *Directions in Sociolinguistics: The Ethnograp
hy of Communication.* New York: Holt, Rine
hart & Winson.

GUNZENHÄUSER, RUL

See Kreuzer and Gunzenhäuser.

HALLE, MORRIS

See Jakobson and Halle.

HALLE, MORRIS, and SAMUEL JAY KEYSER

1966   "Chaucer and the Study of Prosody." *College
English* 28: 187-219. Rcprinted in Freeman
1970: 366-426.

HALLIDAY. MICHAEL. A. K..

1970   "Language Structure and Language Function."
In Lyons 1970: 140-65.

1971   "Linguistic Function and Literary Style: An
Inquiry into the

Language of Willam Golding's The Inheritors."
In Chatman 971: 330-68.

HAVRÁNEK. BOHUSLAV, and MILOŠ WEINGART (editors)

1932   *Spisovná čeština a jazyková kultura*. Pargue:
Melantrich.

HENNE, HELMUT

See Althaus, Henne, and Wiegand.

HENRY, ALBERT

1971   *Métonymie et métaphore*. Paris: Klincksieck.
HIGHET, GILBERT

1962   *The Anatomy of Satire*. Princeton: Princeton
University Press.

HJELMSLEV, LOUIS

(1941) *Sprogteori. Résumé.* [Revised in 1943-45.] Un
published in Danish.

—   *Résumé of a Theory of Language*. Edited and
translated by F. J. Whitfield. Madison, Milwa-
ukee, and London: University of Wisconsin
Press, 1975.

1943   *Omking sprogteoriens grundlaeggelse*. Copenh-
agen: Ejnar Munsksgaard. 2nd edition: Copen-
hagen: Akademisk forlag. 1966.

—   *Prolegomena to a Theory of Language*. Transl-
ated by F. J. Whitfield. Baltimore: Waverly P-

ress, 1953. Revised English edition: Madison. Milwaukee, and London: University of Wisconsin Press, 1961.

HOPKINS, GERARD NANLEY

1959   *The Journals and Papers.* Edited by H. House. Oxford: Oxford University Press.

HYMES, DELL

1962   "The Ethnography of Speaking." In Gladwin and Sturtevant 1962: 15-53.

1964   "Toward Ethnographies of Communication." *American Anthropologist* 66, no. 6, pt. 2: 12-25. Reprinted in Giglioli 1972: 21-44.

1972   "Models of the Interaction of Language and Social Life." In Gumperz and Hymes 1972: 35-71

1973-74 "An Ethnographic Perspective." *New Literary History* 5: 1 87-201.

        See also Gumperz and Hymes.

IHWE, JENS F.

1970   "Kompetenz und Performanz in der Literatur theorie." In Schmidt 1970: 136-52.

JAKOBSON, ROMAN

1921   Novejšaja russkaja poèzija. Nabrosok pervyi: Viktor Xlebnikov. Prague: Politika. (Excerpts in French as Fragments de

"La Nouvelle Poésie russe." Tanslated by Tz. Todorov. In Jakobson 1973: 11-24.)

1923   O češskom stixe. Berlin: Opojaz, Reprint: Providence: Brown University Press, 1969. (Excerpts in French as Principes de versification Translated by L. Robel. In Jakobson 1973: 40-55.)

1933-34   "Co je poesie?" *Volné směry* 30: 229-39. (In French as "Qu′ est-ce que la poésie." Translated by M. Derrida In Jakobson 1973: 113-26.)

(1935a)   "The Dominant." [From an unpublished lecture in Czech.] In Matejka and Pomorska 1971: 82-87.

1935b   "Randbemerkungen zur Prosa des Dichters Pasternak." Slavische Rundschau 7: 357-74.

1956   "Two Aspects of Language and Two Types of Aphasic Disturbances." In Jakobson and Halle 1956: 53-82.

1960   "Linguistics and Poetics." In Sebeok 1960: 350-77.

1962a   "Phonolgy and Phonetics." In Jakobson 1962 b: 464-504.

1962b   *Selected Writings*, 1: Phonological Studies, The Hague: Mouton.

1973   *Questions de Poétique.* Edited by Tz. Todorov.
            Paris: Editions du Seuil.
            See also Tynjanov and Jakobson.

JAKOBSON, ROMAN, and MORRIS HALLE
1956   *Fundamentals of Language.* The Hague:
            Mouton.

JAKOBSON, ROMAN, and CLAUDE LÉVI-STRAUSS
1962   "*Les Chats* de Charles Baudelaire." L'*Homme*
            2: 5-21.

JAUSS, HANS ROBERT
1967   *Literaturgeschichte als Provokation der Liter-
            aturwissenschaft.* Konstanz: UniversitätsDru-
            ckerei. Reprinted in Jauss 1970b: 144-207.

1970a   "Littérature médiévale et théorie das genres.
            Poétique 1: 79-101.

1970b   *Literaturgeschichte als Provokation.* Frankfurtam
            Main: Suhrkamp.

JESPERSON, OTTO
1905   *Growth and Structure of the English Language.*
            Leipzig: Teubner. 9th edition: Oxford: Basil
            Blackwell, 1938.

JOHANSEN, SVEND
1949   "La Notion de signe dans la glossématique et
            dans l'esthétique." *Travaux du Cercle Lingui-*

stique de Copenhague 5: 288-303.

KEYSER, SAMUEL JAY

See Halle and Keyser.

KIBEDI VARGA, A.

1970 *Rhétorique et littérature. Etudes des struct-
ures classiques.* paris: Didier.

KLEIN, WOLFGANG

1974 "Critical Remarks on Generative Metrics." *Po-
etics,* no.12: 29-48.

KREUZER, HELMUT, and RUL GUNZENHÄUSER (editors)

1965 *Mathematik und Dichtung.* Munich: Nymph-
enburger Verlagshandlung.

KRISTEVA, JULIA

1969 Σημ μ∈ωΤική. *Recherches pour une sémanalyse*
Pairs: Editions du Seuil.

LACAN, JACQUES

1966 *Ecrits.* Paris: Editions du Seuil.

— *Ecrits: A Selection.* Translated by A. Sherid-
en. New York: Norton, 1977.

LANHAM, RICHARD A.

1969 *A Handist of Rhertorical Terms.* Berkeley and
Los Angeles: University of California Press.

LEE, CHARMAINE

1969 "I fabliaux e le convenzioni della parodia." In

Limentani 1976: 3-41.

LE GUERN, MICHEL

1973   *Sémantique de la métaphore et de la métony-mie.* Paris: Larousse.

LÉVI-STRAUSS, CLAUDE

1958-59   "La Geste d'Asdiwal." *Annuaire l'Ecole Pratique des Hautes Etudes.* Section de sciences religieuses, pp. 3-34.

1960   "La Structure et la forme. Réflexions sur un ouvrage de Vladimir Propp." Cahiers de l'Institut de sciences économiques appliquées 99, s. M, no. 7: 3-36.

See also Jakobson and Lébvi-Strauss.

LIMENTANI, ALBERTO (editor)

1976   *Prospettive sui fabliaux. Contesto, sistema, relizzizioni.* Padua: Liviana.

LORD, ALBERT B.

1960   *The Singer of Tales.* Cambridge: Harvard University Press. 2nd edition: New York: Atheneum, 1973.

EPP   "Narrative poetry," "Oral poetry."

LOTMAN, JURIJ M.

1970   *Struktura xudožestvennogo stksta.* Moscow: Iskusstvo.

—   *The Sturcture of the Artistic Text*. Translated
         by R. Vroon and G. Vroon. Ann Arbor: Unive-
         rsity of Michigan Press, 1977.

LUPERINI, ROMANO

1971   *Marxismo e letteratura*. Bari: De Donato.

LYONS, JOHN (editor)

1970   *New Horizons in Linguistics*. Harmondsworth:
         Penguin Books.

MALINOWSKI, BRONISLAW

1923   "The Problem of Meaning in Primitive Langu-
         ages." In appendix to Ogden and Richards 19
         23: 293-336.

MARTINET, ANDRÉ

1960   *Eléments de linguistique générale*. Paris: Colin.

—   *Elements of General Linguistics*. Translated by
         E. Palmer.
         Chicago and London: University of Chicago
         Press.

MARX, KARL

(1857) *"Einleitung" Zur Kritik der pelitischen Ökono-
         mie*. In Mark and Engels W 13: 615-42.

—   "Introduction" to *Foundations of the Critiqu
         of Political
         Economy*. In Grundrisse. *Foundations of the*

Critique of Political Economy, translated by
M. Nicolaus, pp. 81-111.
New York: Vintage Books, 1973.

MARX, KARL. and FRIEDRICH ENGELS

(1845-46) *Die deutsche Ideologie.* In Marx and Engels
W 3: 11-530.

— *The German Ideology.* [Excerpts.] In *Selected
Writings*, translated by D. McLellan, pp. 159
91. Oxford: Oxford Unive-rsity Press, 1977.

W *Werke.* 41 vols. Berlin: Dietz, 1961-70.

MATEJKA, LADISLAVM, and KRYSTYNA POMORSKA
(editors)

1971 *Readings in Russian Poetics.* Cambridge: M.I.
T. Press.

MATTHEWS, R. J.

1971 "Concernig a 'Linguistic Theory' of Metaphor."
Foundations of Language 7: 413-25.

MEDVEDEV, P. N.

1928 *Formal'nyi metod v literaturovedenii.* Lening-
rad: Priboj.

MOOIJ. J. J. A.

1976 *A Study of Metaphor.* Amsterdam: NorthHolland.

MUKAŘOVSKÝ, JAN

1932 "Jazyk spisovný a jazyk básnický." In Havránek and Weingart 1932: 123-56.

—   "Standard Language and Poetic Language." In Garvin 1964: 17-30.

1966   *Studie z estetiky.* Prague: Odeon. (In Italian as *Il significa-to dell'estetica.* Translated by S. Corduas. Turin: Einaudi. 1973.)

OGDEN, C. K,. and I. A. RICHARDS

1923   *The Meaning of Meaning: A Study of the Influence of Language upon Thought and of the Science of Symobolism.* London: Kegan Paul, Trench, Trubner. 9th edition: 1953.

OLBRECHTS-TYTECA, LUCIE

     See Perelman and Olbrechts-Tyteca.

ONG, WALTER J.

1969   *The Presence of the Word.* New Haven: Yale University Press.

ORLANDO, FRANCESCO

1971   *Lettura freudiana della "Phèdre."* Turin: Einaudi.

—   Part I of Orlando 1978b: 1-120.

1973   *Per una teoria freudiana della letteratura.* Tuin: Einaudi.

—   Part II of Orlando 1978b: 121-88.

1978a   "Definition of Literature and Literature as an Institution,"

In appendix to Orlando 1978b: 204-6.

1978b   *Toward a Freudian Theory of Literature: With an Analysis of Racine's "Phèdre."* Translated by C. Lee. Baltimore and London: Johns Hopkoins University Press.

PERELMAN, CHAIM

1970   *Le Champ de l'argumentation.* Brussels: Presses Universitaires de Bruxelles.

PERELMAN, CHAIM and LICIE OLBRECHTS-TYTECA

1958   *Traité de l'argumentation. La Nouvelle Rhétorique.* Paris: Pesses Universitaires de France.

—   *The New Rhetoric: A Treatise on Argumentation* Tanslated by J. Wilkinson and P. Weaver. No tre Dame: Univrsity of Notre Dame Press. 1971.

PETÖFI, JÁNOS S.

1971   *Transformationgrammatiken und eine kotextuelle Texttheorie.* Frankfurk am Main: Athenäum

1972   "On the Syntactico-Semantic Organization of Text Struet-ures." *Poetics,* no. 3: 56-99.

1973   "Text Grammars, Text Theory and the Theory of Literature." *Poetics,* no. 7: 36-76.

PIKE, KENNETH L.

1954-60 *Language in Relation to a Unified Theory of the Structure of Human Behavior.* 3 vols. Gle

ndale: Summer Institute of Linguistics. 2nd
edition: The Hague: Mouton, 1967.

POMORSKA, KRYSTYNA
    See Matejka and Pomorska.

PRATT, MARY LOUISE
  1977   *Toward a Speech Act Theory of Literary Disco-
urse.*
Bloomington and London: Indiana Universitys
Press.

PRIETO, LUIS J.
  1975   *Pertinence et pratique. Essai de sémiologie.*
Paris: Editions de Minuit.

PROPP, VLADIMIR JA.
  1928   *Morfologija skazki.* Leningrad: Academia.
Morphology of the Folktale. Translated by L.
Seott. Austin: University of Texas Press, 1968.

RICHARDS, I. A.
    See Ogden and Richards.

ROSIELLO, LUIGI
  1965   *Struttura, uso e funzioni della lingua.* Florence
: Vallecchi.

ROSSI-LANDI, FERRUCCIO
  1968   *Il linguaggio come lavoro e come mercato.*
Milan: Bompiai.

1977   *Linguistics and Economics*. The Hague:
        Mouton.
SAPORTA, SOL
1960   "The Application of Linguistice to the Study
        of Poetic Language." In Sebeok 1960: 82-93.
SAUSSURE, FERDINAND DE
1916   *Cours de linguistique générale*. Edited by C.
        Bally and A.
        Sechehaye. Paris: Payot. 3rd edition: 1931.
        Course in General Linguistics. Translated by
        W. Baskin.
        London: Collins, 1974.
SCHMIDT, SIEGFRIED J.
1973a   "Texttheorie/Pragmalinguistik." In Althaus,
        Henne, and Wi-egand 1973: 2, 233-44.
1973b   *Texttheorie. Probleme einer Linguistik der spr-
        achlichen Kommunikation*. Munich: Fink.
SCHMIDT, SIEGFRIED J. (editor)
1970   *Text. Bedeutung.Ästhetik*. Munich: Bayerisch-
        er Schulbuch-Verlag.
SEBEOK, THOMAS .(editor)
1960   *Style in Language*. Cambrige: M. I. T. Press.
SEGRE, CESARE
1969   *I segni e la critica* Turin: Einaudi.

—   *Semiotics and Literary Criticism*. Translated
             by j. Meddemen. The Hague: Mouton, 1973.

1970   "La critica strutturalistica." In Corti and Seg-
             re 1970: 323-41.

             See also Corti and Segre.

SIERTSEMA, BERTHA

1955   *A Study in Glossematice: Critical Survey of
             Its Fundamental Concepts*. The Hague: Mouton.
             2nd edition: 1965.

ŠKLOVSKIJ, VIKTOR

1929   *O teorij prozy*. Moscow: Federacija. (In French
             as *Sur la Théorie de la prose*. Translated by
             G. Verret. Lausanne: Edi-tions l'Age d'Hom-
             me, 1973.)

STEMPEL, WOLF-DIETER

1970-71   "Pour und description des genres littéraires."
             In *Actele celui deal XIllea Congres Interantional
             de Lingvistică și Filo logie Romanică (București,
             1968)*, 2 vols., edited by A. Rosetti, 2: 565-70.
             Bucharest: Editura Republicii Socialiste Rom-
             ânia.

STENDER-PETERSEN, ADOLF

1949   "Esquisse d'une théorie sturcturale de la litt-
             érature." *Travaux du Cercle LinguistIque de*

Copenhague 5: 277-87.

STURTEVANT, W. C.

    See Gladwin and Sturtevant.

TITUIK, I. R.

1973   "The Formal Method and the Sociological Me-
thod (M. M. Baxtin, P. N. Medvedev, V. N.
Vološinov) in Russian Theo-ry and Study of
Literature." In appendix to the English tran-
slation of Vološinov 1929: 175-200.

TODOROV, TZVTAN

1965   "Les Poètes devant le bon usage." *Revue d'Es*
thétique 18: 300-305.

1967   *Littérature et signification.* Paris: Larousse.

1972   "Genres litteraires." In Ducrot and Todorov
1972: 193-201.

1973-74   "The Notion of Literature." New Literary Hi
story 5: 5-16.

    See also Ducrot and Todorov.

TOMAŠEVSKIJ, BORIS

1928   *Teorija literatury. Poètika.* Moscow and Leni-
ngrad: Gos.
izdat. xud. lit. (In Italian as *Teoria della le-*
tteratura. Translated by M. Di Salvo. Milan:
Feltrinelli, 1978.)

TRUBECKOJ, NIKOLAJ S.
1923-24　Review of Jakobson 1923. *Slavia* 2: 452-60.
TYNJANOV, JURIJ
　1929a　　"O literaturnoj èvoljucii." In Tynjanov 1929
　　　　　　b: 30-47.
　—　　　　"On Literary Evolution." In Matejka and Po-
　　　　　　morska 1971: 3-37.
　1029b　　*Arxaisti I novatory*. Leningrad: Priboj.
TYNJANOV, JURIJ, and ROMAN JAKOBSON
　1928　　　"Problemy izučenija literatury i jazyka." *No-*
　　　　　　vyi Lef, no. 12: 35-37.
　—　　　　"Problems in the Study of Literature and
　　　　　　Language." In Matejka and Pomorska 1971:
　　　　　　79-81.
VALESIO, PAOLO
　1968　　　*Sturtture dell'allitterazione. Grammatica.*
　　　　　　retorica e folklore verbale. Bologna: Zanichelli.
　1971　　　"On Poetics and Metrical Style." *Poetics* no.
　　　　　　2: 36-70.
VANSINA, JAN
　1961　　　*De la Tradition orale. Essai de méthode hist-*
　　　　　　orique. Tervuren: Annales du Musée Royale
　　　　　　de l'Afrique Centrale. 36
　—　　　　*Oral Tradition: A Study in Historical Method-*

ology. Translated by H. M Wright. London:
Routledge and Kegan Paul, 1965. 2nd edition:
Harmondsworth: Penguin Books. 1973.

VOLOŠINOV, VALENTIN N.

1929   *Marksizm i filosofija jazyka*. Leningrad: Priboj.
2nd edition: 1930.

Marxism and the Philosophy of Language. Tr-
anslated by L. Matejka and I. R. Titunik. New
York and London: Seminar Press. 1973.

WARREN, AUSTIN

See Wellek and Warren.

WEINGART, MILOŠ

See Havránek and Weingart.

WEINRICH, HARALD

1971a   *Tempus. Besprochene und erzälhte Welt*. St-
uttgart: Kohlhammer.

1971b   "The Textual Function of the French Article."
In Chatman 1971: 221-40.

1976   *Sprache in Texten*. Stuttgart: Keltt.

WELLEK, PENÉ, and AUSTIN WARREN

1949   *Theory of Literature*. New York: Harcourt,
Brace & World. 3rd edition: 1963.

WELGAND, HERBERT ERNST

See Althaus, Henne, and Wiegand.

WISSMANN BRUSS, ELIZABETH

1975   "Formal Sematics and Poetic Meaning." *Poetics*, nos. 14-15: 339-63.

ZUMTHOR, PAUL

1963   *Langue et techniques Poétiques à l'époque romane(XIe-XIIIe siécles)*. Paris: Klincksieck.

1975   "Birth of a Language and Birth of a Literature." *Mosaic* 8/4: 195-206.

저자 소개

이 책을 엮은

차호일은 한국교원대학교에서 교육학과 국어교육학을,
경남대학교에서 국어국문학(시)을 전공했다.
초·중·고 교사 및 대학강사를 역임했고,
『문예한국』, 『월간문학』 등에
작품을 발표함으로써 문단에 등단했다.

주요 논문으로는

「소파 방정환의 아동교육관」(교육학 석사),
「국어교사 양성 교육과정과 국어교직 활동의 관련성 분석」
 (국어교육학 석사),
「미당시에 나타난 여인상 연구」(문학박사) 등이 있고,

주요 저서로는

학술서에 『학습』, 『시연구와 시교육』,
교육평론집에 『소파 방정환의 아동교육사상』,
교단 수필집에 『선생님의 나라』,
창작집에 『달빛끄기』, 『비명소리』 등이 있다.

문학비평이론

초판 인쇄 2000년 4월 20일
초판 발행 2000년 4월 25일

지은이 차 호 일
펴낸이 이 대 현
펴낸곳 도서출판 역락
　　　　서울시 중구 필동3가 28-19
　　　　진성빌딩 306호
TEL　　2268-8656
FAX　　2264-2774

전자
우편　　YOUKRACK@hitel.net
　　　　youkrack@hanmail.net

등 록 1999년 4월 19일 제2-2803호
　　　　ISBN 89-88906-20-9-93800
정 가 8,000원